Um Amor Em Promoção

MISHA BELL

♠ MOZAIKA PUBLICATIONS ♠

Título original: *The Love Deal*
Copyright © 2023 Misha Bell
www.mishabell.com/pt/

Tradução: Nany
Preparação de Texto: Vania Nunes

Capa: Najla Qamber Designs
www.qamberdesignsmedia.com

Bell, Misha

Um Amor Em Promoção, de Misha Bell. Tradução: Nany. 1ª edição. Rio de Janeiro, BR, 2023.

Publicado por Mozaika Publications, por Mozaika LLC
www.mozaikallc.com

e-ISBN: 978-1-63142-888-3
Print ISBN: 978-1-63142-893-7

Um

— BUNNY, PARE DE FODER SUA IRMÃ!

Acompanho minhas palavras com o gesto de 'xô' que uso quando o pego no travesseiro.

O gato malvado nem reconhece minha presença.

Pearl examina os amantes felinos com um sorriso idêntico ao meu, até as rugas ao redor de seus olhos verdes. — Irmã dele? — Ela diz com ceticismo. — Ao contrário de nós, esses dois não são da mesma ninhada.

Eu olho para ela. — Use a lógica. Bunny é meu bebê peludo e Atonic é seu – ergo, irmãos.

Pearl e eu somos duas de seis irmãs idênticas, também conhecidas como sêxtuplas. Algumas de nós nos chamamos de "ninhada", embora eu prefira o termo "bando".

Ela bufa. — Será que nossos filhos não seriam primos?

Merda. Ela está certa, mas quem admite essas coisas

para os membros de seu bando? Em vez disso, canalizo Pixie, outra companheira do bando. — Como você e eu compartilhamos o mesmo DNA, nossos filhos de pais diferentes seriam meios-irmãos biológicos.

Pixie é obcecada por múltiplos idênticos como nós e recentemente sugeriu, não tão de brincadeira, que todas deveríamos nos reproduzir com um grupo de machos sêxtuplos idênticos para que "todos os nossos filhos sejam irmãos e irmãs de DNA".

Pearl me lança um olhar exasperado. — Oh, qual é. Não importa o quão parecidas sejam suas personalidades, você não compartilha nenhum DNA com seu gato psicótico.

Ajudaria meu caso se eu informasse a Pearl que os humanos compartilham noventa por cento de seu DNA com os gatos? Provavelmente não.

— Como nossas personalidades são parecidas? — Eu pergunto em vez disso.

— Você sabe como — diz Pearl. — De qualquer forma, tudo isso é discutível. Os gatos não têm um tabu de incesto e terão prazer em endogamia quando tiverem a chance.

Essa última parte não merece uma resposta, então, olho para o tapete da minha sala, onde a ação ainda está acontecendo. — Isso não é adorável... de um jeito meio bagunçado?

Eu culpo a dita fofura pela fofura descontrolada de nossos gatos. Bunny é um Bobtail japonês, o que significa que ele tem uma pequena cauda que lembra a de seu homônimo – um coelho. Seu pelo é branco com algumas manchas pretas no rosto que o fazem parecer igualmente um guaxinim, um panda e um bandido. Atonic, a gata da minha irmã, é um Himalaia de olhos azuis com rosto achatado e uma expressão perpetuamente sonolenta.

Os lábios de Pearl se contraem. — Aposto que qualquer criatura peluda montando desajeitadamente outra seria adorável, seja um Ewok, um Wookie ou qualquer que seja o primo *Itt*.

Eu observo os gatos mais de perto. Meu gato, normalmente gracioso, parece realmente desajeitado fazendo isso. Espere... — O que ele está fazendo?

O que ele está fazendo é morder o pescoço da pobre Atonic, percebo, o que estranhamente se encaixa na piada corrente sobre Bunny ser um assassino psicopata. Os psicopatas mordem o pescoço das mulheres durante o coito, certo? Ou são os vampiros?

— Isso é típico — diz Pearl. — O gato vai agarrar a nuca da rainha com os dentes durante o acasalamento.

Huh. Alguém está ronronando agora? Eu tiro meus olhos dos gatos e olho para minha irmã com curiosidade. — Como você sabe tanto sobre a reprodução dos gatos?

Ela dá de ombros. — Antes de encontrar minha vocação, pensei em me tornar uma criadora de gatos.

— Esse show teria sido uma segunda-feira normal para você então. — Aceno para os gatos ocupados. — Fazer queijo não parece tão engraçado em comparação.

— Ha ha.

— Desculpe — digo. — Essa piada virou coalhada?

Pearl abre a boca, sem dúvida para lançar uma réplica contundente, mas naquele exato momento, os portões do Inferno se abrem. Ou, então, eu suponho, porque o uivo/grito de gelar o sangue e sujar a calcinha que sai de sua gata é como todos os demônios no Inferno gritando ao mesmo tempo. Não. Pegue macacos metamorfos que se transformam em porcos na lua cheia – presos em facas cegas.

É oficial. Depois de anos de piadas de "meu gato é um serial killer", Bunny foi em frente e se tornou um, e agora ele está torturando e matando a pobre gata da minha irmã.

Eu salto para a frente para parar o que quer que seja, mas Pearl agarra meu cotovelo. — Não! Isso é normal.

Certifico-me de que Pearl não gerou chifres, nem está mostrando sinais de ter sido substituída por um demônio daquele portão aberto para o Inferno. — Como algo que soa assim pode ser normal?

— O pênis de um gato tem farpas — diz ela. — Quando ele puxa para fora, machuca a rainha, e ela choraminga.

Oh, não. Eu mantenho meus olhos longe da vagina de sua gata, no caso de haver sangue. Sangue e eu não combinamos, de jeito nenhum. Eu desmaio ao vê-lo, ou pior. Mas, ei, pelo menos eu nunca, sob nenhuma circunstância, me apaixonarei por um vampiro, não importa o quão brilhante seja.

Independentemente disso, a última coisa que preciso é que Pearl perceba minha reação e fale para o resto da família. Já é ruim o suficiente que uma das minhas irmãs já suspeite de algo. Ao longo dos anos, cultivei a reputação de "a sêxtupla durona", em parte para esconder minha fraqueza. Afinal, alguém com medo de sangue poderia fazer tantas tatuagens ou piercings quanto eu? A resposta é obviamente sim. Não foi fácil e desmaiei várias vezes no estúdio de tatuagem, mas culpei a desidratação e o baixo nível de açúcar no sangue.

De repente, Bunny salta para longe de Atonic – e bem a tempo. Ela parou de uivar e está tentando acertá-lo no rosto peludo com suas garras expostas.

Ele me lança um olhar estranhamente assustado, e não posso deixar de imaginar o que ele diria se tivesse o equipamento para fazer isso:

Aquele-que-me-alimenta tem que ajudar. Torturei demais e matei uma vítima e agora enfrento a versão felina de Dexter.

Enquanto isso, Atonic rola no chão algumas vezes, então sibila violentamente para Bunny.

— Talvez devêssemos separá-los? — Pearl pergunta.

— Você acha? — Pego Bunny do chão. — Provavelmente teria sido uma boa ideia separá-los esta manhã, quando vocês dois chegaram.

Ou, aqui está uma ideia: ela poderia ter deixado sua gata em Los Angeles. A desculpa dela para não fazer isso era bem esfarrapada – algo sobre o namorado de sua melhor amiga ser alérgico a gatos.

Pearl se aproxima cuidadosamente de sua própria gata. — Isso ou acalmá-los, apesar da propaganda de mamãe e papai.

Eu estremeço. Nossos pais acreditam firmemente na liberdade reprodutiva de todos os seres vivos, incluindo animais de estimação e todos os animais resgatados que vivem em sua fazenda. A propaganda deles deve ter me pego fundo porque nem pensei em castrar Bunny antes de Pearl dizer isso.

Levando Bunny para o meu quarto, coloquei-o no meu travesseiro – a única maneira de ele tolerar a indignidade a que acabei de submetê-lo. Pelo menos sem arrancar meus olhos.

— Fique — digo a ele severamente e tranco a porta atrás de mim.

Quando volto para a sala de estar, Pearl não apenas pegou sua carga, mas conseguiu acalmá-la um pouco.

— Bem — digo, tirando pelo de gato da minha jaqueta de couro. —, aconteceu.

Ela suspira. — Teremos que mantê-los separados por cerca de três dias, ou então eles farão mais disso.

— Mais? — Fico boquiaberta com a gata dela. — Não acabei de ouvir as palavras 'pênis' e 'farpas' na mesma frase?

Pearl dá de ombros. — Não importa. Essa dor iniciou seu ciclo de ovulação.

Eu estremeço. — Nunca pensei que diria isso, mas estou feliz por não ser um gato.

Assim que Pearl começa a responder, sou

surpreendida mais uma vez por uma batida vigorosa na porta da frente.

Estranho. Não estou esperando nenhuma entrega ou visita.

Eu corro. — Quem é?

— A polícia — diz uma voz rouca. — Abra.

Dois

A POLÍCIA? QUE DIABOS?

Com o coração batendo forte, verifico o olho mágico.

Sim. Eles estão vestidos como policiais.

Algum vizinho ligou para eles por causa da gritaria? Parecia um assassinato sangrento. Mas como eles chegaram aqui tão rápido? A menos que...

Caralho. Não pode ser sobre os cupons de novo, pode?

— Abra a porta, ou seremos forçados a abri-la — diz um policial de cara dura.

Bem, merda. Não tenho dinheiro para consertar esta porta.

Não há escolha.

Eu abro a porta.

O policial olha de mim para Pearl. — Honey Hyman?

— Eu. — E sim, eu sei que meu nome soa como uma

membrana virginal que as pessoas com diabetes devem evitar.

— Você está presa — Ele me informa. — Por fraude.

Meu estômago afunda. Eu me viro para Pearl, que está tão pálida quanto o fantasma de um banheiro. Minha voz está tensa quando digo: — Avise a Blue, OK?

Blue é nossa companheira de bando que trabalhava para o governo, então, se alguém pode ajudar com isso, é ela.

O resto é como um pesadelo. Sou conduzida para fora do prédio, colocada em um carro da polícia, levada sem cerimônia para a delegacia e conduzida a uma sala – o tempo todo sentindo uma onda de adrenalina tão forte que mal registro.

Alguém leu meus direitos de Miranda para mim? Se não, recebo um reembolso?

Eles não levaram minha faca borboleta, o que é estranho porque sempre pensei que ir para a cadeia era como voar em um avião – armas não são permitidas.

Talvez eu não vá para a cadeia? Atrevo-me a ter esperança?

Lembro-me das duas últimas vezes em que estive em apuros. Ambas eram, na verdade, situações inter-relacionadas.

Primeiro, houve Tiffany, uma líder de torcida que me intimidou por cobiçar seu namorado super gostoso, Gunther – algo de que eu *era* culpada. Eventualmente, eu a enfrentei com uma faca - apenas como uma ameaça, porém, já que a última coisa que eu queria era tirar sangue dela. Infelizmente, a burrinha não percebeu a referida faca e veio me enfrentar, de qualquer maneira, cortando acidentalmente o braço. Até hoje não sei a gravidade do corte, pois não pude olhar para o ferimento por causa do sangue. Já que Tiffany não ficou com cicatriz, imagino que o corte não tenha sido tão ruim – não que tenha me ajudado a escapar da suspensão resultante e da mancha em meu registro permanente. Pelo lado bom, esse incidente foi o que deu início à minha reputação de "não mexa comigo", da qual não me importei nem um pouco, pois manteve outras *Tiffanies* do mundo afastadas.

O segundo incidente ocorreu um ano depois, ainda no Ensino Médio. Envolveu Gunther novamente – que não estava mais com Tiffany na época. Não que eu estivesse acompanhando. Muito. Naquela época, não só fui suspensa e *realmente* manchei meu registro permanente, mas também por pouco não entrei no sistema de justiça juvenil.

Tudo começou quando eu era pequena. Por alguma razão, fiquei obcecada com todas as coisas que economizam dinheiro, incluindo promoções e cupons. Depois de fazer uma aula de arte no meu primeiro ano, percebi que ajustar porcentagens em cupons com uma caneta branca era tão lucrativo quanto falsificar dinheiro – então, fiz isso, primeiro para mim e, depois, para as outras crianças da minha escola. Acontece que uma das lojas que perdeu dinheiro por causa da minha iniciativa criativa pertencia à família de Gunther, então, quando Gunther soube de minhas atividades, ele denunciou ao diretor. A merda atingiu o ventilador e estou pagando por isso até hoje.

Meu telefone toca.

Huh. Outra coisa que eles não levaram.

Eu olho.

É Blue. Bom. Pearl deve ter dito a ela para entrar em contato.

— Oi — digo, mudando para uma forma de Latim na Língua do Porco de Blue desenvolvida quando éramos crianças. — Vamos conversar rápido. Eles podem voltar e pegar meu telefone.

— A versão rápida é: o que quer que eles tenham contra você é físico, não digital, então não há muito que eu possa fazer aqui — diz Blue.

Blue não teve nenhum problema com a lei, mas ela não parece ter muito respeito por certas legalidades depois de trabalhar para – como ela chama – "Agência Nenhuma". Caso em questão: ela acabou de admitir que invadiu os computadores do departamento de polícia tão casualmente quanto eu admitiria assistir a vídeos de gatos no TikTok.

— Seus ex-colegas podem ajudar? — Eu pergunto.

— Desculpe, não — diz ela. — Conheço alguns federais, mas isso não ajuda no seu caso. Se você quiser, posso enviar uma mensagem com o nome de um excelente advogado.

— Claro. — Exceto que não tenho ideia de como pagaria o referido advogado. Graças aos meus contratempos no Ensino Médio, nenhuma faculdade me quis e nunca realizei meu sonho de me tornar uma rica empresária. Atualmente, trabalho meio período varrendo o chão em um estúdio de tatuagem e cortando cabelo em uma barbearia.

— Posso te emprestar algum dinheiro — Blue diz, claramente lendo minha mente.

— Não. — Odeio caridade. — Vou pegar um advogado público.

— São cupons de novo, não são? — Ela sussurra.

— Não tenho certeza se devo falar sobre isso — Sussurro de volta. —, mesmo em código.

Eu a ouço digitar algumas teclas. Então ela sussurra:
— Você não precisa dizer nada. Acabei de verificar e a resposta é sim.

Caralho. Eu quero me bater. Depois de anos andando na linha, fiquei tentada a interpretar Robin Hood, e este é o resultado. A mercearia familiar do meu bairro foi recentemente substituída pelo supercaro supermercado Munch & Crunch, e meus vizinhos idosos me disseram que estão lutando para comprar comida. Então, eu falsifiquei alguns cupons para eles. Por que isso é mesmo um crime?

— Alguém está vindo em sua direção — diz Blue, me tirando do meu devaneio. — Conversamos depois.

Antes que eu possa me perguntar como ela sabe disso, ela desliga e a porta se abre.

Fico boquiaberta com o homem que entra. O epítome de alto, moreno e bonito, ele tem um cabelo castanho bem cortado e penteado para trás que me faz pensar em salas de reuniões corporativas e TOC. Seu queixo forte e mandíbula definida estão bem barbeados ao ponto de brilhar, e seus olhos, de um verde-esmeralda vívido, dois tons mais claros que os meus, estão estreitos em desaprovação, seus lábios cheios, franzidos.

Quem é ele e por que ele me parece familiar?

Naquele terno perfeitamente ajustado, é improvável que ele seja um policial. Talvez um advogado que não posso pagar? É possível, mas há algo irritantemente honesto e nobre em suas feições que associo mais a escoteiros do que a caçadores de ambulâncias.

— Honey Hyman — diz ele com desgosto – e o choque toma conta de mim quando reconheço seu barítono deliciosamente profundo, que ele tem desde a adolescência.

— Gunther Ferguson? — Eu deixo escapar incrédula.

É possível que eu o tenha invocado pensando nele no caminho para cá, como se invocasse um demônio? Ou talvez eu tenha adormecido no carro da polícia e esteja sonhando?

Se não, então este homem é o que aconteceu com o garoto que eu odeio, aquele que me meteu em problemas na escola, provando, assim, que o carma é um maldito mito. Se houvesse justiça no mundo, ele teria se deformado e encarquilhado com o tempo, como um senhor malvado dos Sith, mas aconteceu o contrário.

Como um vampiro de Anne Rice, a transformação do mal o deixou mais bonitão.

— Se fazer de boba é o seu último jogo? — Gunther

pega uma pilha de cupons e os joga na mesa. — Você vai fingir que não sabia que é da minha loja que você está roubando?

Atordoada, eu olho para baixo.

Sim. Esses cupons habilmente falsificados são para aquele Munch & Crunch esmagador de pequenas empresas. E, de fato, são meus trabalhos manuais – mas essa loja faz parte de uma rede multinacional de supermercados, então, como pode ser dele? A menos que...

— Você possui aquele Munch & Crunch, como uma franquia? — Pergunto estupidamente.

Ele zomba. — Eu possuo toda a empresa. Como se você não soubesse disso.

Eu pisco. — Como eu saberia disso?

Ele aponta para os cupons. — Da mesma forma que você sabe como fazer com que pareçam indistinguíveis da coisa real.

Espera aí. Ele é apenas um policial esperto? — Não pretendo me incriminar. Supondo que sejam realmente falsos, tenho certeza de que quem os criou os fez para ajudar seus vizinhos idosos que costumavam fazer compras no local que seu Munch & Crunch impiedosamente tirou do mercado. Essas pessoas não podem pagar seus preços regulares. De qualquer forma, como aquela pessoa misteriosa poderia saber que você tinha algo a ver com a loja? Eu sei que pessoas como você pensam que são o centro do universo, mas isso não é verdade.

Ele suspira. — Primeiro, você fez a mesma coisa

com meu pai. Agora, comigo. Se isso não for direcionado, devo presumir que você fez tantos cupons fraudulentos que isso inexoravelmente aconteceu novamente.

Empurro os cupons para longe. — Não estou admitindo nada, mas, e a falta de sorte?

Seus lábios cheios se curvam em um sorriso de escárnio. — Não acredito em sorte.

— Ah, a sorte existe. — Má sorte é a única coisa que pode explicar como sua boca parece tentadora, apesar do que está dizendo.

— Você pode prevaricar o quanto quiser, mas o caso contra você é hermético. Na verdade, fui levado a acreditar que você enfrentará a prisão desta vez. A menos que...

Espere. Isso é chantagem? — A menos que o quê?

Uma dúzia de cenários impertinentes do que ele pode exigir de mim se desenrolam em minha mente – alguns envolvendo algemas (porque, delegacia de polícia); outros, cera de vela (não faço ideia do porquê) e um monte mais com uma cama coberta de cupons BOGO.

Seus olhos verdes brilham triunfantemente. — A menos que você trabalhe para mim. Então retirarei as acusações.

Três

— Como é? — Ele disse trabalhar *para* ou *embaixo*?

Ele pega um papel e o coloca na mesa na minha frente. — Esse é o seu contrato. Afirma que você verificará meus cupons – tanto digitais quanto físicos.

Pego o documento sem olhar. — Por quê?

Ele arqueia uma sobrancelha escura. — É como em *Prenda-me Se For Capaz*. Quem poderia fazer isso melhor do que a própria rainha golpista?

Deixando de lado a conotação negativa de "golpista", também não quero ser chamada de rainha – não depois do modo como Pearl usou essa palavra no contexto da reprodução de gatos.

Desviando os olhos das feições irritantemente simétricas do meu inimigo, examino o documento. O *legalês* parece dizer algo na linha do que ele afirmou.

Meu telefone toca.

É uma mensagem de Blue.

Aceite o acordo.

Como ela...? Deixa para lá. O apelido de Blue deveria ser Big Brother – ou Mana a Mana – porque ela está sempre observando.

— Você está realmente no telefone no meio disso? — A voz de Gunther tem um tom distinto.

Eu olho para ele. — Quanto tempo dura esse arranjo? — Pergunto, ignorando a pergunta.

Ele se senta na cadeira em frente à minha. — Até que o trabalho esteja feito.

— Quanto vou receber? — Pergunto.

Ele cita um número.

Quase caio da cadeira.

— Não é negociável — diz ele, interpretando mal minha expressão.

Droga. Dado o quão quebrada eu estou, ele não precisava me chantagear. Ele poderia ter me oferecido esse valor.

Bem, talvez não. Não é exatamente o tipo de pagamento "trabalhe para alguém que você odeia" – mas está perto.

Meu telefone apita novamente.

Sabendo que isso vai irritá-lo, eu intencionalmente dou uma olhada na tela.

Se você quiser algo para negociar, diga a ele que sabe que ele está perseguindo você nas redes sociais. Por anos.

Me perseguindo? Por anos? Por quê?

Então, a ficha cai. Ele está tramando vingança por eu ter cortado a namorada dele e pelos cupons falsos da loja do pai. Se for verdade, e meu trabalho para ele é a vingança, ele fará com que eu odeie tudo tanto quanto o odeio – muito.

Quando encontro seu olhar novamente, ele está carrancudo. — Então? — Ele rosna. — Já decidiu?

— Sim. Não.

Sua mandíbula esculpida se contrai. — Qual deles?

— *Sim*, eu decidi, e *não* é a minha resposta — digo. — Toda a minha vida, vivi de acordo com a política de que, se a compensação não for negociável, recuso-me a considerá-la.

Isso é como negociar os preços certos em lojas físicas – algo pelo qual vivo.

— Certo. — Ele se levanta – e meu coração afunda quando imagino os atos indescritíveis que posso ser forçada a realizar na prisão como a cadelinha de alguém... tudo por causa do meu vício em promoções.

Estou prestes a dizer a ele que reconsiderei quando ele diz: — Vou lhe dar uma chance de contraproposta.

Chocada, menciono um número que supera o dele em dez por cento – conservador porque, se fosse uma negociação de emprego real, eu teria escolhido vinte.

Blue me manda uma mensagem instantaneamente e, desta vez, certifico-me de que ele não me veja dando uma espiada.

Corajosa. Não tenho certeza se estou orgulhosa de você ou preocupada com sua sanidade.

Gunther pega uma caneta elegante e a desliza na minha direção. — É um acordo se você assinar nos próximos dois minutos.

Examino o contrato novamente, certificando-me de

que não estou dando a ele meu primogênito ou minha alma. Parece legítimo. Com um suspiro relutante, eu assino a maldita coisa.

Ele pega e coloca um cartão de visita na mesa na minha frente. — Esteja lá amanhã para o seu primeiro dia. — Ele se vira para sair e, por cima do ombro, acrescenta: — Vou avisá-los que estou retirando as acusações.

Concordo com a cabeça, mas ele já se foi.

Fico sentada lá, atordoada. Antes que eu possa processar totalmente o que acabou de acontecer, sou liberada e levada para casa em um carro da polícia.

Quatro

— CONTE-ME TUDO — PEARL EXIGE QUANDO ENTRO EM meu apartamento.

Eu esperava totalmente o interrogatório. Pearl é a maior fofoqueira da nossa família fofoqueira.

Sentamo-nos no sofá da sala, Pearl com sua gata no colo e eu com uma garrafa de refrigerante que comprei por dez centavos – graças aos cupons legítimos. Enquanto eu conto a ela o que aconteceu, seus olhos ficam tão grandes que ela me lembra um personagem de anime.

— Por que você acha que ele lhe ofereceu o emprego? — Ela pergunta quando eu termino.

Eu dou de ombros. — Provavelmente por causa do que ele disse. Ele precisa validar seus cupons.

Minha irmã inclina a cabeça. — Tem certeza de que não é porque ele gosta de você?

Gosta de mim? — Você está louca?

Ela acaricia sua gata adormecida, pensativa. — Deve haver outros especialistas em cupons no mundo.

Eu tomo meu refrigerante. — Ele provavelmente quer matar dois coelhos – me atormentar *e* validar seus cupons.

— Talvez. Mas se for porque ele quer você, o que você vai fazer?

Eu zombo. — Ele não me quer.

Ela me dá um olhar assustadoramente reminiscente de nossa mãe. — Você está solteira há muito tempo.

— Como se você tivesse namorado muito.

— Não tenho um cara gostoso do Ensino Médio disponível — diz ela. — Um cara que definitivamente costumava olhar para você no refeitório.

Meu coração pula uma batida. — Ele olhava?

Ela assente com a cabeça.

— Sem chance. Como ele saberia quem eu era? Eu me sentava com cinco pessoas idênticas a mim. Em se tratando de tatuagens e piercings que me distinguem atualmente, eu só tinha alguns naquela época, e em lugares escondidos – então *isso* não teria ajudado Gunther nem um pouco.

Pearl ri. — Você não sempre afirma que é a mais atraente de nós seis?

— Porque eu sou — digo com confiança – e gostaria de poder acreditar. Declarações como essa são o que comecei a dizer depois de ler *O Segredo*. Imaginei que, se a lei da atração é real, talvez eu pudesse manifestar uma aparência excepcional para mim – o que seria um negócio incrível, como aquela vez em que dei um jogo de pneus de graça para o papai e depois ganhei trezentos dólares após desconto. Ignorando a memória, eu continuo: — De qualquer forma, duvido que ele pudesse dizer à distância quem era a mais atraente de nós.

Pearl revira os olhos. — Você já esqueceu sua fase de cabelo verde? Ou quando começou a usar couro?

Merda. Ela está certa. Agora que penso nisso, a última vez que tive a experiência traumática de ser confundida com uma de minhas irmãs foi no ginasial.

— É tudo discutível mesmo assim — digo com firmeza. — Mesmo se eu quisesse namorar – o que não quero –, Gunther seria o último cara que eu consideraria. Eu o odeio por arruinar minha vida. E ele me odeia por cortar Tiffany e pela porcaria dos cupons. Além disso, somos muito diferentes. Ele é polido e eu sou tudo, menos isso. Ele é rico, eu sou pobre. Ele é...

— A senhora protesta demais — diz Pearl conspirativamente para seu gato. — Penso eu.

— Cale-se.

— Bem... — Ela sorri maliciosamente. — Você tem que admitir, você pensou muito sobre a ideia de sair com Gunther.

— Não pensei.

— Pensou.

— Nuh-uh.

— Uh-huh.

Continuamos assim por um tempo até que ela capitula, dizendo: — Acho que mostrei meu ponto.

Olho incisivamente para a gata dela. — Você acha que Atonic está grávida?

Pearl dá de ombros. — Não é garantido, mas se ficarmos aqui com você, com certeza ela vai ficar, e com uma grande ninhada, ainda por cima.

— Mesmo se eu prender Bunny longe dela?

— A vida encontrará um caminho — diz Pearl em sua melhor representação de Jeff Goldblum. — Assim como com você e Gunther.

Não querendo revisitar nosso debate sofisticado de um minuto atrás, eu digo: — Então, onde você vai ficar, se não comigo?

— Com Pixie — diz ela.

— Por quê?

Ela olha para sua gata. — Blue também tem um gato, Lemon conseguiu um roedor muito comestível, Olive está na Flórida agora, Gia...

— E a tartaruga gigante de Pixie?

Ela suspira. — Ainda é o melhor de todos os cenários possíveis. Duvido que encontre um hotel que permita animais de estimação.

— OK — digo. — Quando estiver pronta, eu ajudo você a fazer as malas.

———

Depois que Pearl sai, deixo Bunny sair do quarto.

Parecendo indignado, ele vai direto para a cozinha e mastiga com raiva a ração que comprei para ele em uma promoção da BOGO.

— Desculpe — digo a ele. — Tive que esperar até Atonic sair.

Ele olha para mim com sua habitual expressão assassina:

Então não posso torturar e matar um membro da minha própria espécie? Que decepcionante. É melhor aquele-que-me-alimenta dormir um pouco, pois pode acordar com uma garra – ou uma presa – arrancando seu olho.

Quando Bunny perde o interesse por mim (um milissegundo depois), digo a ele que o amo e começo a me preparar para o próximo dia de trabalho – uma tarefa que consiste em uma pergunta que nunca pensei que faria a mim mesma porque vai contra minha própria natureza.

Como alguém frustraria um cupom falso?

Cinco

A SEDE CORPORATIVA DA MUNCH & CRUNCH FICA EM Midtown, então tenho que sofrer com a indignidade que é o trajeto matinal em Nova York. Não é de surpreender que meu destino seja um arranha-céu. De acordo com as placas, Munch & Crunch não ocupa todo o prédio, apenas uma parte dele.

Um pedaço crocante, já que o nome é *Crunch*?

— Honey? — A segurança pergunta com um sorriso. — As pessoas devem te chamar de "hon" – docinho – o tempo todo.

— Não se eles não quiserem levar uma facada no baço — Respondo, mantendo meu tom jovial, mas meus olhos absolutamente sérios.

Posso muito bem deixar minha reputação habitual se espalhar em meu novo local de trabalho.

Seu sorriso substituído por uma expressão mais profissional, ela me diz que devo ir para as salas executivas no último andar.

Isso é estranho. Eu me pergunto por que Gunther me quer lá?

Quando chego ao meu andar, um homem corpulento me cumprimenta. Seu terno parece largo nele, seu cabelo é quase inexistente e seu rosto redondo me lembra um querubim.

— Srta. Hyman? — Ele pergunta em um tom surpreendentemente caloroso.

— Por favor, me chame de Honey — digo. — E nunca, nunca, me chame de Hon.

Um sorriso levanta suas bochechas rechonchudas. — Nesse caso, me chame de Ashildr, e nunca, jamais me chame de Ash.

Eu aperto sua mão. — Onde eu me sento?

Ele fica vermelho. — Isso ainda está sendo arranjado. Enquanto isso, gostaria de um tour?

— Se faz parte do trabalho, claro.

Ele sorri. — Que tal começarmos pela despensa?

Deixei que ele me conduzisse pelo corredor. Passamos por uma senhora elegantemente vestida. Quando ela está fora do alcance da voz, Ashildr sussurra: — Essa é Linda. O Sr. Ferguson a contratou como um favor a um parceiro de negócios. Ela é amigável o suficiente, mas vai falar de você pelas costas.

Eu arqueio uma sobrancelha. — Falar pelas costas?

O senso de ironia de Ashildr foi removido cirurgicamente? A próxima coisa que você sabe é que ele ligará para a próxima pessoa que encontrarmos para fofocar no escritório.

— Aqui — diz ele, e entramos em uma sala do tamanho da minha sala de estar.

— Você chama isso de despensa? — Examino uma elegante cafeteira de tamanho industrial, uma geladeira estilo restaurante, uma tigela gigante com várias frutas e uma variedade obscena de lanches espalhados por todas as superfícies. — Isto é mais como uma cozinha. Em um refeitório.

Ele pega uma xícara e aperta um botão na cafeteira. — Sr. Ferguson não gosta do termo 'sala de descanso'. Ele acha que isso encoraja muitas pausas desnecessárias. — Ele aponta para a placa acima do micro-ondas. — Falando no Sr. Ferguson, este aviso é dele, o que o torna *lei*.

Sem peixe. Sem pipoca. Sem curry.

— Huh — digo. — Gunther é sensível a cheiros?

Minha companheira de bando, Lemon, tem uma versão extrema disso, a ponto de eu ter que usar produtos sem perfume por dois dias antes de vê-la, ou então ouvir reclamações intermináveis.

— Por favor, chame-o de Sr. Ferguson — diz Ashildr incisivamente. — E ele não é sensível, apenas atencioso com a sanidade de todos.

Veremos. De repente, estou desenvolvendo um desejo por um curry de peixe com pipoca de caramelo para a sobremesa.

Ashildr abre os braços como se estivesse pedindo aplausos. — Você quer pegar algum lanche ou fazer uma bebida antes de continuarmos o tour?

Sinto uma onda de dopamina familiar relacionada ao acordo. — É tudo de graça, certo?

— Claro.

Pego um punhado de framboesas. — Elas foram lavadas?

Ele assente, então, eu enfio as frutas na minha boca. Enquanto mastigo, pego três barras de chocolate e coloco nos bolsos da minha jaqueta de couro. E pego um muffin e duas nectarinas.

Ashildr olha para mim com uma expressão confusa. — Se você está com fome, eu te levo para o refeitório.

Eu engulo meu bocado. — O refeitório é grátis?

— Não, mas é fortemente subvencionado.

— Não, obrigada. — Olho para um segundo muffin. — Estou bem.

— Que tal eu te mostrar a academia? — Ele pergunta, seguindo meu olhar.

Eu estreito meus olhos. — O que você está sugerindo?

Ashildr empalidece. — Achei que, já que você está interessada nas vantagens gratuitas, você pode...

— Eu só estava fodendo com você — digo com um sorriso.

— Por favor, evite usar a palavra com F — diz ele com um estremecimento. — Especialmente perto do Sr. Ferguson.

— Anotado — digo, lutando contra o desejo de sorrir maliciosamente. — Vá em frente, me leve para a academia.

— Claro. — Ashildr olha minhas mãos com desaprovação.

Suspiro e relutantemente coloco de volta uma das nectarinas. — Vamos.

Assim que ele se vira para ir embora, uma mulher entra na sala – uma loira linda e fria que parece vagamente familiar. Ignorando Ashildr, ela me olha de cima a baixo, como uma peça de museu.

— Nós nos conhecemos? — Ela pergunta, enrugando o nariz perfeito.

— Esta é a Srta. Hyman — Ashildr diz e se vira para mim. — Esta é a Srta. Ichor.

Eu pisco. Conheci alguém com esse sobrenome exato no colégio. O nome dela era Tiffany – a mesma Tiffany que Gunther costumava namorar.

Tipo, a valentona que se cortou na minha faca.

Uma centelha de reconhecimento já está em seus olhos, seguida de ódio, é claro.

— O que você está fazendo aqui? — Ela sussurra para mim.

— Ela é a nova contratada — Explica Ashildr, parecendo bastante surpreso com o tom dela. — Eu acredito que vocês trabalharão juntas.

— Vamos? — Tiffany e eu gritamos em uníssono.

Ele empalidece. — Tenho certeza de que o Sr. Ferguson vai contar tudo sobre isso ainda hoje.

Então, esse é o plano perverso de Gunther – me fazer trabalhar com a pior pessoa do mundo? Além dele, quero dizer.

Com uma fungada, Tiffany começa a fazer um café

e Ashildr sai correndo da despensa. Eu sigo atrás dele em transe. Só quando entramos no elevador é que Ashildr abaixa a cabeça na minha direção e diz em voz baixa: — Não é muito competente, essa aí.

— Quem, Srta. Ichor?

Ele assente. — Há rumores de que o Sr. Ferguson se sentiu mal por ter terminado com ela quando eles eram jovens, então, ele a contratou por pena.

Ou ele a contratou para foder comigo. Por que isso soa muito mais plausível?

— Qual *é* o trabalho dela? — Pergunto.

— Ela é uma das coordenadoras de preços com desconto — diz ele. — Ela lida com a iniciativa CLIFF.

Minha sobrancelha faz a pergunta óbvia.

— CLIFF é a sigla de Cliente Leal Integrado ao Futuro, do setor de Integração de Fidelidade — diz Ashildr. — O cara que Tiffany substituiu se chamava Cliff, então, ele inventou o nome do projeto, e meio que pegou. A ideia é que o Sr. Ferguson está disposto a ter margens menores ao abrir nossas lojas em bairros promissores, na esperança de estabelecermos a fidelidade à marca desde o início e, à medida que as circunstâncias financeiras nos bairros melhorarem, as margens também podem fazê-lo.

Quão maquiavélico de Gunther. Exceto, se minha vizinhança é alguma referência, ele colocou a pessoa errada no comando deste projeto em particular. Os preços em nosso Munch & Crunch são altos para todos, não apenas para o pessoal de renda fixa em meu prédio de aluguel controlado.

O elevador para e saímos para a academia, que é para qualquer outra academia o que um hotel cinco estrelas é para um hostel... do tipo que você pode ser assassinada.

Além de aparelhos de ginástica, eles contam com ofurô, sauna a vapor, sauna seca finlandesa, piscina, aulas de ioga e massagens com hora marcada. Ashildr não diz isso, mas aposto que as comodidades também incluem sessões privadas com um harém de gigolôs masculinos, um zoológico de lhamas e uma vantagem em que, uma vez por mês, cada um dos personal trainers permite que você os chute nas partes íntimas.

— Isso é subvencionado, como o refeitório? — Eu pergunto quando nos dirigimos para o elevador.

— Não — diz Ashildr. — É grátis.

Minha boca se abre. — Tudo de graça? — Me imaginar em todo esse luxo parece bom demais para ser verdade – não muito diferente de todo o pão de gengibre grátis que a bruxa ofereceu a João & Maria.

— Sr. Ferguson investe na saúde de seus funcionários — diz Ashildr com orgulho.

Sim, claro. Mais como se ele tivesse feito uma análise de custo-benefício que concluiu que o acesso à academia reduzirá os dias de folga e aumentará a produtividade.

— Quanto tempo dura o nosso almoço? — Pergunto.

Ashildr pressiona um botão de elevador com a letra R, que deve significar refeitório. — Sr. Ferguson acredita em horários flexíveis. Você pode reservar uma hora para o almoço e uma hora para a academia, se desejar, desde que não esteja envolvida com algo urgente, como uma reunião. Apenas certifique-se de ficar até mais tarde para compensar as horas extras.

Aqui, também, aposto que há alguma análise implacável de custo-benefício em jogo. Algo como "horários flexíveis melhoram a lealdade e o moral dos funcionários, e isso aumenta a produtividade". Pode até ter um acrônimo semelhante ao CLIFF. Talvez CLIT?

Antes que Ashildr possa me contar mais sobre as maravilhas do Munch & Crunch, o elevador se abre e visitamos o refeitório – o que é um nome impróprio. O que isso realmente deveria ser chamado é de restaurante sofisticado.

Hum. Os preços são muito bons, especialmente para lagosta e caviar. Ainda assim, tenho que ser realista. Enquanto houver comida de graça na despensa, vou me ater a isso.

— Almoços e jantares de negócios acontecem lá — Explica Ashildr, apontando para uma sala separada ao lado do refeitório, onde vejo um grupo de pessoas de terno e aparência séria. — E, nesse caso, eles são pagos pela empresa, é claro.

— Anotado — digo. — A propósito, devemos nos sentar e conversar sobre alguns negócios hoje?

Ele sorri. — Acho que o Sr. Ferguson vai monopolizar seu tempo.

E assim, perdi o apetite.

O telefone de Ashildr toca.

— Ah — Ele diz depois de verificar a mensagem. — Sua mesa está pronta.

Voltamos ao andar executivo. Não surpreendentemente, é muito chique, com vários escritórios, incluindo os mais aconchegantes ao longo das paredes que têm vistas deslumbrantes da cidade.

No maior desses escritórios está Gunther, com a postura ereta e os olhos perdidos na tela do computador.

— E este é o seu — diz Ashildr, apontando para o escritório adjacente ao de Gunther.

Afasto meu olhar do meu inimigo e examino o espaço. Droga. Se eu fosse uma alpinista corporativa, teria um *escritóriorgasmo*. A vista do meu escritório é de outro mundo, e há espaço suficiente para dançar uma jiga.

Mas há um problema. Graças a todo o vidro e ao modo como minha tela está voltada, Gunther poderá ver o que estou vendo.

Ah, bem. Se eu fosse ele, também não confiaria em mim para não ficar no TikTok o dia todo.

— Você gosta? — Ashildr pergunta.

Assinto, sem palavras. Quão importante é o meu novo papel?

— Sua senha de login é definida com suas iniciais e os últimos quatro dígitos do seu número de telefone. Algumas instruções de integração estão na sua caixa de entrada. — Ele aponta para um escritório próximo. — Eu estarei lá se você tiver alguma dúvida.

— Obrigada. — Entro em meu escritório, vou até o monitor e toco no teclado.

Nada acontece.

Eu movo o mouse.

Não.

Procuro a torre para ligar, sem sucesso.

Hum. Ligo e desligo o monitor.

Isso não ajuda.

Acho que já tenho uma pergunta – e possivelmente uma pergunta idiota.

Saindo do meu escritório, entro no de Ashildr – e quase esbarro em uma engenhoca com água.

— Desculpe — diz Ashildr. — Esse é o meu umidificador de ar.

É por isso que seu escritório parece um pouco com uma sauna?

— Eu preciso disso — Explica Ashildr. — Ou, então, tenho hemorragias nasais.

Paro no meio do caminho e tento segurar a súbita explosão de terror.

Ashildr franze a testa. — Você está bem?

Como posso explicar se nem eu mesma tenho certeza de por que isso me incomoda tanto? Tudo o que sei é que minha aversão ao sangue piorou nos últimos anos e acabei de saber que ele pode ter sangramento pelo rosto a qualquer momento durante nossa interação. Eu estremeço. Isso é o mais próximo possível do meu pior pesadelo. A única coisa mais assustadora é visitar um daqueles laboratórios onde tiram sangue.

Não tenho ideia de qual é o meu colesterol e provavelmente nunca vou descobrir.

— Estou bem — De alguma forma consigo dizer, embora não de forma muito convincente. — Eu queria perguntar... Como faço para ligar meu computador? — E onde está?

Ele dá um tapa na própria testa. — Nossos computadores são embutidos no monitor. — Ele aponta para um pequeno buraco perto da câmera de seu monitor. — Isso é um microfone. Para ligar o sistema, você usa um comando de voz. — Ele aproxima o rosto do microfone e diz: — Octothorpe, terminei com Munch & Crunch.

— Desligando — diz uma voz de esquilo nos alto-falantes do monitor. O computador desliga e o monitor fica preto.

Eu sorrio. — Octothorpe? — Parece um lobisomem com oito cabeças e seria uma ótima palavra de segurança para um casal BDSM que gosta muito de Palavras-Cruzadas.

Ashildr traz seu rosto para o microfone novamente. — Octothorpe, começar com Munch & Crunch.

— Começando — diz o esquilo.

O monitor liga novamente e uma tela de login é exibida.

— Aposto que você pode dizer que a palavra foi projetada para chamar a atenção de nosso assistente de IA — diz ele. — Na verdade, é outro termo para o símbolo da hashtag. O Sr. Fonzov - o criador desse produto - acha que um sinônimo para a hashtag é uma palavra de comando melhor do que algo como Siri ou Alexa.

— E essa palavra de comando fará com que tudo o que você disser ao seu computador pareça um monte de hashtags de mídia social.

— Você está certa — Ashildr diz quando eu começo a sair. — Agora, hashtag *boratrabalhar*.

Sorrindo, corro para o meu escritório.

Uma vez lá, digo timidamente: — Octothorpe.

Estou prestes a continuar, mas devo ser muito lerda porque a voz do esquilo aumenta. — Aguardo seu comando.

Meu comando? Eu sabia que o BDSM estava acontecendo.

— Começar com Munch & Crunch — digo na minha melhor representação de amante, embora eu me sinta muito pateta.

— Começando — O esquilo diz obedientemente, e minha máquina liga.

Eu uso as informações fornecidas para fazer login e alterar a senha quando solicitada para "GuntherÉUmIdi0t$a".

Primeiro, verifico o e-mail de introdução e começo as atividades de integração conforme recomendado. É tudo tão chato que sinto que deveria ter pedido mais dinheiro a Gunther – ou aceitado a prisão.

Esperançosamente, esse tormento acontece só uma vez.

Decidindo animar as coisas, pego meu telefone, me xingo por ter esquecido meus fones de ouvido e coloco

Spiderman, dos Ramones, para tocar tão alto quanto os minúsculos alto-falantes do telefone permitem.

Pronto. Melhor. Eu retomo a atividade tediosa.

Quando chego às políticas de RH, uma se destaca:

"Se você começar a namorar um colega de trabalho, preencha o formulário de RH 66669."

Hum. Então... namorar alguém com quem você trabalha é permitido aqui? E se uma das pessoas for o dono da empresa? Certamente, essa é uma dinâmica de poder duvidosa. Não que eu corra o risco de estar nessa situação. Eu odeio Gunther demais para isso, e ele me odeia. Estou mais preocupada com Tiffany, caso ele a tenha contratado por intenção amorosa, e não por pena.

Sim. É isso. Estou preocupada apenas com Tiffany.

E barra lateral – formulário 66669? Isso combina o número da besta *e* uma posição sexual – não exatamente algo que faça você querer confiar nessa forma.

Ah, bem. Localizo o PowerPoint na minha área de trabalho e faço o possível para me preparar para a inevitável conversa com Gunther. Devo me perder nessa tarefa porque me assusto quando alguém bate na porta do meu escritório.

Eu giro na minha cadeira.

É Gunther, e ele parece lindo, maldito seja.

— Entre — digo, e então, insegura quanto ao protocolo, eu me levanto.

Assim que ele entra, ele estremece. — Que barulho horrível é esse?

Eu olho para ele. — Você quer dizer a melhor música de todos os tempos?

— Desligue antes que meus ouvidos sangrem.

A imagem horrível faz minha pele se arrepiar, mas faço o possível para não mostrar nenhuma fraqueza na frente do meu adversário e simplesmente desligo a música.

Gunther me olha da cabeça aos pés. — Você acha que é uma roupa adequada para hoje?

Eu olho para baixo. Estou usando minha jaqueta de couro de sempre, uma camiseta dos Sex Pistols, calça bondage e botas de plataforma de couro – uma roupa não muito diferente da que eu usava quando ele me viu pela última vez e me chantageou para este trabalho.

— O que há de errado com minhas roupas?

Se um suspiro pudesse ter ombros, aquele que escapasse de sua boca carregaria o peso do mundo. — Munch & Crunch não é uma gangue de motoqueiros.

Uma risada escapa dos meus lábios.

Ele franze a testa para mim.

— Munch & Crunch soa como o nome de gangue de motoqueiros mais idiota possível — digo. — A menos que sejam canibais.

Sua carranca não mostra melhora. — Temos um código de vestimenta casual de negócios neste edifício. Espero que você o siga.

Eu zombo. — Não tenho dinheiro para roupas novas. Se você se importa com essa merda, você compra.

— Olha a boca — Ele rosna.

— Que porra é essa?

— Espero que você se abstenha de usar obscenidades em meu prédio.

— Preciso fazer um exorcismo? — Pergunto.

Huh. Eu finalmente tirei aquele olhar autoconfiante de seu rosto presunçoso.

— Do que você está falando? — Ele exige.

— Você parece possuído pelo fantasma de uma governanta com uma vassoura enfiada na bunda.

Sua única resposta é algo ininteligível em voz baixa.

— Olha a boca — Eu o repreendo, fazendo o meu melhor para soar como ele.

Suas narinas dilatam. — Eu não... não importa. Podemos finalmente falar sobre cupons?

— A palavra 'finalmente' implica que sou *eu* quem está perdendo nosso tempo com tangentes sobre o que é apropriado para uma dama vestir e dizer.

— Certo, uma dama. — Ele vira as costas para mim. — Vejo você na sala de reuniões A.

Com isso, ele se afasta e, como não está indo para o escritório, presumo que seja para a sala de reuniões em questão. Eu o sigo, mas suas pernas são mais longas, então tenho dificuldade em acompanhá-lo. Em algum momento, quando ele vira a esquina, eu o perco de vista.

Ótimo. Onde diabos é aquela sala de reuniões?

Avistando um banheiro, eu o uso, então refaço meus passos e pergunto a Ashildr aonde ir.

Quando chego ao meu destino, Gunther, Tiffany e

algumas pessoas que não conheço estão sentados lá, parecendo impacientes.

— Srta. Hyman — Gunther diz friamente. — Obrigado por tomar seu tempo. — Ele então apresenta todos na sala, incluindo 'Srta. Ichor' – como se ele não soubesse que eu a conheço, tão intimamente quanto apenas um esfaqueador pode conhecer sua vítima.

Eu luto contra um raro surto de timidez enquanto todos os olhos ficam em mim.

— Como coloco algo na tela da TV? — Pergunto, empurrando a sensação desconfortável. — Preparei uma pequena apresentação.

Gunther parece pasmo, como se eu tivesse acabado de contar a ele que construí um míssil balístico sozinha. No entanto, ele pega o laptop ao lado dele, faz algo para que sua tela apareça na TV, depois, desconecta e gesticula para que eu faça login na minha conta. Quando faço isso, minha apresentação está na área de trabalho, indicando que o arquivo está em algum lugar da nuvem corporativa Munch & Crunch.

— Obrigada. — Abro meu primeiro slide. — Para começar, pensei em examinar os recursos dos cupons que alguém que gosta de abusar deles adora – seja um falsificador regular ou alguém mais nefasto. — Prossigo explicando todos os recursos, sentindo-me uma traidora no caminho.

Todos, exceto Tiffany, parecem impressionados, e algumas pessoas estão fazendo anotações.

Eu vou para o meu próximo slide. — Agora, para

falsificadores mais profissionais. — Conto a eles sobre algumas técnicas que um hipotético gênio do mal pode usar para criar um cupom fraudulento, como alterar a porcentagem de desconto em um cupom real – digamos, transformar dez centavos em setenta. Em seguida, entro em cenários mais covardes, como fabricar um cupom do zero usando uma impressora e papel especiais.

Mais uma vez, todos me dão atenção total, até Tiffany.

Sentindo um impulso de confiança, troco de slides. — Antes de falar sobre possíveis contramedidas, tenho uma pergunta. A Munch & Crunch tem controle sobre os cupons que vão para revistas, jornais e livros de cupons?

Uma mulher severa, cujo sobrenome já esqueci, balança a cabeça. — Não o papel e a tinta. Nós apenas damos a eles o criador digital.

— Faz sentido — digo e mudo os slides. — Nesse caso, aqui estão algumas soluções. — Conto a eles algumas ideias que tive – como garantir que sempre haja um código de barras para digitalizar no cupom, mesmo que a loja não planeje digitalizar. — É preciso ter culhão para forjar um cupom com um código digitalizado — digo. — E ainda maiores para entrar na loja e usá-lo.

A expressão de Gunther é difícil de ler. Ele está ansioso para me castigar por dizer 'culhão' ou está prestes a aplaudir meu brilhantismo.

Compartilho minhas outras ideias, incluindo o que

não gosto como viciada em cupons das antigas – cupons digitais.

— Alguma pergunta? — digo quando chego ao final do meu PowerPoint.

— Qual é o orçamento para isso? — A mulher severa pergunta... severamente.

O número que Gunther dá me choca, mas todos parecem indiferentes.

— Você decidiu quem vai liderar esse esforço? — Tiffany pergunta, e fica claro que ela quer desesperadamente se voluntariar – para este projeto, bem como para a cama de Gunther.

— Achei que seria óbvio — diz Gunther. — Ela.

Todos ficam boquiabertos para onde seu dedo está apontando.

Meu coração dá um salto e de repente sinto como se estivesse cercada pelos motoqueiros canibais mencionados antes.

Gunther está apontando para mim.

Seis

— MAS ELA É NOVATA — DIZ A MULHER SEVERA.

Tiffany acena para ela com aprovação. — Ela também mal...

— Minhas decisões estão, por acaso, em debate? — Gunther interrompe, estreitando os olhos.

— Não, senhor — Todos murmuram.

Ele se levanta. — Nesse caso, esta reunião está encerrada.

Todo mundo sai, mas eu fico lá, ainda atordoada.

— Como devo liderar um projeto? — Não pergunto a ninguém em particular.

— Com a minha ajuda, é claro — diz Gunther, me assustando. Eu nem percebi que ele tinha ficado para trás.

— Oh?

— Que tal eu te dar um curso intensivo? — Ele diz.

— Tenho escolha?

— Não — diz ele, e então faz exatamente o que

sugeriu – oferece um curso tão chato que me dá um nó na cabeça algumas vezes ao longo do caminho. Eu aprendo coisas como o que é um ciclo de vida de gerenciamento de projetos e como funciona na Munch & Crunch. Nas entrelinhas, também aprendo o quanto Gunther gosta de suas siglas e jargões corporativos. Meu favorito de hoje é provavelmente o SoW, a sigla para Statement of Work, que significa Declaração de Trabalho, embora, para mim, me lembra de Petúnia, a porca, *sow* em inglês, da fazenda dos meus pais. Mamãe gosta de contar a história de como levou a dita porca ao orgasmo como parte de uma inseminação artificial.

Sim. Tenho uma teoria de que ter tantas filhas pode ter causado um colapso na mente de mamãe (possivelmente na do papai também). Somos oito no total – antes do meu bando, eles tiveram gêmeas. Não que tais desculpas fizessem Petúnia se sentir melhor sobre a violação de sua pessoa.

— Então — Gunther diz, tirando-me de pensamentos relacionados a suínos. — Que tal você trabalhar no SoW?

— Tenho escolha? — Pergunto novamente. Porque prefiro repetir o duvidoso feito de minha mãe com Petúnia.

Ele balança a cabeça. — Esta é a sua única maneira de sair da bagunça que você mesma criou.

— Acho que vou trabalhar no maldito porc... quero dizer SoW.

Suas sobrancelhas escuras se juntam perigosamente. — Será que perdi meu tempo?

— Já cansou de ser o Sr. Ditador? Eu disse que vou trabalhar na coisa estúpida, e vou.

Ele aponta para o laptop. — Você pode levar caso precise trabalhar remotamente ou durante o trajeto. Se precisar de suprimentos, fale com Ashildr. Ele é o assistente executivo.

A parte em mim que adora promoções está excessivamente entusiasmada com um laptop grátis – mesmo que a parte racional em mim saiba que esse é o mesmo tipo de "grátis" do proverbial almoço grátis. Por exemplo, se eu decidir matar aula fingindo estar doente, este laptop será um impedimento.

— Ashildr pode providenciar um chip no meu cérebro – para garantir que eu possa trabalhar quando estiver no chuveiro? — Pergunto.

Gunther se levanta. — Se você não quer o laptop, não precisa levá-lo.

Com isso, ele vai embora.

Eu verifico o elegante aparelho. A última vez que vi um igual à venda, custava mil dólares e não pude pagar. Em outras palavras, é claro que vou aceitar. Na verdade, a próxima coisa que faço é dar uma passada no escritório de Ashildr para descobrir onde posso conseguir uma maleta para laptop – porque não posso deixar de proteger meu brinquedinho novinho em folha de arranhões.

— Deixe-me mostrar-lhe o almoxarifado — diz Ashildr e me leva para o que acaba por ser a terra prometida.

Grampos,   Post-its,   cadernos,   calendários,

organizadores de mesa e tudo maravilhosamente grátis!

— Antes que você pergunte, se precisar levar alguma coisa para casa, pode — diz Ashildr.

— Existe um carrinho de compras que eu possa pegar emprestado? — Sussurro em admiração.

Ele ri nervosamente. — Não. Só o que você pode carregar.

Desafio aceito. Com a ajuda de Ashildr, carrego coisas suficientes para meu escritório para administrar um Office Depot, e talvez um Staples, por uma semana.

— Vou deixar você se instalar — diz Ashildr e foge antes que eu possa usá-lo como minha mula novamente.

Eu montei meu escritório com todos os brindes, então iniciei o estúpido SoW.

Quando fico com fome, vou até a despensa para pegar os lanches. Uau. Alguém trouxe ainda mais comida. Pela primeira vez, no entanto, não mergulho direto porque algo estranho chama minha atenção.

Um grande frasco com um líquido espesso e amarelado e uma nota:

Honey (mel) – *para todos saborearem.*

Rangendo os dentes, luto contra a vontade de quebrar a jarra contra a parede. Eu conheço essa caligrafia. Eu a vi em todos os documentos que assinei recentemente. Gunther escreveu isso – e deixou o 'honey', tudo como parte de alguma brincadeira estúpida.

Isso é algum tipo de trote? Mas a escolha das palavras... 'Saborearem'? 'Todos'? Ele está dizendo que eu sou a vadia do escritório? Além disso, a piada do pote ser parecido com pote de *mel*, que é a tradução de meu nome, é incrivelmente banal. Se eu ganhasse uma moeda para cada vez que alguém de alguma forma ligasse meu nome aos fluidos corporais das abelhas, eu seria capaz de nadar em dinheiro agora, como o Tio Patinhas.

Entro no escritório de Gunther para dizer a ele exatamente o que penso, mas ele não está.

Hum. Talvez esta seja uma oportunidade.

Corro até o almoxarifado, pego todos os Post-its rosa que consigo carregar e volto para o escritório de Gunther. Com um sorriso malicioso, começo a colar as notas no padrão que tenho em mente – inclusive nas janelas, no monitor, no teclado, no chão e na cadeira dele.

Quando termino, dou uma olhada e rio.

O escritório era frio e moderno antes, mas com todo aquele rosa, parece a Casa dos Sonhos da Barbie.

Sorrindo, volto para meu escritório e instalo um espelho retrovisor em meu monitor, para poder ver a reação de Gunther quando ele voltar para ver meu trabalho.

Depois de esperar alguns minutos, percebo que esqueci de comer, então, cuido disso.

Gunther ainda não voltou.

Ah, bem. Por enquanto, posso trabalhar no SoW para matar o tempo.

— Octothorpe, começar com Munch & Crunch — digo vertiginosamente.

— Começando — diz a voz de esquilo, soando mais alegre do que antes – obscenamente. Talvez o computador imite minhas emoções?

Eu começo a trabalhar, mas no fundo, estou esperando.

E espero.

E espero mais um pouco. Gunther não volta depois de uma hora. Ou duas horas. Ou três.

Mesmo depois de terminar o documento, ele ainda não apareceu.

Desgraçado. Ele merece algum tipo de prêmio por conseguir me irritar por *não* estar por perto.

Meu estômago ronca, então eu visito a luxuosa despensa mais uma vez.

O pote de mel está lá, faltando um pouco do conteúdo.

Oh, não. As pessoas estão realmente se servindo de mel? Que se foda. Pego algumas barras de proteína e algumas frutas em uma das mãos e o pote ofensivo na outra.

— Essa coisa vai para casa comigo — digo, para o caso de estar sendo filmada por uma câmera de vigilância. — Não serei humilhada nem mais um segundo.

Voltando para o meu escritório, eu como na minha mesa e olho para o relógio.

Bem depois das cinco.

Ele provavelmente não vai voltar.

Certo.

Pego o pote da minha mesa e vou para casa.

———

Há pacotes esperando por mim na porta.

Que estranho. Eu não pedi nada.

Eu os levo para dentro e os abro um por um.

Que porra? São roupas e sapatos.

Não pode ser... pode?

Sim. Há uma nota de Gunther:

Traje apropriado para o escritório. Após seu primeiro contracheque, espero que você compre mais por conta própria.

Huh. Há sete roupas aqui. Por que eu desperdiçaria dinheiro com mais?

Passos letalmente suaves chamam minha atenção. Eu me viro para ver os olhos malignos de Bunny brilhando de curiosidade.

Aquele-que-me-alimenta vai me deixar brincar com aquelas caixas – ou vai acabar esfolada dentro de uma caixa... e no chão.

— Toda sua — digo a ele, pegando todas as coisas.

Bunny prontamente apalpa a caixa de sapatos, como se fosse algo pequeno, peludo e fofo.

Deixo o pote de mel na cozinha e começo a experimentar tudo.

Pareço a porra de uma bibliotecária, mas tudo serve, até os sapatos.

Uma das minhas irmãs ajudou Gunther com isso?

Antes de hoje, ter uma delas experimentando merda para mim era a única maneira de não comprar pessoalmente.

Eu suspiro.

Acho que vou ter que brincar de me fantasiar amanhã.

Sete

Para minha grande decepção, os Post-its sumiram quando passei pelo escritório de Gunther na manhã seguinte.

Não, não sumiram.

Gunther está segurando um grande maço deles enquanto me intercepta a caminho do meu escritório.

— Foi isso que você fez ontem em vez de trabalhar no SoW?

— Bom dia, *Gunther*. — O dia em que eu o chamar de Sr. Ferguson é o dia em que precisarei examinar meu baço. — É bom te ver. Como estão as coisas?

— Eu deveria saber — Ele rosna. — Você disse que iria...

— Cale a boca — Solto. — Eu terminei a porra do SoW. Quer ver?

Ele parece assustado, embora eu não tenha certeza se é por causa do palavrão ou pelo fato de eu ter tido um dia de trabalho honesto.

— Venha. — Eu o levo até minha mesa, peço a Octothorpe para abrir minha estação de trabalho e mostro os frutos do meu trabalho na tela – tudo sem me sentar.

— Ótimo trabalho — diz ele depois de examiná-lo, parecendo irritantemente surpreso.

Sinto uma explosão estúpida e indesejável de orgulho. Eu faço o meu melhor para reprimi-lo. — Da próxima vez, obtenha os fatos primeiro. Até agora, fiz tudo o que você pediu, até vesti essa roupa horrível.

Ele me olha de cima a baixo, seus olhos esmeralda brilhando com alguma coisa, provavelmente raiva.

— Você acha que parece profissional? — Ele finalmente pergunta, parecendo incrédulo.

Eu olho para baixo. — Estou de blusa e saia.

Ele aponta para o meu antebraço direito. — Isso é uma tatuagem da Branca de Neve com uma espingarda, usando uma máscara de Guy Fawkes?

— Não estamos na década de 1950 — digo, revirando os olhos. — Não são apenas os criminosos que fazem tatuagens hoje em dia.

Ele aponta para o meu antebraço esquerdo. — Isso é um demônio sodomizando um palhaço?

Eu dou de ombros. — Você me mandou roupas, eu as vesti.

Ele me dá um olhar duro. — Espere outro lote – desta vez com mangas compridas.

— Certo. Que seja. — Aponto para a porta. — Você não tem outro lugar para ir?

Seus olhos se estreitam ainda mais. — Preciso dizer

a você no que trabalhar a seguir. — Ele acena para a minha cadeira. — Sente-se.

Eu me jogo na cadeira – e quase tenho um ataque cardíaco.

A princípio, parece que uma dúzia de gatos está fazendo sexo em meus ouvidos, mas então percebo o que realmente é.

Uma buzina.

Quando recupero o fôlego, verifico minha teoria.

Sim.

Alguém colocou uma buzina presa embaixo da minha cadeira.

Com base nos dedos de Gunther nos ouvidos e na expressão presunçosa em seu rosto, não preciso adivinhar quem é o culpado.

— Eu tenho um irmão mais novo — diz Gunther, sorrindo. — Quando se trata de pegadinhas, você vai perder.

Eu bufo. — Você esqueceu que eu tenho sete irmãs? Você conhece Gia, não?

Ele parece menos seguro de si, e por um bom motivo. Minha irmã mais velha, Gia, cresceu e se tornou uma mágica – como uma trapaceira profissional. Quando ela era jovem, sua criatividade sádica quando se tratava de brincadeiras era lendária.

Rapidamente se recompondo, ele gesticula imperiosamente para a tela. — Vamos falar sobre os três Ps do planejamento de projeto — diz ele e começa a falar por um tempo, me dizendo coisas tão chatas que nenhum ouvido mortal deveria ser submetido a elas.

Eventualmente, ele me atribui uma tarefa relacionada e vai embora.

Pego a buzina debaixo da cadeira e planejo meu próximo ataque antes de começar minha tarefa.

Às 9h30, Gunther sai de sua mesa.

Esta é a minha chance. Pego um pedaço de fita adesiva e corro para o escritório dele. Virando o mouse, coloco no sensor a laser e corro de volta.

No momento em que estou em minha cadeira, eu o vejo voltar.

Ele pega o mouse.

Mexe-o.

Seu rosto parece irritado.

Ele mexe novamente.

Eu rio.

Ele mexe com a coisa por mais um minuto, depois a vira.

Uma vez que ele vê a fita adesiva, ele lança um olhar de raio mortal para o meu escritório. Espero que ele venha e grite comigo, mas ele não o faz. Apenas arranca a fita e começa a trabalhar em seja lá o que os CEOs fazem.

E parece sexy fazendo isso, o maldito.

Ugh. Bem, pelo menos eu o peguei.

Pelas próximas duas horas, minha produtividade é impulsionada pela alegria. Não é até eu sentir pontadas de fome que percebo que deixar meu escritório me abrirá para retaliação.

Ah, bem.

Vou até a despensa e pego um monte de lanches. Na

máquina de cappuccino, percebo um novo recado: *agora ativado por voz.*

Huh. Pego um copo e coloco embaixo do dispensador. — Octothorpe. Fazer café.

Nada acontece.

— Octothorpe. Hora do capuccino.

Nada.

Após a tentativa número seis, ouço uma risada.

É Gunther, encostado na porta com um sorriso alegre no rosto. — Eu não posso acreditar que você caiu nessa.

Sem querer, avanço para ele, sem saber se o plano é bater ou lamber aquele sorriso malicioso de seu rosto.

— Você vai se arrepender de ter começado essa briga — digo quando estou tanto em seu espaço pessoal que posso sentir o cheiro dele – algo sedutoramente masculino com notas de velas queimadas, que me lembra um quarto decorado romanticamente.

Seu sorriso se foi – ponto para mim. — *Eu* comecei?

Como uma mariposa atraída pela chama de uma vela, eu me aproximo dele. Estou tendo problemas para pensar, por algum motivo, mas ainda consigo dizer: — Foi você quem deixou aquele pote com uma sugestão de me usar para ser saboreada.

Suas feições escurecem. — Deixo mel aqui semanalmente.

Minha boca de repente fica seca, então umedeço meus lábios. — Por quê?

Ele parece faminto – provavelmente precisa almoçar. — No meu tempo livre, sou apicultor.

Eu pisco para ele. — Apicultor? Onde você encontrou abelhas? — Sempre o imaginei morando em uma cobertura em Manhattan, mas nunca com uma colmeia dentro ou mesmo no telhado.

— Minhas abelhas vivem perto da minha casa — diz ele. — Em Nova Jersey.

Oh. Ele mora em Jersey. Eu não sabia disso. Há muito mais espaço lá – até demais.

— Sério? — Eu pergunto.

Isso explicaria aquele perfume sutil que está fazendo cócegas agradavelmente em meu nariz. Não são velas. É cera de abelha e fumaça.

Ele se inclina para que nossos olhos fiquem nivelados. — Por mais que você sinta que o mundo gira em torno de você, esse não é o caso.

Caralho. Se eu quisesse beijá-lo, meus lábios precisariam percorrer apenas alguns centímetros. — Como eu poderia saber que você é um apicultor?

Ele se endireita, descartando minha pergunta. — A única coisa que você deveria saber é que eu nunca escreveria uma coisa tão vil.

Desta vez, não sei por que umedeço meus lábios. — Sobre mim especificamente ou seus funcionários em geral?

Seus olhos brilham. — Se você vai gerenciar projetos, precisa aprender a julgar melhor o caráter.

Um enxame de abelhas se amotina em minha barriga – sem dúvida exigindo que Gunther use seu conjunto particular de habilidades para domá-las. — Eu *sou* uma grande juíza de caráter.

Gunther abaixa a cabeça em minha direção novamente. — A evidência mostra o contrário.

O que posso replicar? Não posso admitir que meu bom senso falhou por causa *dele*. Ou que está falhando comigo agora. De que outra forma eu explicaria me aproximar dele, como se eu fosse puxada por abelhas segurando cordas invisíveis? Meu batimento cardíaco acelera, minha respiração fica superficial quando um calor desconfortável se acumula dentro de mim, tornando-me extremamente consciente do meu corpo e das roupas desconhecidas que o confinam – e a maneira como seus lábios de aparência suave se abrem enquanto ele olha para mim com uma compreensão crescente. A maneira como seus olhos se transformam em uma esmeralda brilhante quando ele inclina a cabeça em minha direção e...

Alguém pigarreia, desconfortavelmente.

Eu me afasto de Gunther.

Ashildr – o culpado – parece querer estar em qualquer lugar menos aqui, inclusive dentro de uma colmeia.

— Então... apicultura — digo sem fôlego para Gunther. — Por que não? É um bom negócio. As abelhas têm a oportunidade de picar você e você recebe mel de graça em troca.

Se eu tivesse a chance de mordê-lo, também desistiria de alguns de meus fluidos corporais, tenho certeza.

A expressão de Gunther é difícil de entender quando ele dá um passo para trás e também pigarreia.

— Sim, é relaxante estar com elas. — Ele reajusta a gravata, olhando para mim. — E você? Algum passatempo?

Fazendo um péssimo trabalho em fingir que essa conversa é normal, Ashildr vai até a máquina de café e começa a preparar algo. Para meu desgosto, ele não cai na parte "ativada por voz".

Volto minha atenção para Gunther e faço o possível para continuar fingindo.

— Você sabe que eu gosto de vendas e promoções.

— Isso não é um hobby — Responde Gunther, aparentemente entrando no espírito das coisas.

Eu zombo. — É também. Como colecionar cupons é diferente de colecionar selos? Além disso, também possuo um detector de metais e o uso na praia. Isso é um hobby, com certeza.

Ele dá de ombros. — Certo. Esse se qualifica, talvez.

Eu me animo. — Também procuro cogumelos. O que não é tão diferente da apicultura, embora seja muito mais seguro.

Gunther bufa. — Cogumelos podem ser venenosos.

— Não se você levar sua amiga micologista com você quando for buscá-los.

Ashildr sai correndo da despensa como um rato sendo perseguido por Bunny.

Um silêncio constrangedor cai sobre nós. Claramente, a conversa sobre hobbies acabou. E agora? Eu imaginei o que aconteceu – ou quase aconteceu – antes? Uma parte de mim quer chegar perto dele de novo, mas uma parte muito mais sã diz a essa outra parte para ter uma porra de uma pista.

— É melhor eu ir — diz Gunther, jogando água fria em todas as minhas partes. — Tenho um compromisso.

— Claro — digo em dúvida.

Ele franze a testa. — Eu realmente tenho. Meu ferro está alto, então, doo sangue todo começo de mês.

Por que ele diria isso, dentre todas as coisas? Minha pele instantaneamente fica úmida e me sinto fraca.

De todas as atividades humanas, nada me assusta mais do que uma coleta de sangue. Tenho mais medo desse procedimento médico do que minha irmã Blue tem de pássaros raivosos. Não sei por que isso acontece, mas o mero pensamento disso pode me levar a uma espiral nauseante. O mesmo vale para a visão de uma sanguessuga. Ou um mosquito superalimentado.

— Você está bem? — Gunther pergunta, sua voz soando estranhamente distante, como se eu estivesse ouvindo através de um túnel. — Sinto muito se você pensou que eu estava prestes a fazer algo inapropriado antes. Eu nunca faria.

Espere, o quê? Eu volto a atenção total. Então não imaginei o quase-beijo? Esqueço tudo sobre o procedimento que não deve ser mencionado e olho para Gunther, boquiaberta.

Ele olha para mim, parecendo preocupado. Como ele deveria estar. Quero dizer, por que se comprometer tão fortemente a não beijar? Como Charles Dickens disse: "Nunca diga nunca".

— Não é isso — Eu consigo dizer. — Acho que meu açúcar está baixo.

— Oh. — Ele faz sua marca registrada estreitando os olhos. — Nesse caso, coma alguma coisa. Isso é uma ordem.

Eu bufo. — Aqui não é o exército. Você não pode me dar ordens.

— Você está na minha folha de pagamento. Se eu pedir para você comer no horário de trabalho, você comerá. — Ele soa como um sargento durão.

Espere, por que estou pensando em algo duro? Especificamente, penetração dura? Eu pisco e tento reunir meus pensamentos rebeldes. — OK, eu vou comer. Vá fazer suas coisas. — E, por favor, não repita o que é.

Ele acena com a cabeça imperiosamente. — Bom. Quero ver você morder alguma coisa. Agora.

Engulo seco. Por que isso me faz pensar em morder... coisas? Coisas inapropriadas? Como lábios suculentos e... — OK — Eu guincho e pego a primeira coisa que vejo no balcão – uma barra de nozes.

Sob seu olhar determinado, abro a embalagem e mordo. Forte.

— Boa menina — Ele murmura, os olhos semicerrados. Então, aparentemente percebendo como isso saiu, ele pigarreia e diz: — Quero dizer, bom trabalho.

Virando-se, ele sai tão rápido que não consigo deixar de pensar que ele está fugindo.

Fico olhando para ele, mastigando sem pensar. Não

posso acreditar no que acabou de acontecer. Ou quase aconteceu? Eu não tenho certeza. Também não acredito que não foi ele quem começou nossa guerra de pegadinhas. Ainda assim, ele me pegou bem e a bola está do meu lado. Recuso-me a deixá-lo ter a última palavra. Minha reputação como pessoa com sete irmãs está em jogo.

Então, depois de me recuperar do que pode ou não ter acontecido, pego meus petiscos, deixo-os sobre a mesa e vou ao escritório de Gunther, onde troco o teclado Bluetooth dele pelo meu.

Sorrindo em antecipação, volto a trabalhar no meu laptop e espero ele voltar.

———

— Você comeu mais? — Ouço Gunther perguntar, do nada.

Eu engulo meu coração de volta no meu peito e giro minha cadeira para encará-lo – todos os mais de um metro e oitenta dele. — Você me assustou.

Como não o vi entrar em meu escritório? Devo ter me envolvido no trabalho, por mais chato que seja.

— Desculpe — diz ele, soando nem um pouco apologético. — Agora, responda à pergunta.

Reviro os olhos. — Sim, *mãe*. Minha barriga está cheia. Agora vá. — Faço movimentos de enxotar. — Deixe-me trabalhar.

Ele fecha a porta do escritório e eu o observo pelo espelho retrovisor que instalei.

Enquanto ele se senta em sua mesa, procuro no Google a letra de *Gangnam Style*.

Quando vejo Gunther começando a digitar, copio e colo a letra e aprecio a expressão confusa em seu rosto enquanto ele lê linhas e linhas do K-Pop que aparecem de repente no meio de algum e-mail importante que ele estava redigindo. A menos que ele fale coreano, as únicas palavras discerníveis nessa música são "Eh, sexy lady" e "style".

Com uma rapidez irritante, Gunther fica de pé, agarra o teclado, invade meu escritório e troca os teclados sem dizer uma palavra.

Doeu muito perder?

Ah, bem.

Retomo meu trabalho. Tudo está bem por um tempo, então meu telefone toca – um telefone fixo que eu não sabia que tinha.

Cautelosamente, eu atendo.

— Alô — diz a voz de uma senhora idosa.

— Oi — digo. — Como posso ajudá-la?

— Ashildr, é você, querido? — A senhora pergunta. — Você tem que falar alto. Meu aparelho auditivo quebrou.

— Aqui não é Ashildr — digo mais alto. — Quem é? Posso dizer a ele que você ligou.

— Você pegou um resfriado? — Ela pergunta.

— Não — Eu grito. — Eu não sou Ashildr.

— Do que você me chamou?

— Eu não te chamei de nada. Só estava dizendo que não sou...

Ao longe, ouço risadas, então olho no espelho tardiamente.

Caralho.

Gunther está segurando o telefone e olhando diretamente para mim. — Eu disse a você, eu tenho um irmão mais novo. — A frase que sai do meu telefone começa soando como a velha, mas se transforma na voz de Gunther no meio do caminho.

Grunhindo de frustração, desligo o telefone – um prazer que não é possível com smartphones.

Pelas próximas horas, não me incomodo com brincadeiras. Sinto que estou perdendo, então tenho que pegá-lo de jeito. E como bônus, pensar em pegadinhas me impede de pensar em outras coisas. Como o que Gunther admitiu. E o que me recuso a admitir.

Por volta das quatro da tarde, a senhora severa que conheci ontem bate na porta do meu escritório.

— Entre — digo com relutância.

O que ela quer?

Ela entra, sua expressão ilegível. — Sou Sra. Severina — Afirma. — Nos conhecemos na reunião inicial de melhoria de cupons.

— Claro — digo. — Bom te ver de novo. — Eu quero perguntar o que diabos ela está fazendo aqui, mas me preocupo que ela vá me castigar pelo linguajar ainda mais do que Gunther.

— Sr. Ferguson solicitou que eu orientasse você em nosso processo atual de criação de cupons — diz ela. — Se não for um bom momento...

— Não. — Eu fecho o arquivo que estava quase terminando, de qualquer maneira. — Estou curiosa sobre o referido processo.

Ela olha em volta com desaprovação. — Por que você não tem uma cadeira para convidados?

Ela deve ser a vida de todas as festas. — Vou pegar uma para você.

Dirijo-me a um escritório vazio próximo e pego a cadeira menos confortável que vejo ali. Rolando para o meu escritório, faço um gesto para ela se sentar.

— Posso liderar? — Ela pergunta.

Eu me afasto do meu teclado. — Mi casa es su casa.

Ela assume o comando e me mostra como funciona – e supera Gunther de todas as maneiras quando se trata de tornar o assunto chato.

Mesmo assim, há uma luz no fim desse túnel. Uma ideia para uma pegadinha épica começa a se formar em minha mente, uma ideia tão tortuosa que minha irmã Gia ficaria orgulhosa.

Por volta das cinco, Sra. Severina interrompe a aula.

— Se você é uma dessas pessoas das nove às cinco, podemos retomar amanhã. — Ela faz o trabalho das nove às cinco parecer pior do que tortura, canibalismo e manipulação de preços combinados.

— Estou bem para continuar — digo. Dado o horário flexível deste local, posso sempre almoçar por mais tempo ou ir à academia amanhã para compensar.

Assentindo com aprovação, Severina continua falando monotonamente, e eu escuto, suprimindo um bocejo o tempo todo. À medida que o relógio avança, não posso deixar de notar que Gunther ainda está em seu escritório.

— Quando ele sai? — Pergunto a Severina quando ela pergunta se tenho alguma dúvida.

Pela primeira vez, sua expressão severa mostra uma rachadura. — Sr. Ferguson é sempre o último a sair.

— Oh? Pobre rapaz. Estamos mantendo-o longe de suas abelhas.

Ela quase sorri com isso. — Nós abastecemos algumas de nossas lojas com o mel dele — Ela sussurra com orgulho. — A marca é Buzz Beerin.

Eu sorrio. — Isso não soa mais como um nome para uma cerveja?

Sua expressão severa está de volta. — É um nome muito inteligente para o mel. Buzz é o som que as abelhas fazem, e depois, há Buzz Aldrin, um famoso astronauta que...

— Oh, entendi. — As melhores piadas são sempre aquelas que você tem que explicar *ad nauseam*.

Então, algo me atinge. Buzz Beerin pode ser parte da minha ideia de pegadinha. É perfeito para isso.

Eu vou em frente. — Já houve uma venda no Buzz Beerin? — Pergunto, fazendo o meu melhor para soar indiferente.

Ela balança a cabeça. — Ainda não.

Quase lá. — Seria bom criar alguns cupons, para entender realmente o sistema — digo. — O Buzz Beerin parece um bom produto para praticar.

Seus olhos brilham. — Talvez um de nossos descontos digitais.

Ponto! — Sim. Claro. Se você acha que é melhor.

Seus dedos finos voam sobre o teclado com entusiasmo e, logo, há um cupom para o Buzz Beerin – dez por cento de desconto no preço da etiqueta, para ser exato.

— É assim que você define a data da promoção. — Ela passa o cursor do mouse sobre o ícone à direita. — Vou definir para algumas semanas a partir de hoje. Isso deve dar à equipe de merchandising e a todos os outros tempo suficiente.

— Ótimo. — Eu esfrego meus olhos. — Agora, se você não se importa, acho que gostaria de ir para casa encerrando o dia. Estou morrendo de fome e cansada.

— Na verdade, eu estava quase terminando — diz ela e clica no botão de e-mail no formulário à nossa frente. — Vou colocar seu e-mail para que seja notificada quando isso for ao ar. — Ela clica no botão "salvar" – que fica ao lado de "desfazer".

— Muito obrigada — digo incisivamente.

Ela se levanta com relutância. — Deixe-me saber se você tiver mais perguntas.

— Você saberá.

Espero até que ela saia e então verifico meu espelho retrovisor para ter certeza de que Gunther não se esgueirou para olhar por cima do meu ombro.

Não. Estou segura.

Sentindo-me extremamente desobediente, mudo o desconto de dez por cento para cento e dez – o que significa que um cliente seria, na verdade, pago se comprasse Buzz Beerin como parte desta promoção.

Quando trago o cursor para clicar em "salvar", hesito.

Dado que Gunther me trouxe aqui para verificar sua operação de cupom, ele pensaria que essa pegadinha passa dos limites? Ou pior, veria isso não como uma brincadeira, mas como eu voltando às minhas travessuras?

Bosta. Odeio quando de repente minha consciência aparece. Eu clico em "desfazer" e fecho o arquivo antes de ficar tentada novamente. Terei que inventar outra pegadinha – algo que não seja relacionado a cupons.

Sentindo-me surpreendentemente orgulhosa de minha contenção, eu me levanto para sair.

Gunther continua lá.

Eu coloco minha cabeça em seu escritório. — Boa noite.

— Vejo você amanhã — diz ele, sem tirar os olhos da tela. — Não se esqueça de comer.

Oito

DEPOIS DE COMER, COMO ME FOI ORDENADO, CUIDO DOS
pacotes que encontrei ao chegar em casa.

Como eu suspeitava, são roupas – traje adequado,
edição manga comprida.

Bunny olha para mim com ceticismo quando
experimento uma roupa.

*As chances de sobrevivência de aquele-que-me-alimenta
acabaram de cair. Agora, se parece muito com os outros
membros de seu bando – e deve saber o quanto desejo
ardentemente fazer brinquedos de erva-dos-gatos com a pele
delas.*

———

Na manhã seguinte, Gunther não está em seu
escritório, então, entro e preparo minha próxima
pegadinha, usando elásticos e fita adesiva para fazer
um frasco de purificador de ar borrifar continuamente.

Quando começa a soltar, eu corro.

Droga.

No tempo que levo para escapar, o cheiro já é tão forte que minha irmã Lemon, sensível ao olfato, provavelmente morreria na hora. Não consigo nem imaginar o quão ruim vai ser quando a lata estiver vazia.

Talvez eu tenha exagerado?

Tarde demais agora.

Quando chego ao meu escritório, franzo a testa.

O cheiro do escritório de Gunther está se infiltrando no meu.

Droga. Cheira como se uma fábrica de perfumes tivesse explodido aqui. Quão ruim é no epicentro? Que seja. A expressão no rosto de Gunther fará com que esse incômodo valha a pena.

Tomara.

Sento-me atrás da minha mesa e pisco para a tela.

— Você tem um vírus — Afirma a tela.

Como? Este é um computador corporativo. Não deveria ter um programa antivírus ou algo assim? Devo ligar para o departamento de TI... exceto que o número de telefone está armazenado no Outlook, tipo, é necessário o computador para ter acesso.

A boa notícia é que meu laptop está comigo, então, entro lá e pego o número de que preciso – que é quando vejo Gunther entrando em seu escritório.

Isso pode esperar.

Observo sua expressão.

Idiota. Agindo como se nada estivesse acontecendo, Gunther vai até sua janela e a abre.

Essas coisas realmente abrem?

Eu corro para a minha.

Não. Nenhum sinal de trava ou qualquer coisa. O que faz sentido. Janelas e o mundo corporativo não se misturam. Depois de ouvir uma palestra sobre gerenciamento de projetos, muita gente cederia à tentação de pular.

Alguém bate na porta do meu escritório.

É Gunther.

— Entre — digo a contragosto.

Ele entra e franze o nariz teatralmente. — Eu sei que o RH não disse isso explicitamente, mas muito perfume é desaprovado.

— Por que não tenho uma janela que se abre? — Eu exijo.

Ele dá de ombros. — Responsabilidade?

— Mas a sua abre.

Seus lábios cheios aparecem naquele sorriso irritante. — Existem vantagens em estar no comando.

Eu dou um passo em direção a ele. — Sobre ontem...

Ele franze a testa. — Não tenho certeza do que você está falando.

Eu suspiro. — O que aconteceu na despensa... — O quase-beijo com o qual eu tive sonhos proibidos.

Ele finge um olhar confuso. — Você quer dizer minha incrível pegadinha com a máquina de café? Ou a discussão sobre hobbies?

Então é assim que ele quer jogar – fingir que nada

aconteceu? Provavelmente é o melhor, mas me irrita por algum motivo.

— A apicultura é um trabalho, não um hobby — digo sarcasticamente. — E aquela pegadinha foi mais ou menos. A minha seria muito melhor se você não tivesse uma janela.

Ele sorri diabolicamente. — Então... você ainda acha que sete irmãs vencem um irmão mais novo? — Antes que eu possa responder, ele caminha até minha tela e, para minha surpresa, remove um papel plastificado que a cobria.

Um papel com "Você tem um vírus" impresso nela.

Droga. Isso é quase um truque de nível Gia. Não que eu fosse dizer isso a ele.

— Eu ainda digo que sete irmãs triunfarão. Se nada mais, eu poderia ter cinco delas vindo e fazer você pensar que está me vendo em todos os lugares.

Ele verifica meu traje de mangas compridas. — Pode quase funcionar. — Ele examina meu rosto. — Isto é, supondo que todas estejam dispostas a furar o nariz e as sobrancelhas.

— Não se esqueça das línguas — digo e estendo a minha para mostrar o pino que tenho nela.

Isso é horror ou algo mais em seu olhar? Passou rápido demais, substituído por um revirar de olhos teatral. — Suas irmãs também mostrariam a língua para mim, como crianças de cinco anos?

Eu o odeio mais quando ele traz bons pontos. Ainda bem que não cataloguei meus outros piercings que ele não pode ver - como nos mamilos, no umbigo e na minha área mais privada que batizei de codinome Pot.

— Então — diz ele, seu tom ficando sério em um piscar de olhos. — Que tal conversarmos sobre sua próxima tarefa em meu escritório, onde o ar é mais fresco?

———

No dia seguinte, entro furtivamente no escritório de Gunther e substituo as fotos de sua família pelas de Ted Bundy, John Wayne Gacy e Ronald McDonald.

Sua retaliação é rápida e maligna. Quando mordo uma maçã caramelada de aparência deliciosa que encontro na despensa, descobri ser uma cebola. Aparentemente, Gunther fez o "tratamento" e avisou ao resto do andar para ficar longe dela.

Eu consulto Gia para o movimento do dia seguinte, e Gunther encontra um grupo de rastejantes de aparência realista na gaveta de sua mesa.

No dia seguinte, encontro meu escritório cheio de balões. Quase me ensurdeço ao estourá-los, depois falo em tom agudo por causa de todo o hélio que acabo inalando.

Nós brincamos um com o outro pelo resto da semana. Na segunda-feira, quando Gunther me pega plantando uma bomba de purpurina, ele afirma severamente: — Isso precisa parar.

Eu olho para ele inocentemente. — O quê?

— Minha produtividade está baixa — diz ele. — A sua também, imagino.

Eu fico mais ereta. — Eu fiz todo o meu trabalho. A tempo. — Então, claro, eu provavelmente seria capaz de fazer um trabalho extra se não perdesse tanto tempo pensando em pegadinhas. Ou melhor ainda, eu sairia mais cedo.

Ele suspira. — Certo. Paramos por minha causa.

Eu sorrio diabolicamente. — Como assim, você está desistindo?

— Isso é o que seria necessário?

— Seria um começo. Além disso, eu poderia usar outra fonte de entretenimento.

Suas sobrancelhas escuras se juntam. — Você está aqui para trabalhar.

Eu ajo como se estivesse prestes a jogar minha bomba de purpurina. — Se é assim que você quer jogar, não tenho certeza se...

— Que tal cupons? — Ele pergunta com uma voz exasperada.

Eu bato palmas para ele. — Que cupons?

— Antes de contratá-la, tínhamos vários cupons de concorrentes armazenados para pesquisa. Seria divertido para você dar uma olhada?

Um urso gostaria de ter acesso ao fruto do trabalho das abelhas de Gunther? — Sim, por favor — Exclamo, apenas para perceber que fui enganada.

Cupons estão relacionados ao trabalho, afinal, e o brilho em seus olhos mostra que ele sabe disso.

— Ótimo. — Ele aponta para a porta de seu

escritório. — Vou me certificar de que você faça esse tour até o final de hoje.

— Combinado. — Eu me viro para sair, então paro. — Ah, e eu aceito sua derrota.

———

Alguém bate na porta do meu escritório depois do almoço. Virando-me, vejo Tiffany, que parece ter engolido alguns limões misturados com merda.

— Sr. Ferguson me pediu para fazer um tour pelo repositório de cupons — diz ela depois que eu relutantemente aceno para ela entrar. — Agora é uma boa hora?

Ele pediu a ela para fazer algo comigo? A guerra de pegadinhas está de volta ou isso é mais sinistro? Suspeitei que ele me trouxe aqui como vingança pelos meus pecados do passado, e ter Tiffany como parte dessa vingança seria uma justiça poética.

— Agora é. — Eu deveria ganhar um prêmio pelo quão cordial mantenho meu tom. — Mostre o caminho.

Com um bufo maldoso, Tiffany me leva até o elevador, e fazemos um passeio silencioso até o porão, o ar entre nós crepitando com atitude o tempo todo.

— Por aqui — Ela diz e me leva por um corredor.

Hum. Um lugar sem testemunhas. Ela vai comer meu fígado?

Talvez. No momento, ela aponta para o leitor de

cartão ao lado de uma porta de aparência simples. — Tente. Você deveria ter acesso.

Aceno meu cartão sobre ele e a fechadura se abre. Ela segura a porta para mim quando entro.

Santa Black Friday! É como se eu tivesse chegado ao meu planeta natal.

Há um milhão de dólares em cupons aqui – e essa é uma estimativa conservadora.

Tiffany deve ler minha expressão. — Antes de decidir levar qualquer um para casa, você deve saber que eles foram totalmente catalogados.

— Você está me chamando de ladra? — A vontade de sacar minha faca é forte, mas resisto, por ser um local de trabalho e tal. Sem falar que essa idiota pode se cortar de novo, e o sangue dela é a última coisa que quero ver.

— Se a carapuça servir. — Ela baixa o olhar para meus sapatos apropriados para o trabalho. — Ao contrário desses sapatos.

Eu dou um passo em direção a ela. — O que você disse?

Ela se afasta. — Você não é material para Munch & Crunch, e você sabe disso.

Eu inclino minha cabeça. — E você é?

— Ele contratou você por pena — diz ela. — Obviamente.

Eu aceno minha mão como uma vencedora de concurso de beleza. — Vou te chamar de Pote de agora em diante. Você pode me chamar de Xícara. — *Pot* é o apelido da minha vagina, mas elas podem compartilhá-lo.

Tiffany se vira. — Encontre seu próprio caminho de volta.

Enquanto ela sai pisando duro, eu chamo: — Você quer dizer caminhar por um corredor?

Sem resposta.

Certo. Que seja. Esperançosamente, da próxima vez que Gunther pedir a ela para fazer algo que me envolva, ela se recusará.

———

Sem pegadinhas, as próximas semanas são monótonas, e a única coisa positiva que posso dizer sobre meu trabalho é que acabei sendo boa nisso, e não apenas nas partes relacionadas a cupons.

O que é chato é que Gunther continua sendo puramente profissional, só falando de trabalho e nada mais. Desnecessário dizer que ele continua fingindo que a coisa na despensa nunca aconteceu. Com o passar do tempo, começo a me perguntar se imaginei isso... e se foi, se foi o melhor. Não devo esquecer que o odeio... certo?

Cansada de tanto trabalho, decido fazer algo divertido no fim de semana, então, quando chega o sábado, ligo para minha amiga Peach e digo a ela que precisamos caçar cogumelos, se eu quiser manter minha sanidade.

— Há uma floresta em Connecticut — Ela responde alegremente. — Há meses pretendo dar uma olhada.

— Perfeito. — Localizo minhas botas de caminhada.

— Você tem um encontro.

———————

Enquanto me preparo para a viagem com Peach, recebo uma ligação de Pearl.

— É oficial — Minha companheira de bando diz vertiginosamente. — Atonic está grávida.

Ótimo. Vou ser avó e tia-avó ao mesmo tempo.

Com um timing impecável, Bunny se esfrega na minha perna.

Aquele-que-me-alimenta deve ter cuidado ao manusear esses gatinhos. Eles podem apenas herdar o desejo de seu pai... por globos oculares saborosos.

— Uau — digo ao telefone. — Qualquer coisa que eu possa fazer para ajudar?

— Como o quê? — Pearl pergunta.

— Pagar pensão alimentícia no Fancy Feast?

— Pego alguns cupons de comida de gato, se você os tiver.

Huh. Isso é fácil. Tenho uma tonelada na minha coleção. — Algo mais?

— Talvez você possa ajudar a encontrar bons lares para os filhotes?

— Claro. Vou ver minha amiga Peach hoje e perguntar se ela quer um.

— A micologista?

— Sim.

— Ela já não tem um animal de estimação?

Eu bufo. — Acho que cogumelos não contam.

— As plantas podem ser animais de estimação. Minha amiga em Los Angeles considera seu cacto um animal de estimação.

Não posso deixar de canalizar Peach quando digo professoralmente: — Cogumelos não fazem parte do reino vegetal. São fungos.

— Batata portabella — diz Pearl. — Deixe-me saber se ela quer um.

— Deixo. Algo mais?

— Sim — Ela diz. — Fale-me sobre o seu chefe gostoso.

Claro. Pearl é a personificação da fofoca. É um milagre que ela tenha demorado tanto para chegar a essa pergunta.

Eu a informo que não há muito o que contar, mas depois conto a ela sobre as pegadinhas que Gunther e eu pregamos um no outro.

— Quando um garoto puxa seu cabelo ou faz uma brincadeira, ele gosta de você — diz Pearl sabiamente.

— Só se o menino tiver cinco anos. Acredite em mim, Gunther me odeia.

Ela bufa. — Você vai dormir com ele, eu sei disso. Se eu estiver errada, dou-lhe queijo de graça por um ano.

— Valendo. Ah, e esta é oficialmente a aposta mais suculenta que já fizemos.

———

— Não — diz Peach quando abordo o assunto gatinho um quilômetro de nossa caminhada. — Não haverá cria de demônios em minha casa.

Opa. Algo que esqueci de mencionar para Pearl é que Peach não gosta de Bunny. Uma vez, ela me deu um vaso com cogumelos, e Bunny os destruiu em pedacinhos, por diversão.

— Deixe-me saber se você mudar de ideia — digo e olho em volta.

Esta floresta em Connecticut foi uma ótima ideia. Nada libera a tensão de um trabalho corporativo na selva de concreto como uma imersão na vegetação.

Vejo uma mancha laranja no chão à minha esquerda. Quando me curvo, descubro que são cogumelos – como pensei.

Pego um e cheiro. Vagamente adamascado.

Eu estendo minha captura para Peach. — Chanterelle, certo?

Ela acena com aprovação. — Delicioso. Pegue todos eles.

Eu faço isso e continuamos caçando.

— Esses são venenosos? — Pergunto a Peach quando vejo pequenos cogumelos marrom-avermelhados com manchas verdes.

Peach verifica minha descoberta e assobia. — É *Psilocybe caerulipes*.

Eu a encaro com uma expressão exasperada. — Você acha que isso responde à minha pergunta?

Ela arranca os cogumelos e pressiona um dedo em um. Fica azul. — Eles também são conhecidos como Pé Azul.

Reviro os olhos. — Alguma relação com O Barba Azul, o famoso cogumelo que assassinou todas as suas esposas?

Espere, por que estou dando a ela essa ideia? Se os fungos pudessem se casar, ela fugiria com um mais rápido do que você pode dizer "cremini".

Peach arranca mais fungos em questão e começa a lavá-los. — Já ouviu falar de cogumelos mágicos?

Uau. Cogumelos comestíveis são uma ótima opção, mas encontrar drogas gratuitas é outro nível.

Eu examino os cogumelos apreciativamente. — Quanto custa isso no mercado negro?

Ela dá de ombros. — Os cogumelos custam cerca de dez dólares por grama. Mas antes que você tenha alguma ideia, eles são altamente ilegais.

— Claro, mas...

Não termino minha frase porque Peach enfia um pouco do Pé Azul na boca.

— O que você está fazendo? — Exijo, chocada.

— Ficando doidona? — Ela estende alguns para mim.

Eu fico boquiaberta com a oferta. — Você quer ficar chapada na floresta?

Ela dá de ombros. — Por que não? Por que outro motivo esses carinhas produziriam uma substância que se liga a receptores em nossos cérebros? Eles querem que experimentemos a majestade da floresta do jeito que eles fazem.

Eu dou um passo para trás. — E quanto a toda a parte ilegal?

— Você só pode ter problemas se for pega vendendo ou de posse deles.

Eu cautelosamente aceito sua oferta. — Usar não é ilegal também?

— Como você seria pega? Os testes de drogas comuns não se preocupam em procurar por essa droga e, mesmo que o fizessem, seu corpo metaboliza os ingredientes divertidos em 24 horas. A única maneira de saber depois disso é fazer um teste especializado em seu cabelo, e mesmo isso só aparecerá em noventa dias. De qualquer forma, esse teste raramente é usado porque é caro e não confiável.

Eu sorrio, apesar disso. Mais uma vez, se tem algo a ver com fungos, Peach é como uma Wikipédia ambulante. Se a cura para o câncer vier de um cogumelo, Peach será quem descobrirá, com certeza.

— Esta é sua única chance — diz ela. — Se os levarmos conosco, correremos o risco de ter problemas.

— Malvada — Murmuro. — Você sabe que não resisto a uma OTL.

Ela inclina a cabeça. — Uma OTL?

— Oferta por tempo limitado — digo e coloco um pedaço de cogumelo na boca.

Enquanto mastigo, franzo a testa. O cogumelo tem gosto de farinha. Esquisito.

Engolindo em seco, olho em volta. — Não me sinto diferente.

— Pode levar meia hora ou mais — diz ela. — Vamos continuar explorando enquanto isso.

Enquanto retomamos a caça aos cogumelos, a conversa se volta para meu novo emprego, e conto a ela o que está acontecendo comigo e Gunther, bem como o que Pearl pensa sobre o assunto.

— Eu tenho que concordar com Pearl — Peach diz quando termino. — É só uma questão de tempo até vocês dois irem para os finalmentes.

Grr. Claro, ela ficaria do lado de Pearl. Elas compartilham o vínculo de pessoas cujos nomes começam com a palavra "pea" – além disso, elas trocam queijo por cogumelos e vice-versa.

Que seja. Um carvalho próximo chama minha atenção. Quando me viro para ele, vejo um brilho estranho – uma espécie de cintilância, com cores bonitas, tudo muito agradável de se olhar.

— O shiitake finalmente fez efeito? — Eu ouço Peach perguntar à distância.

O carvalho olha para ela com desaprovação.

— Eu sei — digo ao carvalho. — É falta de educação interromper uma conversa.

Peach sorri. — Interromper sua conversa... com uma árvore?

— Eu sou Groot — O carvalho diz severamente.

Hum. Isso soa como violação de direitos autorais. Afasto-me do carvalho e vejo um gaio azul.

— Ei, passarinho — digo. — Estou muito feliz por você não ser um Tordo.

— Ei — Responde o pássaro. — E aí?

Eu rio. — Sabe, eu tenho uma irmã chamada Blue. Ironicamente, ela teria um medo mortal de você.

O pássaro saltita. — Ela está assistindo?

Hum. Ela costuma observar tudo pelas câmeras, mas aqui é uma floresta. Apenas os espíritos estão nos observando agora. Eu me sinto conectada a eles de alguma forma. Conectada a cada ser, cada raiz e ramo.

Falando em conexão, não vim sozinha nesta viagem.

Onde está Ameixa? Ou era Damasco?

Eu me viro e vejo o que quer que seja o nome dela segurando um pequeno sapo nas palmas das mãos.

Claro. Isso é lógico.

Ela dá um selinho.

Prendo a respiração, esperando que a criatura se transforme em um príncipe, ou talvez O Artista Formalmente Conhecido como Príncipe.

Infelizmente, não. O sapo brilha com cores cintilantes, mas permanece um anfíbio.

Ei, não posso culpar Nectarina por tentar. Com sua falta de uma vida amorosa, valia a pena tentar.

Ah, bem. Continuo a explorar a floresta mítica com meus sentidos recém-aumentados.

— Você sente gosto de algodão doce no ar? — Minha companheira de viagem pergunta.

Eu cheiro com a boca. — Não. Tudo tem gosto de

números pares para mim. Especificamente, tipo quarenta e dois.

Ela assobia. — Esse *é* um número que parece gostoso.

Concordo com a cabeça e começo uma conversa com um pinheiro – sobre a vida, o universo e tudo mais.

— Isso foi profundo — diz a árvore espinhosa ou a fruta felpuda. — Você deveria escrever um pouco disso.

Boa ideia. Pego meu telefone e suspiro. Tem uma aura forte, como a de todos os seres vivos. A desvantagem da aura é que o aplicativo de anotações é difícil de localizar, então, decido deixar uma mensagem de voz para mim mesma com todas as minhas ideias geniais.

Sim. Muitas estão relacionadas a cupons, então, seria uma pena perder.

De repente, estou sentada em um prado, com o telefone na mão.

Por quanto tempo eu estava ditando essas ideias?

Nenhuma pista.

Eu desligo e localizo minha amiga cujo nome finalmente retorna para mim... supondo que seja realmente Peach, é claro.

— Você é Peach? — Eu pergunto solenemente.

Ela para de mastigar (ou estava falando?) um cogumelo chanterelle. — Não somos todos Peach?

Somos? Sem chance. Eu sou algo doce, mas não um pêssego.

Melaço, talvez? Xarope de bordo?

Uma abelha passa e, por um momento, experimento o mundo como a pequena criatura – as cores ultravioleta das flores, a sensação do ar em movimento em minhas antenas, a sensação de regurgitação do néctar.

Espere um segundo.

Esse é o meu nome.

Honey – mel.

Ui.

Contente, deito-me de costas e examino o céu ilimitado – que é quando minha viagem mágica começa para valer.

———

— Está escurecendo — diz Peach algum tempo depois.

— Merda. Certo. — Eu olho em volta, me sentindo muito mais normal, mas ainda não cem por cento. — Como chegamos aqui?

Ela dá de ombros. — Vamos ver se consigo encontrar um caminho de volta.

Ela o faz, graças a toda essa experiência de forrageamento.

Na volta para casa, estamos vencidas e, naquela noite, meu sono é profundo e reparador. No domingo de manhã, sinto-me completamente como eu novamente – que é quando ligo para Peach.

— Você estava tão chapada quanto eu? — Pergunto depois de trocarmos alôs estranhos.

— Estranhamente, sim — diz ela.

— Estranhamente?

— As espécies de cogumelos que pegamos são consideradas leves — diz ela. — Parece que absorvemos um super realizador.

— Uau. Estremeço só de pensar no que um cogumelo forte faria comigo.

— Sim. Para tanto, eu queria saber... Você tem os cogumelos que coletamos em nosso passeio?

Eu olho em volta.

Não.

Tudo o que encontro é meu gato de aparência descontente.

Aquele-que-me-alimenta precisa justificar sua patética desculpa de existência e, bem, realmente ME ALIMENTAR. Não me faça coletar meu peso de carne humana.

Eu verifico a geladeira. Não há cogumelos aqui. Pego uma lata de comida de gato e coloco do jeito que Bunny gosta – no balcão.

Aquele-que-me-alimenta vai ficar com essas pálpebras mais um dia.

— Eu não vejo nenhum aqui — Relato a Peach.

— Nem aqui — diz ela. — A *moral* aqui é: não use drogas.

Sim. Perder cogumelos grátis é a única razão para não usar drogas. Coisas como falar com árvores e beijar sapos não contam.

— De qualquer forma, aproveite o resto do seu domingo — diz ela. — A menos que você queira ir em outra caça ao cogumelo comigo hoje?

— Não posso — digo. — Tenho que levar meu traje apropriado para o trabalho para a lavanderia.

————

Mal comecei meu trabalho na segunda-feira quando Gunther entra em meu escritório com uma expressão ilegível no rosto barbeado, embora seus olhos verdes brilhem ameaçadoramente.

— Tive a impressão de que as pegadinhas haviam acabado — diz ele, omitindo os habituais cumprimentos matinais.

— Bem, sim — digo. — E se é você quem está começando uma, é bem idiota.

Ele acena com o telefone na frente do meu rosto. — Se importa em explicar?

— É um smartphone?

Ele zomba e pressiona um ícone em sua tela.

Assim que ouço minha voz saindo do alto-falante do telefone, percebo que estou com problemas.

"As ideias incríveis de Honey Hyman sob efeito do Pé Azul." Minha voz diz alegremente.

Isso já seria ruim o suficiente, mas minha voz continua.

"Ideia um: Timber – um aplicativo de namoro para árvores."

Nove

MERDA. EU REALMENTE FODI COM TUDO.

— Eu posso explicar — Deixo escapar.

Suas sobrancelhas expressivas se curvam. — Explicar seu uso de narcóticos? Eu adoraria ouvir isso.

Caramba. Eu ia dizer que Pé Azul é uma marca de vodca, e que só estava bêbada.

Eu tomo uma respiração calmante. — Estou demitida?

E se eu estiver, isso significa prisão? Além disso, por que estou quase tão preocupada em não ver Gunther novamente quanto estou com a prisão?

Ele dá de ombros. — Ainda não decidi.

— Em minha defesa, comi no fim de semana — Murmuro. — Eu não estava chapada na hora do trabalho.

Ele zomba. — *Essa* é a melhor desculpa que você pode inventar?

— Olhe — digo, começando a ficar irritada – minha

configuração padrão quando se trata de Gunther. — Não é como se eu usasse drogas regularmente. Minha amiga e eu estávamos procurando cogumelos e por acaso encontramos o Pé Azul – então comemos um pouco dele.

Ele revira os olhos – e deve ser o único ser humano que consegue fazer isso parecer sexy. — Sim, isso é *muito* lógico. E se fosse um cogumelo venenoso?

— Minha amiga é especialista nessas coisas. É muito mais provável que eu coma um peru venenoso na presença dela.

Ele não parece convencido. — Digamos que você encontre uma mala com cocaína em vez de cogumelos – você usaria isso também?

Eu dou de ombros. — Provavelmente não. Já vi filmes suficientes como *Amor à Queima Roupa* para saber que malas como essa geralmente vêm presas a mafiosos.

— Oh? Essa é a única razão?

Grr. É difícil argumentar quando seu oponente está certo – e é tão atraente quanto este.

Eu suspiro alto. — OK, *mãe*. Drogas são ruins. Posso voltar ao trabalho agora?

Ele inclina a cabeça, um sorriso malicioso puxando seus lábios carnudos.

— Tem certeza de que não quer ouvir algumas de suas ideias geniais?

Antes que eu possa recusar, ele toca a tela mais uma vez e, vejam só, minha fala um pouco arrastada está de volta, com a seguinte pérola:

"A ideia número vinte e sete é para outro cupom Munch & Crunch. Um doce beijo de Gunther Ferguson de graça se você comprar um pote de seu mel exclusivo. Ideia número vinte e oito – fazer um molde dos lábios de Gunther, depois, fazer o batom naquele formato... e vender com um cupom BOGO. Ideia número vinte e nove – esqueça o batom. Faça um cabide de toalha com base em um molde dele..."

Ele toca na tela novamente. — Você entendeu a ideia.

Posso sentir minhas bochechas ficando com a sombra de uma placa de pare.

— Lembro-me vagamente de ter pensado em ideias relacionadas a cupons — digo com a voz embargada. — Pelo menos eu tinha o trabalho em mente.

Seu sorriso se torna ainda mais perverso. — Se você tinha trabalho em mente, por que tantas de suas ideias envolviam explorar meu corpo? — Com seriedade simulada, ele acrescenta: — Só para esclarecer as coisas, gostaria de manter o acesso a qualquer uma das partes do meu corpo fora do sistema de cupons da empresa, e Buzz Beerin também.

Eu me sentiria melhor se caísse no chão – talvez até o saguão?

Com uma risada, Gunther sai do meu escritório, deixando-me imaginar como vou superar isso.

E então meu telefone apita.

É uma mensagem de Gunther.

Que tal mais uma ideia da sua lista?

Antes que eu possa responder com "Não, obrigado", ele envia:

Declare o Dia Nacional do Cogumelo – que seria como o Halloween, mas todos se vestiriam como fungos.

Essa é realmente a minha ideia? Isso soa como algo que Peach inventaria.

Atire em mim agora.

———

Como sempre, quando Gunther sai para ir a algum lugar – neste caso, presumivelmente para almoçar –, fico tentada a pregar uma peça em seu escritório.

Eu me paro, por mais difícil que seja.

Merda. Preciso de outra saída para essa energia sexual reprimida.

É quando isso me atinge. Tenho acesso a essa academia luxuosa e gratuita e não a usei nenhuma vez.

Bem, nada como o tempo presente.

Pego um lanche na despensa e desço de elevador.

A academia é tão elegante quanto a minha primeira impressão, a ponto de me fornecer roupas e calçados de ginástica gratuitos – tudo novo, além de um armário gratuito para guardar tudo.

Estou positivamente babando.

Uma vez que troquei para as caras leggings de marca e sutiã esportivo e saí para a área da academia, minha cabeça girava com as muitas opções à minha disposição. Para manter a sanidade, resolvo experimentar um pouco de tudo, começando pelos pesos livres porque li que são muito bons para a densidade óssea.

Ando até um supino e procuro um treinador profissional.

Nenhum está próximo, o que pode ser o melhor. Eu quero saber se isso vai firmar meus seios.

É melhor eu tentar e ver.

Hum. Qual é um peso razoável para supino para alguém do meu tamanho?

Um cara franzino que parece mais fraco do que eu está levantando uma barra com um peso de onze quilos de cada lado, então, acho que consigo levantar dez sem problemas.

Eu coloco os pesos e me deito.

Aqui vai.

Eu levanto a barra.

É mais pesada do que eu esperava.

Eu lentamente a abaixo, então empurro para cima.

Huh. Isso é muito, muito mais pesado do que eu esperava, mas é bom trabalhar esses músculos peitorais. Eu nem sabia que os tinha.

Só por segurança, farei apenas mais uma repetição. Esta é a minha primeira vez, afinal.

Eu abaixo a barra para o meu peito.

Então, eu começo a empurrá-la para cima... mas a coisa não se mexe.

Merda.

Eu me esforço – mas minha única conquista é rolar a barra do peito para o pescoço.

Uh-oh. Minha respiração já estava difícil. Agora está completamente cortada.

Começo a me contorcer e até tento gritar, mas não sai nada.

Caralho.

É realmente assim que vou morrer? Eles vão me dar um daqueles Prêmios Darwin – como aquele casal nu que um motorista de táxi encontrou morto em 2007. Acontece que eles decidiram fazer sexo no telhado de um arranha-céu e caíram, saindo assim de o pool genético durante o processo de reprodução.

De repente, mãos fortes agarram a barra e a levantam de cima de mim.

Enquanto inspiro o ar, sinto um cheiro masculino, com toques de cera de abelha e fumaça.

Piscando, eu observo meu herói – em toda a sua glória vestido com uma camiseta regata, músculos deliciosos brilhando de suor.

É Gunther, claro.

Ele não saiu para o almoço, mas para um treino.

Sério. Atire em mim agora.

Dez

Ele está olhando para mim, seu rosto com fisionomia amarrada.

— O que você estava pensando? — Ele bate a barra em seus suportes.

— Eu queria trabalhar os músculos peitorais — Murmuro enquanto me sento, minha mente confusa pela falta de oxigênio e pelo ar com cheiro de Gunther que o substituiu.

Ele se ajoelha ao lado do banco e examina meu pescoço com os olhos estreitados com raiva.

Sim! Sempre quis brincar de médico com ele.

— Você tem um hematoma — Ele anuncia.

Eu estremeço e esfrego minha garganta. — Eu não esperava que isso fosse acontecer.

— Eu espero que não — Ele resmunga, então franze a testa. — Tem a porra da certeza de que ainda não está chapada?

Eu balanço minha cabeça, então percebo algo. —

94

Você acabou de quebrar sua própria regra sobre palavrões!

Ele ignora minha acusação. — Jure — Ele ordena.

Eu coloco minha mão no meu peito. — Se eu estiver chapada, talvez nunca mais receba frete grátis, ou mesmo um desconto de dez por cento.

Sua expressão suaviza ligeiramente. — De agora em diante, você vai malhar comigo.

Malhar com ele? Tipo, vê-lo com essa roupa regularmente?

Talvez eu ainda *esteja* chapada? Os alucinógenos podem levar alguém a uma viagem sexy?

— Falo sério — diz ele, claramente interpretando mal minha expressão desconcertada. — Você perdeu o privilégio de usar a academia sozinha.

Suas palavras me deixam arrepiada. — Foram apenas onze quilos.

— Oh, sério? Essa barra pesa dezoito quilos, e você tinha os pesos de cinco quilos de cada lado. Pelos meus cálculos, são quase trinta quilos.

— Ok, isso *é* meio pesado — digo timidamente. — Certa vez, não consegui levantar um bebê bisão de vinte quilos.

Sua testa franze. — Onde você encontrou um bebê bisão?

Eu esfrego minha garganta novamente e percebo que estou me sentindo muito melhor. — Meus pais são donos de uma fazenda. Buffalo Wing nasceu de uma bisão grávida que eles resgataram.

Ele me olha com evidente fascínio. — Foi divertido? Crescer na fazenda, quero dizer. Não levantar gado.

Eu bufo. — Foi como crescer em um zoológico – e isso é apenas graças às minhas sete irmãs.

Seus lábios finalmente se curvam em uma sugestão de sorriso. — Eu tinha um gato e um irmão mais novo, e até *isso* às vezes parecia um zoológico.

Sento-me mais ereta. — Você gosta de gatos?

Ele suspira. — Tenho estado muito ocupado para conseguir um depois de me mudar sozinho, mas está na minha lista de tarefas.

— Legal — digo, e resisto a perguntar se isso significa que ele estaria disposto a se tornar um pai adotivo para o meu maníaco homicida. Ou seja, na chance de um apocalipse chegar, e ele e eu nos casarmos para salvar nossa espécie.

Ele verifica meu pescoço novamente e franze a testa. — Está se sentindo melhor?

— Estou bem — digo, e é quase verdade.

— Vá se trocar então, e eu vou acompanhá-la de volta ao seu escritório. — A frase é mais um comando do que uma sugestão.

Eu olho para o equipamento ao nosso redor e faço beicinho de decepção.

— Eu não posso malhar de jeito nenhum? Este foi o meu primeiro exercício.

— Vou fazer um acordo com você — diz ele. — Se você estiver se sentindo bem amanhã, eu vou te mostrar como fazer o supino corretamente.

Uau.

Sua promessa é tudo em que consigo pensar enquanto me troco e ele me leva de volta ao nosso andar.

Também é a única coisa em minha mente quando termino o dia e vou para casa.

Mesmo em meus sonhos, há exercícios suados envolvendo Gunther – mas que trabalham os músculos do meu assoalho pélvico.

———

Já que *estou* bem no dia seguinte, me encontro de volta à academia, esperando por Gunther no banco do mal.

Hum. Por que meu coração está acelerado tão prematuramente? Ele acha que eu já fiz algum cardio?

Antes que eu possa descobrir, Gunther se aproxima – e torna a situação ainda pior porque ele está vestindo a mesma roupa lisonjeira de ontem.

— O que é isso? — Aponto para a barra fina que ele está segurando, porque isso é melhor do que babar sobre seu físico.

Ele troca a barra que quase me matou, explicando:
— Esta é uma barra para mulheres. É mais leve e mais fina – mais fácil de segurar.

— Isso soa sexista — Murmuro. — Como se você estivesse dizendo que minhas mãos delicadas não podem lidar com algo que as suas podem.

Ele suspira. — É assim que são chamadas - barra olímpica masculina ou feminina.

Eu zombo. — Todo mundo diz coisas como 'seja

homem' ou 'crie culhão', mas isso não faz com que essas coisas pareçam menos sexistas.

— *Touché*. Devemos chamá-la de barra mais fina versus barra mais grossa? Ou talvez mais leve versus mais pesada?

Eu coço meu queixo, exagerando minha consideração. — Não tenho certeza do que seria melhor para o ego hipersensível da barra masculina. Se dissermos que é uma barra 'mais pesada', podemos dar a ela um problema de imagem corporal. E 'mais grossa' tem aquelas conotações fálicas que podem...

Ele revira os olhos. — Nós iremos com mais leve versus mais pesado. Agora — Ele acrescenta, seu tom muito mais autoritário. — Deite-se no banco.

Eu faço o que me diz – e tenho flashbacks do sonho da noite passada, onde ele também ordenou que eu me deitasse antes que as coisas também ficassem pesadas.

— Vou ficar de olho — diz ele.

Eu pisco para ele, mais do que um pouco distraída pelo fato de que sua virilha é o mais próximo que já esteve do meu rosto. E naquele short de ginástica, há mais do que uma sugestão de protuberância. Com esforço, arrasto meus pensamentos para fora da sarjeta.

— O que isso significa?

Ele se agacha para que suas mãos fiquem perto dos meus cotovelos. — Se você não puder levantá-la sozinha, eu a ajudarei, assim. — Ele dá um leve toque em meus cotovelos.

Pelos músculos peitorais superdesenvolvidos de

Arnold Schwarzenegger. O zunido de seu toque aumenta ao redor do meu corpo até se estabelecer em algum lugar ao redor do pino do meu clitóris.

De repente, me sinto poderosa. Pronta para qualquer coisa.

— Vou levantar agora — Afirmo, minha voz rouca.

— Esse é o espírito — diz ele com entusiasmo. — Fique com raiva do peso.

Não tenho certeza se estou com raiva disso, mas empurro a barra como se estivesse bloqueando meu caminho para o Walmart na Black Friday.

Uau.

Eu levanto – a barra, quero dizer.

— Um — diz Gunther, ainda irradiando alta energia. — Apenas faça seus movimentos mais lentos. Mais controlado.

Eu ia ser lenta e controlada na descida, de qualquer maneira – a última coisa que quero é largar essa coisa. Quando empurro o peso de volta para cima, vou devagar também e vejo por que ele sugeriu que eu fizesse isso. Dessa forma, eu realmente sinto os músculos que devo exercitar.

— Dois — diz ele.

— A barra mais leve é mais fácil de trabalhar — Admito.

— Não fale — Ele diz. — Concentre-se na sua respiração. Expire ao levantar.

Eu calo a boca e faço o que ele ordenou – e sinto a diferença.

— Cinco, seis, sete, oito — Ele conta, e quando chego a quinze, ele me diz para parar. — Ótimo trabalho — diz ele. — Tem certeza de que nunca fez supino antes?

Meu peito fica vermelho por algum motivo – provavelmente de orgulho.

Gunther olha para minha pele exposta com aprovação.

Uau. Eu faço uma série de supino e meus seios estão irresistíveis?

— Você tem o *pump* — diz ele.

— O quê? — Eu verifico meus pés para o caso de um dos meus tênis ter brotado um salto agulha – ou ter criado canos para bombear água.

— O pump é o que chamamos quando seus músculos parecem gordos após o exercício. — Ele coloca o braço na clássica posição de flexão e infla o bíceps como um balão de carne sexy.

Estou sem palavras. Ele está ilustrando suas palavras com essa manobra ou tentando me fazer ovular?

— Não acho que 'pump' seja a palavra certa para o seu bíceps — digo quando confio em mim para falar sem babar.

Um sorriso malicioso aparece em seus lábios carnudos. — Já que você é a polícia linguística hoje, diga-me uma palavra melhor.

— Ingurgitado. — Ainda estou falando sobre o bíceps dele?

— Certo. 'O pump' é quando seus músculos

parecem *ingurgitados*. Isso acontece depois que você força os músculos ao limite e o sangue corre para essa área. As pessoas que se exercitam gostam de ver seus músculos parecerem maiores, mesmo que apenas temporariamente.

Uh-huh. Minha mente ainda deve estar rolando na sujeira porque estou pensando em outro cenário que envolve o fluxo de sangue para parecer maior – também associado à palavra "ingurgitado".

— Seus peitorais até ficaram vermelhos — Continua ele —, o que é raro — Ele olha com aprovação para o meu peito. — Na verdade, estou com inveja. Como você está prestes a ver, meu peito não fica vermelho, mesmo quando eu tenho o pump.

— Espere. Você está fazendo supino também? — E posso testemunhar sem me jogar nele, primeiro com a boceta?

— Não se preocupe — diz ele. — Você não precisa ficar de olho em mim.

— Oh? — Quem vai *me* ver deixando cair minha calcinha?

— O peso que vou levantar é muito pesado para você ajudar — Explica ele. — E eu não estou sendo machista. Poucos homens aqui também poderiam ficar de olho.

Como que para demonstrar, ele empilha pesos suficientes na barra que, se você os colocar em uma gangorra gigante, eles provavelmente farão um elefante voar – e não estou falando de Dumbo.

— Isso é tudo? — Pergunto com um sarcasmo

perceptível na minha voz. Ele está claramente se exibindo.

Ele franze a testa para os pesos. — Você tem razão. Não contei o peso da barra mais leve. Ele caminha até um rack próximo e pega dois pesos minúsculos de dois quilos para adicionar em cada lado de sua monstruosidade.

Observo fascinada enquanto ele se deita, inala ar suficiente para encher um balão de aniversário e levanta a barra em um movimento suave e constante.

Caralho.

As pontas da barra se dobram com toda aquela gravidade punitiva, mas os braços de Gunther abaixam tudo, empurram para cima novamente e repetem o mesmo feito hercúleo quinze vezes. Nas últimas repetições, ele grunhe guturalmente, gerando fantasias pornográficas dele gozando, esvaziando-se dentro de mim depois de uma sessão violenta e intensa e...

— Como foi minha forma? — Ele pergunta do nada.

Merda. Ele já se levantou do banco e me olhou como se eu fosse louca.

E eu sou. De que outra forma posso explicar essa última linha de pensamento?

Eu limpo minha garganta. — Você subiu e desceu suavemente. — Incisivamente olho para o peito dele. — E tem aquele pump.

Seria tão inapropriado lamber apenas uma gota de suor de seu peito? E o rosto dele?

— Sua vez — diz ele autoritário enquanto remove todos os pesos.

Eu me deito – e lá está aquela protuberância de aumento da frequência cardíaca novamente. Estou ficando tão familiarizada com ele que posso muito bem dar um nome ao pau dele.

Talvez Sr. Chupa & Lambe? Reminiscente de Munch & Crunch, mas sem conotações canibais.

— Você conseguiu — diz Gunther com energia maníaca. — Vá em frente e fique brava com esse peso.

Com raiva – não. Com tesão – sim.

Canalizo tudo o que tenho e levanto a barra ao expirar.

— Aí está — Elogia Gunther. — Agora me dê mais quatorze assim.

Se ele fosse tão bom em me motivar lá em cima, eu seria o trabalhador mais esforçado da história corporativa. Chego à contagem de quinze, e ele só precisa ajudar um pouco meus cotovelos na última repetição – e isso (ou todo o fluxo de sangue para os músculos dos meus seios) faz minha cabeça girar por um segundo enquanto me sento.

Ele me examina preocupado. — Você está bem?

Eu balanço minha cabeça agora firme.

— Quer fazer mais uma série depois disso? Três é um bom número.

Eu administro outro aceno. — Agora é sua vez.

Ele sorri, adiciona ainda mais pesos e se deita.

Seu rosto fica sexy quando ele está sob toda aquela tensão, todo viril e robusto, como o de um lenhador.

Grr. Para me distrair de pensamentos impuros, imito sua contagem motivacional – o que é fácil porque estou genuinamente empolgada com o que ele está fazendo, só que da maneira errada.

— Quatorze... quinze! — Exclamo quando outro grunhido orgástico sai de seus lábios fortemente pressionados. — Bom trabalho.

Ufa. Na verdade, estou feliz em fazer meu set. Se eu tiver sorte, vai queimar um pouco dessa energia inquietante que tenho passado.

Não. Mesmo depois de mais duas séries, a sensação de pump não é exclusiva do meu peito. Também está em minhas partes femininas.

— Pronta para voar? — Ele pergunta.

— Pronta para o quê? — Isso é alguma piada referente ao meu nome, ou seja, como voando para o mel?

— Voar é um tipo de exercício. — Ele gesticula para uma máquina próxima que parece um rack de tortura.

Vendo minha expressão cética, ele se senta no banco em frente à engenhoca cruzada, agarra as alças presas a ela e puxa até que suas mãos se encontrem na frente do peito.

Oh, meu Deus. No final do movimento, seus peitorais se flexionam com força e parecem incrivelmente enormes... e muito inspiradores.

OK. Agora eu entendi. O voar no nome deste exercício é uma referência à Mosca Espanhola – o suposto afrodisíaco que deixa as mulheres com calor e incomodadas, como eu estou agora.

— Viu? — diz ele enquanto executa a próxima repetição. — Esse movimento é como o bater de asas.

— Claro. Asas de albatroz, não de mosca.

Ele arqueia uma sobrancelha enquanto suas mãos se juntam novamente. — Primeiro, acho que houve um elogio em algum lugar. Em segundo lugar, quem disse alguma coisa sobre *Musca domestica?*

Reviro os olhos. — Musca domestica?

Ele faz outra repetição. — Esse é o nome científico da mosca doméstica. Como você confundiu a criatura com o verbo, pensei em ser mais preciso para você.

— Não fale — digo na minha melhor imitação de sua voz. — Concentre-se na sua respiração. Expire enquanto voa.

Ele sorri. — Na verdade, esse não é o meu peso. Eu estava apenas mostrando a você o que fazer com o que quer que estivesse acontecendo. — Ele estende a mão e move o pino dos pesos presos ao dispositivo de tortura para baixo. — Agora vou sentir o desafio — Ele se gaba, depois faz o mesmo movimento novamente – ainda sem muito esforço, com todos os pesos dando uma volta e seus lábios tentadores pressionados em uma linha firme.

Como antes, me distraio contando para ele. No meio da apresentação, sinto os cabelos da minha nuca se arrepiarem, como se alguém tivesse passado por cima do meu túmulo.

Eu me viro e vejo a causa – Tiffany. Ela está em um aparelho elíptico, me lançando um olhar maligno.

Finjo não a notar e espero que Gunther termine.

Enquanto eu jogo minha bunda na máquina de tortura e empurro as alças na frente do meu peito,

Gunther franze a testa. — Você não está controlando isso. — Ele se inclina. — Segure as alças com força. — Ele aperta suas grandes mãos em volta das minhas e dá um aperto suave em meus dedos - presumivelmente para ilustrar o que ele quer dizer.

Minha reação forte e primitiva a essa instrução me faz desejar que este lugar desse uma muda de calcinha para combinar com as roupas de ginástica.

— Agora, empurre assim. — Ele traz minhas mãos para a frente lentamente.

Tento não desmaiar enquanto a demonstração continua.

— No final, flexione lá embaixo. — Ele aponta para um ponto logo abaixo da minha clavícula.

Eu flexiono onde ele disse, embora o que eu realmente queira fazer seja cruzar minhas pernas e flexionar alguns outros músculos ao mesmo tempo.

— Bom trabalho — Ele diz e começa a contar para mim - e eu poderia jurar que estou desenvolvendo um fetiche por números entre um e quinze.

— Acho que você não deveria fazer mais nada — diz Gunther quando termino com meu voo.

Eu franzo a testa. — Por quê? Você acha que sou muito delicada? — Porque eu tenho energia suficiente para dobrar o levantamento de peso que fiz... seguido por um passeio duro e rápido no Sr. Chupa & Lambe depois disso.

— Tenho certeza de que você poderia lidar com isso — diz ele de forma tranquilizadora.

Halterofilismo ou o pau? — Mesmo? Então por que parar?

Ele suspira. — Um erro comum que os iniciantes cometem é se esforçar demais e, no dia seguinte, ficam muito doloridos. Isso os desencoraja a voltar.

— Quão dolorida vou ficar? — Eu dou uma olhada em sua protuberância.

— Já vi alguns que não conseguiam andar no dia seguinte — diz ele. Vendo meus olhos se arregalarem, ele rapidamente acrescenta: — Isso foi depois do treino das pernas – e, de qualquer forma, tudo isso dói menos conforme você pratica mais. E se alonga.

Umedeço meus lábios. — Estou disposta a dedicar meu tempo... e sou muito flexível.

Seus olhos esmeralda brilham. — Essa é uma ótima atitude. Certifique-se de sempre comer bem uma hora antes e depois.

Engulo todo o excesso de saliva. — Saciar a fome antes de uma sessão épica? Muito prático.

Ele enxuga uma gota de suor do peito. — Certifique-se de se hidratar bem também.

— Boa ideia. — *Tenho* perdido quantidades exuberantes de umidade... em *todos* os lugares.

— Tudo bem — diz ele. — Para completar o dia de hoje, que tal uma sauna a vapor?

Minha boca fica frouxa quando nos imagino na referida sauna a vapor, toda a sua carne dura como uma rocha, mais daquelas gotas de suor adornando a referida carne, todas as massagens que ele ofereceria para aliviar meus músculos doloridos, todos os...

— Te vejo depois? — Ele parece confuso, provavelmente por causa da expressão de baba no meu rosto.

— Sim. Até lá!

Corro para o vestiário como uma maníaca, que é onde tropeço em Tiffany.

— Eu vi vocês dois — diz ela maldosamente para mim.

— E?

— E você está sendo clichê — diz ela.

Eu arqueio uma sobrancelha.

— Você sabe o que eu quero dizer. — Ela bate a porta de seu armário. — Dormir com o chefe para subir na carreira.

Meu olhar está imbuído da mesma atitude que tinha quando estávamos no colégio.

— Que carreira? Estou aqui para o projeto do cupom, e é isso. Mas acho interessante a rapidez com que sua mente saltou para essa ideia muito específica.

Ela suga o ar para uma refutação, mas não me preocupo em esperar por isso e vou até meu armário.

Para meu alívio, Tiffany não me segue.

Abrindo meu armário, tiro a roupa, me cubro com uma toalha e corro em busca da sauna.

Quando a localizo, posso saborear minha decepção até o meu clitóris.

Gunther não está na sauna.

Ele não pode estar, não sem quebrar os principais tabus da sociedade. Por estar ligada ao vestiário feminino, a sauna a vapor não é mista – algo que eu teria percebido se minha mente não estivesse embaçada por hormônios fora de controle.

Ah, bem. Eu aproveito a sauna, de qualquer maneira, então, finalmente tomo o que eu preciso desesperadamente neste momento – um banho frio.

Onze

No dia seguinte, acho difícil me concentrar pela manhã. Meu peito está dolorido por causa do exercício do dia anterior, e minhas partes íntimas estão doloridas porque posso ter usado meu vibrador demais para as fantasias de uma versão muito mais travessa daquele treino.

De alguma forma, consigo fazer algo, mas assim que entro no modo de foco, a cabeça de Gunther surge em meu escritório. — Quer fazer ombros comigo hoje?

Meu coração salta. — A Mãe é superprotetora com seus filhotes?

Ele sorri. — Vou considerar essa resposta estranha como um sim.

———

Quando se trata de frustração sexual, assistir Gunther trabalhar seus ombros é pior para minha libido do que nosso treino de ontem. O dia seguinte é ainda mais difícil porque ele trabalha as pernas. No entanto, mesmo isso não é nada comparado a quando treinamos os músculos das costas no dia seguinte, e o mais frustrante de todos os exercícios deve ser o dia em que ele flexiona seus braços grandes, fortes e que precisam ser tocados.

E assim, nas próximas semanas, vamos à academia juntos durante o dia e eu me masturbo excessivamente à noite. O último se torna tão variado que fico sem ideias e acabo visitando "Acaricie a Petúnia" – um blog que minha companheira de bando, Lemon, comanda.

Acontece que sou fã de uma técnica apelidada de "Vida Longa e Próspera". É aquela em que seus dedos são mantidos em forma de V da saudação vulcana.

———

Estou sentada em meu escritório e me abanando após meu último treino com Gunther quando Ashildr entra, segurando um cartão festivo do Hallmark.

— É o aniversário de Tiffany — diz ele. — Você pode assinar isso para ela?

Ótimo. Tiffany tem me dado um olhar fedorento sempre que nossos caminhos se cruzam, e agora tenho que encontrar algo legal para dizer a ela. Talvez eu deva ir com: "Desejo que você fique mais sábia em sua idade avançada. Você é muito idiota agora". Ou: "Que você tenha positividade em sua vida. Pode ser a única maneira de tirar essa expressão de megera do seu rosto".

Com o canto do olho, vejo Gunther caminhando para seu escritório, e isso me dá uma ideia. Talvez eu pudesse dizer algo como: "Que seus desejos se tornem realidade, a menos que envolvam Sr. Chupe & Lambe, caso em que espero que você murche e morra".

Não. Não posso.

Com um suspiro, escrevo "Parabéns", seguido de um rabisco do meu nome que espero que ela não reconheça.

Assim que devolvo o marcador a Ashildr, uma gota de um líquido vermelho aparece no branco do papel.

Uma gota de sangue.

O tempo parece desacelerar, e sinto meus sentidos deixarem meu corpo enquanto observo a gota se juntar a outra, depois outra, todas escapando da narina esquerda de Ashildr.

— Você está bem? — Eu ouço Ashildr dizer, sua voz vindo até mim como se eu estivesse no fundo de um poço. — Por que você parece tão pálida?

Há um clamor. Acho que é a porta do meu escritório, mas pode ser o som da minha consciência fugindo.

Daí, meus olhos rolam para trás da minha cabeça e eu desmaio.

Doze

Pisco, abro os olhos e me encontro nos braços fortes de Gunther. Ele está ajoelhado no chão, seu toque eletrizante onde quer que nossos corpos se encontrem.

Fecho os olhos de novo e me pergunto se estou tendo aquele sonho – aquele em que Gunther me usa para trabalhar os bíceps. Se sim, por que não estou no ar? Ele me colocou para descansar? Tudo o que sei é que estar na academia explicaria por que estou me sentindo tão tonta. Devo ter usado muito peso na última série.

— Ela acabou de acordar — diz a voz de Ashildr à distância. — Eu acho.

Ah, merda. Isso pode não ser um sonho.

Tudo volta à tona. Ashildr começou a sangrar e eu desmaiei como uma tola – e Gunther deve ter visto.

Eu mantenho meus olhos firmemente fechados agora. A última coisa que quero é ver o nariz de Ashildr sangrar de novo e desmaiar pela segunda vez. Só de pensar na maldita situação me deixa tonta.

— Vocês podem ir embora? — Sussurro. — Preciso de todo o oxigênio. — Se eu tiver sorte, não há sangue em nenhum lugar do meu escritório.

— Deixe-nos. — O tom de comando com que Gunther grita as palavras deixaria um comandante militar orgulhoso.

— Fique melhor — Ashildr murmura, e então eu o ouço se afastar.

Eu espio através dos meus cílios.

Ufa. Ele tirou o cartão, o nariz e todos os sinais de sangue. Agora, se eu conseguir me livrar de Gunther, talvez não morra de humilhação, afinal.

— Como está se sentindo? — Gunther pergunta baixinho.

Sinto-me como uma idiota. A primeira vez que ouvi Ashildr me contar sobre sua situação de nariz seco, eu deveria ter comprado um umidificador para o meu escritório.

— É isso. — Gunther me levanta do chão como uma noiva – ou um par de halteres. — Vamos.

Quando ele começa a me carregar, eu instintivamente agarro seus ombros, então percebo o que estou fazendo e me contorço em seus braços, mas seu aperto é como algemas de ferro.

E agora eu tenho putaria em minha mente.

— Para onde você está me levando? — Exijo, fazendo o meu melhor para não inalar muito de seu cheiro gostoso que me envolve.

— Hospital. — Quando ele diz isso, estamos a meio caminho dos elevadores.

Um hospital é um lugar onde eu poderia encontrar mais sangue, então me levar para lá seria como tentar curar o alcoolismo com Spirytus Stawski – uma vodca polonesa com noventa e seis por cento de álcool.

— Ponha-me no chão. — Eu me mexo inutilmente de novo, empurrando seus músculos duros como pedra.

Apesar da minha alta exigência, todos os lacaios da Munch & Crunch ao nosso redor estão com o nariz enterrado na tela, agindo como se a visão de Gunther carregando uma colega de trabalho beligerante fosse tão mundana quanto o caso das segundas-feiras.

— Sério, estou bem — Rosno quando estamos perto do elevador.

Ele me pressiona com mais força contra seu peito para apertar o botão do elevador com o cotovelo. — Pessoas que estão bem não desmaiam.

Devo dizer-lhe a verdade?

Sem chance. Essa é a última coisa que eu quero. Ele vai zombar ou ter pena de mim, e não tenho certeza do que seria pior.

— Meu açúcar deve ter caído — Deixo escapar.

Ui. Essa foi claramente a desculpa errada. Seus olhos são como uma lupa apontada para um inseto em um dia ensolarado. — Você esqueceu de comer... de novo?

De novo? Oh, certo. No dia em que pensei que quase nos beijamos, usei a mesma desculpa.

Merda. Depois desse incidente, ele estava me incomodando para comer por um tempo. O que é pior, desde que nos exercitamos juntos, ele tem me ensinado sobre a ingestão calórica adequada após os treinos – e frequentemente compartilha seus shakes de proteína comigo.

Hora de recuar. — É um erro honesto. Acabei ficando ocupada. Quando você...

— Não — Ele solta, então gentilmente me coloca no chão.

Serei a primeira pessoa no mundo a ser demitida por não comer? Ou o primeiro funcionário a levar palmadas perto do elevador?

Gunther tira uma barra de proteína do bolso interno do paletó. — Morda isso.

Engolindo um "vai se ferrar", eu faço o que ele diz e gemo internamente com a intensidade com que ele me observa, como se ele não confiasse em mim para engolir.

Eu mastigo muito incisivamente e engulo ruidosamente. Então, para garantir, abro minha boca para mostrar a ele que o pedaço realmente se foi.

Seus olhos brilham. — Bom. Agora vamos para o refeitório.

O elevador se abre no momento em que pergunto: — Por quê?

Ele me leva para dentro. — Porque um refeitório é um tipo de sala onde você pode comer?

Eu resmungo. — Octothorpe, desative as definições irritantes da Wikipédia.

Para minha surpresa, um pequeno alto-falante acima da minha cabeça diz com uma voz de esquilo: — Todas as notificações já estão desativadas no elevador.

— Ótimo — Resmungo. — A máquina de café não tem IA, mas o elevador tem. Tenho medo de falar com um banheiro.

Gunther aperta o botão do refeitório, um pequeno sorriso aparecendo em seus lábios.

Eu coloco minhas mãos em meus quadris. — Você nunca respondeu à minha pergunta.

Ele suspira. — Já que você se esqueceu de comer, vou supervisioná-la.

Minhas mãos caem para os lados. — O quê?

— Vamos almoçar juntos. Comer usando pratos reais. É um conceito estranho, eu sei.

Reviro os olhos. — E aí, você vai me alimentar na boca? — Estou feliz por não ter mentido sobre esquecer minhas outras funções corporais básicas. Ele está claramente ansioso por mais coisas que possa supervisionar.

O sorriso de Gunther é francamente covarde. — A alimentação manual é o último recurso.

Hum. Por que a ideia parece um tanto sexy?

Não. Saia dessa. Isso não está certo.

Ou está? Estou ficando cansada de toda a comida da despensa – mesmo que seja de graça. Falando nisso... — Vamos falar de negócios enquanto comemos?

— Por quê? — Ele pergunta, imitando meu tom anterior.

— Ashildr me disse que se for uma reunião de negócios, as refeições no refeitório são gratuitas.

Gunther bufa. — *Podemos* falar de negócios, mas não precisamos. De qualquer forma, é por minha conta.

— Oh. Acho que não seria o fim do mundo ter que comer lagosta com você aí... só desta vez.

O elevador se abre e, enquanto Gunther sai, ele diz por cima do ombro: — Não só desta vez. Diariamente.

Oh.

Diariamente. Juntos.

Não tenho a chance de decidir como me sinto sobre esse desenvolvimento porque tenho que me apressar para acompanhar seus passos largos enquanto ele me leva para o refeitório sofisticado, indo direto para a área mais exclusiva e fechada onde eles têm uma recepcionista, garçons e menus laminados em uma fonte sofisticada Centeria Script.

— Olá, Sr. Ferguson — diz a recepcionista, sua voz misturada com o meu homônimo. — Você gostaria da mesa de reunião ou da sua pessoal?

— Pessoal — diz ele.

Assentindo, ela nos leva para a mesa mais bonita no canto – uma com utensílios que parecem feitos de platina e uma vista de Manhattan que momentaneamente me deixa muda.

Quando saio de lá, dou uma olhada no cardápio – e murmuro xingamentos baixinho quando vejo os preços insanos.

— Olha a boca — Gunther repreende, mas seu tom é menos severo do que o normal.

Eu viro uma página. — Pensei que este lugar fosse subvencionado.

Ele dá de ombros. — A seção de self service é mais subvencionada. De qualquer forma, dado que roubamos um chef de um restaurante com estrela Michelin, eu diria que esses preços são razoáveis.

— Se você diz.

Ele se inclina de forma conspiratória. — Se isso faz com que a amante de promoções em você se sinta melhor, basicamente vou me pagar aqui.

Ah. Certo. Às vezes esqueço que ele é dono de tudo na Munch & Crunch, incluindo este restaurante.

— Nesse caso, estou pegando o Surf e Turf — digo, citando o item mais caro do cardápio. — Quero ter certeza de que você lucra.

— Sortuda — diz ele e acena para o garçom.

Por que isso é sorte? Antes que eu possa perguntar, o garçom vem com uma cesta de pão chique.

Gunther pede o Surf e Turf para mim, e uma torrada de abacate e ovos Benedict para ele.

Duas refeições? Dado o que eu o vi fazer na academia, isso bate.

— Você sempre pede fora do menu? — Pergunto quando o garçom sai.

— A torrada e os ovos estão no cardápio do brunch — diz Gunther. — De qualquer forma, o chef sempre deixa os ingredientes prontos, já que costumo pedir esse combo com frequência.

Hum. Então, por que tenho sorte de comer bife e lagosta? — Você é vegetariano?

Ele balança a cabeça. — Eu me atenho a itens com baixo teor de ferro.

Isso mesmo. Ele mencionou sua condição antes, mas como o contexto tinha a ver com doar sangue, bloqueei como faço qualquer coisa relacionada à minha fobia.

Bosta. Agora que estou nessa linha de pensamento, sinto-me tonta novamente.

— Morda o pão — Ele ordena. — Você está pálida de novo.

Com um suspiro, faço o que me manda.

O pão é incrível, especialmente a casca crocante – então realmente me faz sentir melhor.

— Agora você tem um novo conjunto de responsabilidades neste trabalho — diz Gunther quando olho de volta.

— Oh?

Ele pega um pãozinho da cesta para si mesmo. — Você vai tirar uma foto de todos os seus cafés da manhã e jantares e enviar por mensagem para mim.

Meus nervos começam a subir, mas eu os reprimo. Minhas próprias mentiras me colocaram nesta situação. — E se eu não fizer isso? Você vai me alimentar na boca?

— Pior. Cada foto perdida custará um por cento do seu bônus.

— Vou receber um bônus?

— A partir de agora, sim. — Vendo o interesse em meus olhos, ele parece triunfante. — Ou, mais corretamente... talvez.

Certo. Posso tirar algumas fotos se for paga por isso mais tarde. Afinal, as pessoas postam esse tipo de coisa em suas redes sociais de graça.

— Que horas você quer?

Os cantos de seus lábios carnudos se contorcem. — Quando você costuma comer?

Eu digo a ele, e ele acena com aprovação. — Você pode me mandar uma mensagem logo depois.

— Claro. Não queremos atrasar minha alimentação.

— Algo parecido.

— Certo. Vou tentar.

Ele franze a testa. — Não tente. Faça.

— OK, Yoda.

— Se você precisar de um lembrete extra, posso enviar uma mensagem. Mas se eu fizer isso, posso compartilhar com você mais algumas de suas grandes ideias sobre cogumelos. Como esta. — Ele pega o telefone e pressiona um botão na tela.

"Pinte todos os sinais de trânsito de roxo", diz minha voz.

Eu estremeço. — Isso é chantagem?

Ele abre as mãos. — Eu disse que só enviaria mensagens para *você*, não para um grupo inteiro de pessoas.

Sim. Definitivamente chantagem.

O garçom aparece com uma bandeja.

Eu começo a babar. Tudo parece incrível. Meu Surf e Turf é como aquelas refeições falsas que eles fazem para anúncios com cola, esponjas e graxa de sapato, exceto de alguma forma real. Melhor ainda, a obra-prima da culinária tem um gosto tão bom quanto parece – e se a expressão de êxtase no rosto de Gunther serve de referência, sua comida também está ótima.

É assim que Gunther ficaria se estivesse me comendo?

Quase engasgo com minha lagosta.

Gunther olha furioso para mim. — Eu nunca disse para comer tão rápido a ponto de acabar engasgando-se.

Eu gostaria que ele sufocasse enquanto me comia?

Grr. Sério? Eu preciso de uma distração, imediatamente, antes que meu rosto comece a combinar com a lagosta no meu prato.

— Diga-me algo sobre você — Deixo escapar.

Sim. Este é um assunto mais seguro – a menos que ele vá me dizer que gosta de comer potes de mel em favos.

Gunther inclina a cabeça. — Como o quê?

Eu dou de ombros. — Algo que poucas pessoas sabem?

Ele abre a boca, então parece reconsiderar o que estava prestes a dizer. Finalmente, ele diz: — Não tenho certeza se posso confiar em você com isso.

Quase esfrego as mãos de alegria. — Vamos. Pare de ser tão provocador.

— Talvez se você me contasse algo embaraçoso sobre você?

Malvado. — Você já sabe sobre os cogumelos. O que mais você precisa?

— Algo mais pessoal — diz ele.

— Certo. — Mergulho um pedaço de lagosta na manteiga. — Gosto de filmes de terror.

Começou como uma tentativa de terapia de exposição, mas descobri que ver sangue na tela não me incomoda nem um pouco – provavelmente porque sei que na verdade é xarope de milho ou chocolate com corante alimentício vermelho ou, em filmes mais recentes, puro CGI.

Parece que ele está prestes a engasgar com o purê de abacate. — Você é vidente ou algo assim?

— Por quê?

— O segredo sujo que hesitei em compartilhar tem a ver com filmes de terror. Horríveis.

Eu olho para ele. — Sem chance.

— Sim. Eu gosto daqueles desprezados filmes do tipo Este Vs. Aquele.

Eu deixo cair meu garfo com um suspiro. — Eu também.

Ele parece duvidoso. — Você está me dizendo que é a primeira pessoa que eu conheço que é como eu?

Eu combino com seu ceticismo. — Supondo que você não esteja inventando isso.

— Qual é o seu favorito? — Exige. — Rápido.

— *Freddy Vs. Jason*. Seu? Rápido.

— *Alien Vs. Predador* — Ele responde sem hesitar.

— Essa é pior que o meu – e você disse tão rápido. Talvez não esteja mentindo, afinal. Caralho. Não acredito que conheci outro fã 'versus'.

Seu bom humor diminui. — A boca, por favor.

Reviro os olhos, pego uma faca e começo a cortar meu bife enquanto Gunther me observa com crescente desaprovação.

— Vou tentar não xingar daqui para frente — digo. — Juro.

— Não é só isso. — Ele acena para as minhas mãos. — A faca deve estar na sua mão direita.

— Mesmo?

— É por isso que estava do lado direito do seu prato — diz ele. — E já que estamos falando de boas maneiras à mesa, você não deveria usar o garfo de lagosta para bife. — Ele aponta para o garfo normal no lado esquerdo do meu prato.

Há sarcasmo suficiente em meu tom para matar um cavalo quando pergunto: — Algo mais, caro senhor?

Ele balança a cabeça, todo sério. — As pontas do garfo devem estar voltadas para longe de você. — Ele pega seu garfo e faca e faz uma pantomima cortando um bife imaginário.

— Entendi. — Pego os utensílios certos nos apêndices corretos e corto lentamente o bife conforme ele instruiu, revirando os olhos o tempo todo.

— Obrigado — diz ele.

— Sem problemas — Minto. — Agora me diga. Qual é o seu filme 'vs.' menos favorito que já viu?

Ele acaricia o queixo. — *King Kong Vs. Godzilla.*

— Isso nem é um filme de terror.

— Sim. Talvez. E você?

— Se estamos falando de não terror, *Scott Pilgrim Vs. o Mundo.*

Ele se engasga teatralmente. — Esse é um filme tão subestimado. Por que é o que você menos gosta?

Eu sorrio. — São essas críticas positivas que são o problema. Para ser um verdadeiro filme 'vs.', é preciso ter um horror barato e classificações ruins.

Seus olhos esmeralda brilham quando ele retribui meu sorriso. — Você tem que admitir, porém, tinha um elenco incrível.

— Oh?

— Totalmente. Um dos ex-malvados mais tarde estrelou como A Tocha Humana e mais tarde, notoriamente, como o Capitão América. Outro foi o Super-Homem, e outra se tornou a Capitã Marvel.

Provo os aspargos grelhados que acompanham meu prato – e até mesmo o vegetal normalmente chato tem gosto de iguaria aqui. — Trapaceiro — digo. — Tenho a sensação de que você gosta de filmes de super-heróis tanto quanto de 'vs'. Ou mais.

Ele balança a cabeça com veemência. — Não. Os filmes 'vs.' sempre terão um lugar especial no meu coração. Ainda assim, quem não gosta de um bom blockbuster de super-herói?

— Eu. — Estreito meus olhos para ele. — Deixe-me adivinhar. Seu favorito é o *Capitão América*. Chris Evans é um bonzinho nessa franquia – então, você obviamente pode se relacionar.

Ele olha para seu terno perfeitamente cortado, então de volta para mim. — Isso seria como eu dizer que você deve ser fã de *A Garota com a Tatuagem de Dragão* porque a heroína tem tatuagens e piercings.

Eu aceno meu garfo triunfantemente. — Eu *gosto* desse filme, assim como das versões suecas e dos livros, então, minha lógica *é* sólida.

— Bem, meu herói favorito é Deadpool. Corte não tão limpo.

— Claro, interpretado pelo impecável Ryan Reynolds. Basta assistir *A Proposta*. Encerro meu caso.

Ele solta um suspiro. — Você é incorrigível.

— Se com isso você quer dizer que discutir comigo é inútil, então sim. Nem se preocupe. — Eu finalmente chego ao purê de batatas e, não surpreendentemente, eles são celestiais. — Eu não posso acreditar que você pode tolerar todos esses palavrões que estão em *Deadpool*.

Ele bufa. — Só porque eu acho que lançar palavrões no trabalho não é profissional, não significa que eu seja um puritano.

— E não é?

— Não. — Ele olha para o meu prato com inveja. — Como está sua seleção rica em ferro?

— Deliciosa — digo timidamente. — E desculpe, da próxima vez posso pedir outra coisa.

— Não. Deixe-me viver indiretamente através de você.

Huh. — Assim? — Usando a mão correta, espeto um pedaço de bife com agilidade com o garfo e, em seguida, levanto-o sensualmente à boca antes de mastigar devagar.

Uau. Ele deve sentir muita, muita falta de bife. Seus olhos vorazes me lembram de um lobo faminto.

Gunther reajusta a gravata. — Isso é mais como uma provocação. — Por alguma razão, sua voz está um pouco rouca.

— Desculpe — digo, mas não falo sério nem por um segundo. Na academia, ele me provoca com sua carne de homem, então é justo que eu o provoque com minha versão de vaca.

— Diga-me mais alguma coisa sobre você — diz Gunther, mudando de assunto intencionalmente.

Eu como um pedaço de lagosta da maneira menos provocante que posso – chegando ao ponto de renunciar a mergulhá-lo na manteiga. — Como você já sabe, eu gosto dos Ramones. Mas também, Sex Pistols. Ou devo dizer Bleep Pistols?

Ele se encolhe. — Os Ramones estão por trás daquela música *Spiderman* que causa dor de cabeça que você tocou em seu escritório?

— E você se atreve a se chamar de fã de super-heróis? — Estalo a língua, desaprovando. — Quem é seu músico favorito?

Ele sorri com carinho. — Kenny G.

Eu me engasgo com minha lagosta. — O idiota do jazz suave?

— Não. — Seus olhos verdes se estreitam. — O músico talentoso.

— Deixe-me ouvir uma música dele — Eu o desafio.

Gunther pega o telefone e coloca *algo*. A princípio, acho que talvez esteja no funeral de Enya, mas então um saxofone triste começa a tocar, momento em que percebo que o funeral é para todo o conceito de boa música.

— Desligue isso — Eu imploro.

Ele abaixa o volume até que você mal consegue ouvir o sax, mas ainda está muito alto.

— Por tudo que é sagrado — digo. — E avise seus advogados. Meus ouvidos vão apresentar queixa.

— Você é doida. — Gunther embala seu telefone ainda miando de forma protetora. — Esta é uma ótima música.

— Horrível.

— Bem, o mercado falou. — Ele finalmente desativa o crime contra a humanidade. — Kenny G é o artista mais vendido de todos os tempos, com mais de setenta e cinco milhões de discos vendidos.

— Oh, a felicidade que é o silêncio. — Eu limpo o suor inexistente da minha testa. — Os Ramones basicamente inventaram o punk rock, como um gênero musical totalmente novo.

— Kenny G redefiniu o 'Easy Listening'.

Eu bufo. — Easy Listening. Deveria ser chamado de Violação de Audição.

Gunther abre a boca para responder, mas o garçom se aproxima e examina nossos pratos quase vazios. — Alguém tem espaço para a sobremesa?

Gunther e eu olhamos um para o outro interrogativamente.

— Quer compartilhar algo? — Pergunto.

— Não costumo comer doce — diz. — Mas posso comer uma colher do que você quiser.

— Você tem sorvete? — Pergunto ao garçom.

O garçom endireita a coluna. — Temos baunilha, chocolate, chá verde e manteiga de noz-pecã.

Uau. — Vamos pegar baunilha — digo e lanço um sorriso para Gunther. — Acho que esse é o seu sabor favorito.

Gunther murmura algo ininteligível enquanto o garçom sai correndo.

— Então, você gosta de trabalhar na Munch & Crunch? — Gunther pergunta.

Eu arqueio uma sobrancelha. — Isso é uma ameaça? Ou você está se certificando de que este *seja* um almoço de negócios, afinal, para que você possa usá-lo como uma redução de impostos?

Ele bufa. — Seria preciso muito mais do que piadas de baunilha para me fazer ameaçar você com rescisão. Quanto aos impostos, eu...

— Não me entenda mal, eu aprovaria se você recebesse algum dinheiro do governo de volta por este almoço. — Eu faço um gesto amplo na mesa. — Em sua faixa de imposto, provavelmente é quarenta por cento de desconto.

Ele bufa. — Meu contador colocou você nisso?

Antes que eu possa responder, o garçom volta, trazendo uma bandeja elegante com sorvete. Quando estamos sozinhos de novo, enfio a mão no bolso enquanto pergunto: — Se importa se eu fizer um sundae?

Gunther franze a testa. — Não, mas...

Vendo-me pegar um saquinho de M&M, ele para

de falar e fica olhando enquanto eu decoro o sorvete com o doce. Em seguida, pego um punhado de caramelos embrulhados, desembrulho-os e adiciono-os à minha criação, seguidos por um saco de ursinhos de goma.

Ele finalmente sai de seu devaneio. — Você sempre carrega doces nos bolsos?

— Só quando trabalho em um lugar que os oferece de graça na despensa — digo.

— Certo, mas por que não pedir um sundae logo?

Eu olho para ele como se ele fosse estúpido. — E pagar o dobro?

— Eu disse que estou pagando.

Eu dou de ombros. — Não quero que ninguém desperdice dinheiro, nem mesmo você.

— Tudo bem, então. — Ele observa fascinado enquanto adiciono mais alguns itens de despensa à sobremesa, mas quando pego Reese's Pieces, ele se encolhe. — Se você ainda estiver disposta a compartilhar, por favor, pule qualquer coisa relacionada à manteiga de amendoim.

Eu paro no meio do caminho. — Você é alérgico?

Ele assente, mas parece incerto.

Bem, tanto faz. — O sundae já tem muitos ingredientes — Anuncio com alarde. — Pegue.

Ele põe uma colher na boca e cantarola em aprovação. — Não tenho certeza se meu dentista vai adorar os efeitos disso, mas tem um gosto ótimo.

Eu como uma colher também e assinto com a cabeça. Posso não ter o gosto insano por doces da minha irmã Lemon, mas gosto de um sundae ocasional – especialmente quando é grátis.

— Você sabe por que eles chamam de sundae? — Gunther pergunta. — Com essa ortografia estranha?

Eu balanço minha cabeça. — Tenho a sensação de que algumas explicações estão prestes a começar.

Ele abaixa a colher. — Não, se você não quiser saber.

Engulo outra colherada. — Bem, você despertou minha curiosidade. Por que é chamado assim e escrito dessa maneira?

— Talvez eu devesse deixar você esperando.

Se nossas sessões conjuntas de ginástica servirem de referência, ele é muito bom em me deixar esperando – a ponto de eu ter que usar o blog de masturbação de Lemon como guia. — Você sabe que posso usar essa invenção chamada Google?

— Não faça isso. Eu vou explicar. — Ele lambe a colher. — Antigamente — Ele começa em um tom professoral —, os sorvetes eram muito populares, mas havia leis que os proibiam aos domingos, então...

— Espere, por quê?

— Eles tinham um gosto tão bom que foram considerados pecaminosos.

— Huh. A barra para pecaminoso era claramente muito baixa antes de Oreos fritos e Pornhub serem inventados.

Ele sorri. — Sim. Eles tiveram que inventar outra sobremesa de sorvete que fosse mais doce e, portanto, mais adequada para saborear em um domingo.

Tornou-se associado ao dia, mas eles usaram uma grafia diferente para isso, em reverência à palavra 'Sunday', Domingo em inglês.

Então, por essa lógica, se Sr. Chupa & Lambe tem um gosto pecaminosamente bom – e há uma boa chance de que ele tenha – terei que inventar uma versão mais domesticada para os domingos. Talvez apenas lambê-lo através de um preservativo?

— A conta, por favor — diz Gunther ao garçom que passa, interrompendo minhas contemplações lexicográficas. Então ele se vira para mim. — Desculpe. Tenho que correr para uma reunião.

Aponto para o prato de sobremesa vazio. — Nós terminamos, então está tudo bem.

Gunther pega a conta do garçom e joga um maço de dinheiro nele. — Mesma hora, mesmo lugar amanhã?

— Claro. — Meu coração traiçoeiro acelera – provavelmente como vingança por todo o colesterol que acabei de consumir. — Voltamos juntos? — Pergunto, ficando de pé.

Ele se aproxima de mim, os olhos arrependidos. — A reunião é no centro, então só posso acompanhá-la até o elevador.

— Isso funciona. — Sério, coração, que merda é essa?

A caminhada até o elevador é um tanto estranha, pelo menos da minha parte, porque estou sentindo o bater de patas fofas de gatinho na minha barriga. O que me lembra...

— Você gostaria de um gatinho? — Deixo escapar.

Ele diminui o passo e vira um incrédulo olhar esmeralda para mim. — Um o quê?

— Um gato bebê. Você sabe, minúsculo, adorável, miando. Te lembra algo?

— Por quê?

Eu suspiro. — Você mencionou que gostava deles, então, eu queria perguntar, mas...

— Quero dizer, por que você tem gatinhos para doar, em primeiro lugar?

— Oh. Meu gato traçou a gata da minha companheira de bando.

Ele retoma seu ritmo acelerado. — Isso soa vagamente incestuoso.

— Foi o que eu disse!

Ele segura a porta do refeitório para mim com um sorriso. — Além disso, correndo o risco de ser acusado de explanador novamente, devo informar que o equivalente a gato para gatas é *molly*.

— Tenho quase certeza de que 'molly' é outro nome para ecstasy, como na droga MDMA — digo enquanto passo.

— Só porque essa droga é chamada assim, não significa que não possa ser um termo para uma gata. Ecstasy tem outros significados. — Ele para no elevador e pressiona com muita consideração os botões "para baixo" e "para cima".

Observando aqueles dedos, posso facilmente imaginá-lo me fazendo gritar de êxtase – sem necessidade de drogas.

Eu limpo minha garganta repentinamente seca. — Minha irmã chamava sua gata de rainha.

— Isso é usado no contexto da reprodução. O processo de nascimento do gato é chamado de 'queening' – embora eu não saiba por quê.

— Você não sabe de algo? O universo pode implodir. — Sorrio para aliviar minhas palavras e adiciono: — Talvez seja porque as gatas têm um estereótipo de serem chiques e meticulosas, assim como as rainhas.

— Talvez. — O elevador que desce se abre e Gunther olha para ele e depois para mim.

É minha imaginação ou ele está relutante em me deixar?

— Tchau? — Eu me aventuro suavemente.

— Sim — diz ele, mas não se move em direção ao elevador.

— Mesma hora e local amanhã? — Eu pergunto e quero me bater. Por que estou fazendo isso parecer um encontro?

— Sim. Amanhã — Ele diz, mas ainda não se move em direção ao elevador prestes a fechar.

Uma nova porta de elevador se abre, esta com a luz "para cima" acima dela – como na minha.

— Eu deveria ir — digo, mas fico parada.

— Sim. — Ele dá um passo em minha direção. — Não queremos nos atrasar.

Como em resposta, a porta do elevador se fecha.

Em uníssono, estendemos a mão para pressionar o botão "para baixo".

Porra do inferno. Seu dedo toca o meu, e parece que o pino no meu clitóris se tornou um componente do motor do elevador.

Eu afasto minha mão.

A porta "para baixo" se abre novamente.

Tudo o que posso pensar é que ele vai descer em cima de mim.

Gunther aponta para a porta "para cima" enquanto captura meu olhar.

Sério?

Seus olhos verde-esmeralda parecem tão profundos quanto o oceano enquanto seus lábios dizem: — Vai.

Não posso, então proponho: — Você primeiro.

— Damas primeiro — diz ele, mas a maneira como ele olha para mim me faz sentir o oposto de uma dama adequada.

— A idade antes da beleza — Consigo dizer.

— Sou apenas alguns anos mais velho — diz ele com a voz rouca, e ainda não se mexe.

Isto é ridículo. Ele está agindo como fez na despensa, fingindo que quer me beijar quando nós dois sabemos que ele não quer nada.

— Seria inapropriado se nos abraçássemos? — Pergunto, porque *algo* precisa acontecer para quebrar esse impasse estúpido.

Suas sobrancelhas escuras franzem.

— Ou existe um formulário de abraço que precisamos preencher primeiro com o RH? — digo – e isso parece quebrar qualquer feitiço que tenha caído sobre ele. Em um piscar de olhos, ele me envolve em seus braços fortes, pressionado contra todas as suas partes deliciosamente duras.

Uau. Há algo extra duro em seu bolso. É aquele...

Antes que eu possa terminar o pensamento – ou me perguntar como se escreve "abraçorgasmo" – Gunther já me soltou e está mergulhando no elevador como se estivesse atrasado para um transplante de órgão.

Eu cambaleio para dentro do meu elevador, mas não quero mais voltar para o meu escritório.

Não.

O que eu preciso é do andar da academia, já que é o chuveiro frio mais próximo.

Treze

QUANDO CHEGO EM CASA NAQUELE DIA, ABRO O FREEZER e pego um burrito de salsicha, ovo e queijo da marca Munch & Crunch.

Eles estavam em uma liquidação do BOGO e ganhei tantos que cansei deles. Com um suspiro, coloco a coisa no micro-ondas e, enquanto espero, abro uma nova lata de comida de gato. Esta marca e sabor é a única coisa que o meu gato se digna a comer, e acontece que nunca vai à venda.

— Bunny? — Chamo.

Ele entra na sala e salta graciosamente para o balcão onde coloquei sua tigela.

Aquilo-que-me-alimenta acalmou minha ira mais uma vez. Deve-se sempre comer refeições que custem menos que as minhas. E são menos nutritivas.

Meu telefone toca com uma mensagem de Gunther.

É hora do jantar e não recebi o que me foi prometido. Aqui está uma ideia útil do seu correio de voz – por enquanto compartilhada apenas entre mim e você: "Proibir todos os vestidos de bolinhas. Cerâmica também. Talvez até os quadrinhos com o Homem de Bolinhas".

Dou um tapa na minha testa, o que faz Bunny erguer os olhos mal-humorados de sua tigela.

Se Aquilo-que-me-alimenta quer dor, é só pedir. Minhas garras e dentes estariam ansiosos para atender.

Tiro uma foto do meu triste burrito, envio de volta para Gunther e começo a pensar em uma resposta mordaz para acompanhá-la, mas meu telefone toca.

Meu coração pula.

É Gunther?

Não. É Pearl.

— Se não é a mais queijeira das minhas irmãs — digo quando atendo a ligação.

— Muito engraçado — diz ela. — Como foi com Gunther hoje?

Eu sorrio. — Alguém quer sua dose de fofoca noturna?

— Você sabe. Agora, conta.

Certo. Conto a ela tudo o que aconteceu desde a última vez que nos falamos.

— Então — Pearl diz quando eu termino —, ele vai querer um gatinho?

— Isso é tudo que você tem a dizer sobre o almoço?

— O que mais há a dizer? — Ela pergunta. — Minha opinião não mudou. Você *vai* dormir com ele. Tudo isso são apenas preliminares prolongadas. Me economize em ligações e faça isso já.

Meu telefone apita com uma mensagem de Blue.

Você também economizaria MEU tempo ouvindo suas conversas fúteis.

Eu juro, às vezes eu gostaria de ter nascido filha única. — Sim, claro. Vou levar um para o time. Você tinha uma posição e localização em mente?

Pearl cantarola em pensamento exagerado. — Posição – vaqueira reversa? Localização – e aqui eu suponho que você não quer dizer boceta Vs. bunda – se não fosse tão longe, eu sugeriria o Palace Hotel. Você sabe, onde será o casamento.

Quase engasgo com meu burrito. — Que casamento?

— Você não recebeu? — Pearl pergunta.

— Recebi o quê?

Blue entra em cena por meio de uma mensagem de texto:

A coisa é muito voluptuosa.

Eu olho para a minha tela. — O que você está falando?

— Você checou sua correspondência? — Pearl pergunta.

Balanço a cabeça antes de perceber que Pearl não pode me ver (mas Blue provavelmente pode). — Eu vou fazer isso agora.

Dou uma grande mordida no meu jantar e depois vou buscar a correspondência, que vasculho, procurando por algo berrante. Rapaz, eu achei a *coisa*. Uma coisa que é para outros envelopes o que Liberace foi para o resto da raça humana.

— São joias verdadeiras? — Pergunto ao telefone

enquanto abro o elaborado ostensivo.

— Provavelmente — diz Pearl. — E antes que você pergunte, sim, você *tem* permissão para penhorar isso.

Não era isso que eu ia perguntar, mas é uma ótima ideia.

Eu puxo a carta – e suspiro. A carta não é papel. É ouro feito em folha fina, com palavras gravadas nela:

Você e um acompanhante estão cordialmente convidados para o casamento da Srta. Gia Hyman e Sua Alteza Real, Anatolio Cezaroff.

E por aí vai.

Inacreditável. Até hoje, eu achava que o melhor truque de mágica da carreira de Gia era namorar um príncipe da vida real, mas agora ela está se casando com ele. No próprio hotel onde ela faz seu show de mágica.

— Será que ela vai ser chamada de princesa quando estiver casada? — Pergunto, os olhos ainda no convite.

— Não tenho certeza — diz Pearl. — Mas se for assim, ela vai nos forçar a chamá-la exclusivamente de Princesa Gia.

Em defesa de Gia, eu também iria.

— Tão injusto — Murmura Pearl. — Casar com um príncipe era *meu* sonho, não dela. Tudo o que ela sempre quis foi ser uma mulher David Blaine. Ou Copperfield. Ou Golias.

— Golias não era um Davi; ele foi morto por um.

— Chama-se piada — Pearl diz sarcasticamente. — Além disso, Golias era um gigante – o que combina com o ego da persona mágica de Gia.

Eu finalmente desvio meu olhar do convite ridículo.

— Você vai levar alguém?

— Não, vai ser trabalho para mim. Disseram-me que haveria ricos conhecedores de queijo lá, então implorei a Gia que me deixasse servir os canapés.

Eu sorrio. — Tudo relacionado a queijo, sem dúvida.

— É a oportunidade de uma vida.

— E quanto ao resto do nosso bando? — Pergunto.

Blue responde instantaneamente: *vou levar Max. Você deveria levar Gunther.*

— Olive vai trazer seu homem da Flórida — diz Pearl. — Lemon obviamente estará com seu novo marido dançarino. Holly terá seu cara de videogame junto e Blue, o espião. Não falo com Pixie há alguns dias, mas aposto...

— Será que nossos pais estarão lá? — Pergunto preocupada.

— Não, eles vão perder o casamento da primogênita.

Uma mensagem da Blue entra em cena:

Gia é a primogênita, ou é Holly?

Eu ignoro minhas irmãs quando a enormidade da situação me atinge.

Se eu for a única irmã solteira entre as oito, todo o poder da atenção profana de mamãe estará sobre mim – e ela já está preocupada com minhas perspectivas de namoro por causa de meus piercings e tatuagens, mesmo que ela não admita.

Merda. Se eu não levar alguém, mamãe pode

colocar na cabeça "ter uma conversa comigo" – e não quero ouvir sobre os benefícios dos orgasmos pela milionésima vez.

Eu belisco a ponta do meu nariz, tentando pensar no que fazer. Minha desastrosa chamada vida amorosa não ajuda em nada, especialmente meu último relacionamento. Eu pensei que Spike era para mim. Eu tatuei o nome dele no meu corpo e – muito mais comprometedor – contei aos meus pais que ele era "o cara". A vida e os homens sendo o que são, dois meses depois, tive que dizer aos meus pais que ele e eu "nos separamos conscientemente" (palavras dele, não minhas) e transformei seu nome em uma tatuagem de uma piñata em forma de unicórnio com um aro perfurando em seu bem-dotado *shlong* semelhante a um cavalo. Só para esclarecer, a parte bem-dotada se refere ao unicórnio, não ao Spike. Este último era mediano.

— É melhor você responder logo — diz Pearl, me tirando de minhas contemplações sombrias. — Você sabe como Gia fica.

Sim e não. Quando éramos crianças, o desagrado de Gia podia significar pimenta na calcinha ou pasta de dente em vez de glacê em um cupcake. Mas o que ela pode fazer hoje em dia? Pensando bem, é muito mais fácil apenas responder prontamente ao casamento dela e não descobrir.

— Vou fazer isso — digo. — Nos falamos amanhã.

Catorze

ENQUANTO TREINO COM GUNTHER NO DIA SEGUINTE, não consigo evitar a sensação de vertigem ao saber que vamos almoçar depois. Eu reprimo o máximo que posso, mas borbulha como a efervescência de uma garrafa de refrigerante chacoalhada. Eu faço o meu melhor para não pensar sobre o que tudo isso significa e mantenho uma atitude casual. Uma vez no refeitório, pedimos e conversamos um pouco sobre o trabalho, e então me lembro que ele nunca me disse se levaria o gatinho.

— Você ainda me deve uma resposta — digo enquanto o garçom vem com nossa comida – o pedido de Gunther de ontem, mas desta vez para nós dois.

Gunther ergue uma sobrancelha.

Espero o garçom sair antes de esclarecer: — A proposta tentadora que fiz a você.

A sobrancelha é unida por uma leve ruga na testa.

— Você sabe — digo. — Aquela sobre um... bichano.

A julgar pelo quão alto ele limpa a garganta, minhas palavras quase o fizeram engasgar. — Você está falando sobre o gatinho incestual?

Com um sorriso, aceno com a cabeça e provo o ovos Benedict – e gemo de prazer.

Ele parece que ainda está se engasgando. — Tenho algumas preocupações em relação ao gatinho.

— Qual? — Penso em qual faca usar para cortar meus ovos, então decido parti-los com um garfo, para evitar outro sermão sobre boas maneiras à mesa.

Ele franze a testa para o que fiz com meu garfo, então acho que fiz besteira, de qualquer maneira. Mas, em vez de uma palestra, ele pergunta: — Os gatos podem ser picados por abelhas?

— Sim — digo, lembrando de um incidente na fazenda dos meus pais. — Quando vi isso acontecer, a reação do gatinho foi leve, mas meus pais o levaram ao veterinário porque uma pequena minoria de gatos pode ser alérgica, assim como as pessoas.

Ele coça o queixo. — Qual é a chance de o gatinho que você me der ser um desses casos raros? Tenho mais abelhas por perto do que a maioria das pessoas.

— A chance é baixa, mas eles fazem EpiPens para gatos por precaução. Você mantém abelhas dentro de casa? Ou planeja deixar seu gato passear lá fora?

— Sem abelhas dentro — diz ele, definitivamente. — Mas sim, acredito que pode ser bom para um gato poder sair.

Hum. Meu felino maníaco homicida gostaria de viver fora parte do tempo? Não. Não é prático em

Manhattan – mas talvez seja mais viável na parte de Jersey onde você pode manter colmeias.

Provo a torrada de abacate e a acho deliciosa demais para algo tão simples. — Na chance remota de seu gato ser alérgico, você pode instalar um *catio* com tela do lado de fora.

Ele concorda. — Eu poderia adicionar um para mim também. Um pátio de verdade, quero dizer. No momento, não posso comer melancia fora de casa em um dia quente – recebo muita atenção indesejada.

Imagino sucos de melancia escorrendo por seu peito nu e simpatizo com as abelhas.

— Aí está. Todos ganham.

Durante o resto da refeição, discutimos nossos gostos e desgostos fora da música e do cinema. Quando chega a oferta de sobremesa, pego sorvete de novo e, desta vez, meu sundae é ainda mais sofisticado – porque vim preparada com ingredientes extras.

— O que você acha? — Pergunto quando termino.

— Acho que agora é mais uma banana split — diz Gunther. — E acho que carregar uma banana no bolso para economizar uns trocados é exagero.

— Era um meio para um fim. — Mas a menção de bananas nos bolsos me lembra... Quando nos abraçamos outro dia, eu podia jurar que senti...

— Falando de meios para fins — diz ele. —, a festa da empresa nesta sexta-feira é uma forma de fortalecer os laços da equipe. Como um novo membro da equipe, você pode usar isso ao máximo, então quero ter certeza de que você vai.

Eu pisco para ele. — Há uma festa da empresa?

Foi uma maldição o que ele acabou de murmurar? — Você deveria ter sido convidada. Todos foram.

— Oh? Por quem?

— Tiffany.

Essa cadela. — Parece que *me* convidar passou batido da cabeça dela.

— Sinto muito por isso — diz ele sinceramente. — Considere este seu convite oficial.

Ah, merda. Por que eu simplesmente não mantive minha boca fechada? O suor que lavei diligentemente na academia voltou e meus músculos sobrecarregados ficaram tensos. Já é ruim o suficiente ter que me preocupar em ir a um casamento real sem um acompanhante; agora tenho que lidar com essa porcaria de festa da empresa. Não tenho nada para vestir. Eu não tenho ideia de como...

— Parece que estou pedindo para você dormir em uma cama de pregos — diz ele.

Tudo o que minha mente suja ouve é "dormir", "cama" e algo sobre ser pregado.

— Por que eu deveria ir aonde não sou desejada?

Ele franze a testa. — Tenho certeza de que Tiffany simplesmente esqueceu de convidar você.

— Sim. Certo. Ela é uma santa, aquela lá.

— Bem, convite à parte, acho que você deveria estar lá — diz ele. — E se você não vier, eu gostaria que fosse pelos motivos certos – e não consigo pensar em nenhum.

Eu resmungo em frustração. — Você gostaria se eu

insistisse que você viesse comigo para algum evento aleatório do nada?

Ele sorri. — Eu diria: 'Obrigado por pensar em mim'.

— Oh, mesmo? Nesse caso, você está formalmente convidado como meu acompanhante para o grande e chique casamento da minha irmã.

Pronto. Acho que uma parte de mim realmente queria convidá-lo, mas agora que as palavras saíram, quero enfiá-las de volta na minha boca estúpida. Os problemas com ele indo seriam incalculáveis. Ele conheceria o bando de loucos que é minha família. Essa família acreditaria que vou me casar com ele – o homem que arruinou minha vida. E isso é apenas o começo.

Espere. Estou preocupada com nada. Não há como ele concordar com minha proposta maluca. Ele não...

— Sim — diz ele, me assustando.

— Huh?

Seu sorriso se torna arrogante. — Sim, eu vou na sua coisa se você for na minha.

Oh, garoto. — 'A minha coisa' é um casamento real.

Sua sobrancelha forma um ponto de interrogação lateral. — Real?

— Sim. — Conto a ele sobre como minha irmã Gia conheceu seu príncipe temerário, concluindo com: — Então, imagine como você teria que agir de maneira rígida e adequada nesse baile.

Ele dá de ombros. — Isso só me faz querer ir mais, não menos. Eu não sou você.

Porra. Esqueci que rígidos e adequados são seus nomes do meio.

— Não tenho nada para vestir em nenhum dos dois eventos — Murmuro.

Meu modus operandi usual é comprar um vestido para um passeio e depois devolvê-lo – mas isso me colocou na lista negra de muitas lojas.

Um brilho entra em seus olhos. — E se *eu* comprar um vestido para você?

Isso é mau. — Você está tentando barganhar comigo?

— Está funcionando?

Balanço a cabeça, mas é um movimento fraco e acho que ele percebeu.

— Eu disse um vestido? — Ele pergunta inocentemente. — Eu quis dizer *vestidos*, um para cada uma das saídas, é claro.

Maldade não chega nem perto. Um vestido adequado para o casamento de Gia deve custar uma fortuna – sem mencionar a tortura de localizar uma loja na qual eu seria bem-vinda, experimentar coisas, mantê-las limpas e depois devolvê-las.

— Se eu disser sim, você escolherá os vestidos sem mim e os enviará para minha casa? — Eu olho para o meu traje. — Você sabe, do jeito que você fez com as roupas de trabalho idiotas?

Ele olha com apreço para as roupas que comprou para mim. — Sim, embora as coisas que você esteja vestindo *não* sejam idiotas.

Meu modo de negociação está totalmente ativado.

— E o presente de casamento?

Ele estreita os olhos. — Você *me* quer responsável pelo presente de casamento de *sua* irmã?

— *Touché.* — Eu como o resto do meu sorvete. — Acho que com o trabalho que você me deu, *posso* pagar.

E talvez haja algum acordo sutil em algo entre agora e então.

— Está resolvido então. — Ele faz mímica para pedir a conta ao garçom e, quando a recebemos, Gunther joga um maço de dinheiro nela – uma gorjeta exuberante, se alguém me perguntasse, especialmente considerando que Gunther é o dono do lugar.

— Quer ir até o nosso andar? — Eu pergunto enquanto a memória do abraço de ontem ressurge com o poder de todos os meus hormônios.

Seus olhos brilham em um verde mais brilhante. — Vamos.

Quinze

Subimos no elevador em um silêncio peculiarmente tenso. Não sei sobre Gunther, mas só consigo pensar em nosso abraço de despedida. No entanto, quando chegamos ao seu escritório, ele entra covardemente – sem mencionar um abraço, nem mesmo um "até logo".

Eu engulo minha decepção. Suas ações fazem sentido. Os colegas de trabalho ao nosso redor podem não considerar um abraço apropriado, sem mencionar os altos prêmios que Gunther teria que pagar para construir um seguro se o cérebro de Tiffany explodisse de ciúmes.

Durante o resto do dia, trabalho em uma névoa. Quando chego em casa, três pacotes estão esperando por mim – um da Louis Vuitton, um Christian Dior e o terceiro Manolo Blahnik.

Enquanto meu gato assiste com os olhos semicerrados, eu rasgo as caixas como uma mulher possuída por carcajus raivosos. Em questão de momentos, tiro o conteúdo.

Há dois vestidos de coquetel, um preto, um vermelho e um par de saltos dourados que combinam com os dois. Engulo em seco, examinando os vestidos. Cada um mostraria muita pele, especialmente o vermelho.

Acho que Gunther não se incomoda com a ideia de minhas tatuagens em um ambiente festivo.

Sabendo que Pearl nunca me perdoaria se eu não a contasse, coloquei o vestido preto e fiz uma videochamada para a pequena fofoqueira.

— Uau — diz ela. — Ele quer você ainda mais do que eu pensava.

— Sim. Claro. — Eu troco para o vestido vermelho, e minha irmã assobia quando eu a deixo ver o resultado.

— Vista vermelho para o casamento — Ela ordena.

— Se ele não a violentar depois de ver isso, aumentarei o suprimento de queijo do ano prometido para uma década.

— Esse é um compromisso bem melodramático.

Ela aperta os olhos para a câmera. — Você vai ser a pessoa mais gostosa do evento – com a nossa cara, pelo menos. Estou feliz por estar vestindo um uniforme de garçonete e, portanto, não competindo.

Eu sorrio. — Ainda bem que Gia e eu não compartilhamos um rosto idêntico. Ela ficaria chateada se eu fosse a mais gostosa no casamento dela.

Pearl sorri. — Ela só ficaria chateada se você usasse um vestido branco.

Enquanto conversamos um pouco mais, preparo o jantar, tiro uma foto e envio para Gunther – tudo sem dizer uma palavra a Pearl, porque ela pensaria que temos alguma configuração estranha de BDSM acontecendo, ou algo igualmente ridículo.

— Eu tenho que ir — diz Pearl. — A gravidez de Atonic está deixando-a ainda mais mal-humorada e ela precisa de atenção agora.

— Diga oi a ela — digo e desligo.

Só então, a causa da referida gravidez entra na sala, sua expressão mal-humorada.

Você se lembra do seu propósito, Aquilo-que-me-alimenta?

Tá, tá.

Eu preparo uma lata de comida de gato para ele antes de me atrever a cavar minha refeição.

———

— Posso comer um pedaço do seu bife? — Gunther pergunta depois que eu pedi para o almoço no dia seguinte.

— Acho que sim — digo. — Mas, e o seu ferro?

Ele exibe o interior de seu braço musculoso e cheio de veias. — Vou doar sangue hoje, então acho que uma mordida está bem.

Estou feliz por estar sentada porque meus joelhos

vacilam tão violentamente que eu teria perdido o equilíbrio com certeza.

Gunther se senta mais ereto. — Seu açúcar caiu *de novo?*

Caralho. Ele me deu um pouco de seu shake de proteína na academia, então, se eu continuar com a narrativa de baixo nível de açúcar no sangue, ele começará a me alimentar mais e ficarei tão grande quanto a Casa Internacional de Panquecas.

Uma estranha tentação me atinge. Por alguma razão, sinto que posso confiar a ele meu segredo. Talvez porque ele tenha se aberto comigo sobre seu vergonhoso fetiche por Kenny G.

— Dê-me o seu telefone — Peço.

Parecendo confuso, ele me entrega o dispositivo.

Eu coloco meu dedo na minha boca em um gesto de "silêncio", e carrego seu telefone e o meu para uma mesa que está fora do alcance da nossa voz – no caso de Blue estar ouvindo.

Quando volto, Gunther está olhando para mim como se eu tivesse perdido minhas últimas bolas de gude, então sussurro: — Minha irmã Blue trabalhava para uma certa agência governamental que gosta de meter o nariz nos negócios eletrônicos de todo mundo. Por causa disso, não confio em segredos perto de dispositivos.

A expressão preocupada de Gunther se transforma em intrigada. — Segredos?

— *Um* segredo. Singular. — Respiro. — Não é o

açúcar no sangue que me empalideceu, mas está relacionado ao sangue.

— Sangue? Por quê? É aquela época do mês?

Ele parece estar perfeitamente bem dizendo isso, enquanto eu estremeço com as imagens em minha mente. Nós claramente temos uma inversão de papéis acontecendo, onde é o cara que menciona menstruação sem piscar, e a garota que está enojada.

— Não é isso — digo quando me recupero. — Só não sou fã de falar sobre sangue. Ou ver. Ou pensar nisso. Especialmente a ideia de ser desenhado. — O que não acrescento é que particularmente não gosto da ideia de sangue perdido por pessoas de quem gosto, pois não quero que ele pense que o considero nessa categoria.

Porque não está.

Esta é mais uma reação genérica.

Sim. Estou me agarrando a isso.

Seus olhos se arregalam. — Então, aquela vez que você desmaiou...

— O nariz de Ashildr estava seco e...

— Não diga mais nada — diz Gunther. — Não quero que você reviva aquele incidente e se sinta pior.

— Obrigada.

— Mas por que mentir sobre sua hemofobia?

Eu torço meu nariz. — Não é hemofobia.

Ele acena sabiamente. — Desculpe tentar rotular, mas você sabe o que quero dizer. Por que me dizer que foi o seu nível de açúcar no sangue?

— Não é óbvio? — Eu o encaro. — É uma fraqueza, então nunca conto a ninguém sobre isso.

Ele zomba. — Isso *não* é uma fraqueza.

— Concordo em discordar.

— Bem, você se sentiria melhor se eu dissesse que meu medo soa muito mais fraco que o seu?

— Talvez. São palhaços?

Ele abre a boca, mas o garçom vem com a nossa comida.

Quando o garçom sai, Gunther estende o garfo para a frente. — Então, o que você diz sobre esse pedaço de bife?

Eu bato em sua mão. — Boa tentativa. Diga.

Ele olha para o bife com saudade, mas depois balança a cabeça. — Não vale a pena.

— Não. Você tem que me dizer. Não pode trazer algo assim e não me contar. Além disso, eu disse a você o meu.

— Certo. — Ele estende a mão novamente e eu corto um pedaço para ele. Eu até uso a mão adequada para cada utensílio.

Assim que termina sua guloseima, ele olha em volta furtivamente e sussurra: — *Arachibutirofobia.*

Eu pisco. — Aranhas?

— Isso é aracnofobia. *Arachne* significa aranha em grego.

— O que seu medo significa em grego? — Aposto que é uma fobia de ter companheiros de almoço com um vocabulário diminuído.

Ele olha em volta novamente. — *Arachi* significa 'semente' e...

— Ai. Então é o medo de ter seus testículos esmagados? Todo cara não tem isso?

Ele suspira. — Eu não terminei. *Butyr* significa 'manteiga', então...

— Manteiga de sementes? — Espero que *não* seja do tipo testículo – eu também teria medo disso.

— Especificamente, manteiga de amendoim — diz ele com desgosto. — Mais especificamente, é o medo de que ela grude no céu da boca.

Eu estreito meus olhos. — Você não me disse que era alérgico?

Seus ombros musculosos se movem para cima e para baixo, como quando ele faz o desenvolvimento militar na academia. — Você não é a única que sabe mentir para encobrir sua fobia.

Eu o encaro, as palavras falhando momentaneamente.

— Alguns acham que parece bobo, mas, no fundo, é o medo de sufocar — diz ele na defensiva.

Balanço a cabeça com veemência. — Não acho bobagem. Acho uma bosta.

— Obrigado — diz ele. — Meu pai me disse que vi meu primo entrar em choque anafilático depois de comer manteiga de amendoim. A garganta do meu primo começou a fechar, e salvá-lo exigiu uma ida ao pronto-socorro – então foi muito assustador, especialmente para uma criança. Não me lembro de nada disso ter acontecido, mas parece uma explicação plausível para o motivo pelo qual desenvolvi essa fobia em particular.

Estendo a mão e coloco minha mão sobre a dele. — Sinto muito pelo que aconteceu com você pequenininho.

Parecendo desconfortável, ele gentilmente puxa sua mão.

Caralho. Ultrapassei os limites empregado/empregador mais uma vez?

— Não é grande coisa — diz ele, mas não soa convincente. — Tantas pessoas são mortalmente alérgicas a amendoim hoje em dia que raramente me deparo com o produto. Acho que o sangue não é tão fácil de evitar.

— Infelizmente, não é.

Ele trava os olhos comigo. — Você também teve um catalisador para sua situação ou foi apenas algo que...

— Sim — digo. — Mas se eu te contar, fica entre nós.

— Claro.

— Não. — Eu aceno minha faca. Caso isso pareça muito ameaçador, eu coloco de lado. — Eu realmente falo sério. Você vai conhecer minha família no casamento, e não quero que eles saibam sobre a coisa do sangue ou o dito catalisador.

Ele coloca a mão no peito. — Se algum dia eu revelar seu segredo, que minha boca se encha de pasta de amendoim.

Olho furtivamente na direção de nossos telefones e

sussurro: — Na minha família, chamamos o evento em questão de Massacre dos Tits Zumbis.

Espero que ele dê uma risadinha, mas ele parece horrorizado – o que é a reação apropriada –, então continuo: — Lembra daquela fazenda que meus pais possuem?

Ele dá um aceno quase imperceptível, como se estivesse com medo de que um movimento mais repentino pudesse me assustar.

— Bem, meus pais têm todos os tipos de animais de resgate lá e, em algum momento, eles abrigaram um *parus major* – um pássaro mais conhecido coloquialmente como O Grande Tit. — Ainda sem um sorriso no rosto, apesar de todas as referências a 'peitos', *tits* em inglês. Impressionante. Eu continuo, observando-o de perto. — O mais importante é que esse pássaro também é conhecido como Tit Zumbi por causa de sua legítima sede de cérebro. Na natureza, os cérebros que eles desejam são os dos morcegos, mas, em uma fazenda, eles atacam as galinhas com a mesma alegria.

— Oh, não — Ele murmura.

— Oh, sim. Minha companheira de bando, Blue, descobriu tudo e tem um medo mortal de pássaros desde então. Minha irmã Gia, a noiva real do casamento a que vamos, foi a segunda a chegar e é germofóbica até hoje.

Ele parece confuso, provavelmente se perguntando por que escondo minha própria experiência se tenho duas irmãs que podem se relacionar.

— De qualquer forma — Continuo. —, depois que elas correram para casa e contaram ao resto de nós o que aconteceu, eu escapei e fiz a coisa mais estúpida que poderia ter feito: verifiquei a cena do crime.

— Por quê? — Ele sussurra.

Solto um suspiro frustrado. — Não tenho certeza do que eu estava pensando. Eu *estava* obcecada em parecer durona naquela época, então, talvez tenha sido um teste para minha coragem. — Estremeço. — Eu só vi um breve vislumbre do que aconteceu com aquelas galinhas, mas foi o suficiente. Desde então, não consigo olhar para uma gota de sangue. — Meu sorriso é tenso quando acrescento: — Estúpido, não?

Acho que ele não percebe o que está fazendo quando cobre minha mão com a dele.

— Você não foi estúpida. Você estava apenas curiosa. Eu provavelmente teria feito o mesmo quando criança.

Não. Devo. Fungar. Ele já pensa que eu sou um tola.

Respiro fundo e, quando tenho minhas emoções sob controle, olho para sua mão reconfortante com gratidão – que é, infelizmente, quando ele a puxa desajeitadamente.

— Que tal conversarmos sobre outra coisa? — Sugiro, injetando alegria em minha voz.

— Sim, claro.

— Aguarda aí — digo e vou pegar nossos telefones.

Quando volto, ele pergunta: — Você realmente acha que o governo se importa com o que você me disse?

Cubro o microfone do meu telefone e sussurro: —

Não o governo propriamente dito, mais como uma certa irmã que trabalhou para eles e aprendeu a bisbilhotar.

— Oh. Entendi. Eu ainda não posso acreditar que ela não sabe sobre o seu negócio.

— Ninguém sabe. Você é a primeira pessoa a quem eu já contei.

E se Blue está ouvindo agora e morrendo de curiosidade, bem feito.

Seus olhos brilham. — Obrigado por confiar em mim.

Preocupada que uma fungada acabe surgindo, aceno suas palavras de incentivo para longe. — E você? — Pergunto com indiferença. — Acho que você não mantém o seu como um segredo?

Sua testa enruga. — Meus pais sabem. E contei à minha ex – aquela com quem as coisas ficaram muito sérias. Mas só isso.

— Você quer dizer Tiffany?

Ele olha para mim como se eu fosse louca de novo. — Tiffany e eu namoramos brevemente no Ensino Médio. Não foi nada sério. Eu nunca a teria contratado de outra forma.

— Huh.

Ele sorri. — Além disso, não se esqueça: eu era um adolescente no Ensino Médio e eles não admitem coisas assim.

— Eu repito. Huh. — Devo me dar permissão para me sentir especial? Talvez. Mas antes... — Quem era a ex então?

O sorriso some. — O nome dela era – *é* – Chelsey. Ela gostava muito de manteiga de amendoim, então não tive escolha a não ser confessar quando fomos morar juntos. Agora, se eu soubesse que ela romperia nosso noivado um ano depois, teria mentido e dito que era alérgico.

Desta vez, não busco a mão dele, mas o desejo está lá. — Sinto muito — digo suavemente.

Ele dá de ombros. — Está bem. Ela me fez um favor. Não sou do tipo que se casa.

Não é? Não que eu me importe, mas isso não é algo que você diz a uma garota *antes* de chantageá-la para trabalhar para você, depois a convida para malhar com você e almoçar juntos e...

— E você? — Ele pergunta. — Algum relacionamento sério?

Ótimo. Eu tenho que dizer a ele essa merda agora, também?

Sem escolha, realmente.

Relutantemente, compartilho sobre Spike – mas não tudo, e especialmente não a parte da tatuagem.

— Isso realmente é péssimo — diz Gunther.

— Sim — digo. — E isso não foi nem o fim. Uma semana depois, depois que eu disse a ele para morrer, ele pegou minha motocicleta para um passeio alegre e a destruiu.

Os olhos de Gunther ficam semicerrados. — Ele pelo menos quebrou alguma coisa?

— Sim. O quadril... como o de uma velhinha.

— Ótimo — Gunther me surpreende ao dizer. — Serviu bem para o idiota.

Eu lanço um sorriso para ele. — Você gostaria que Chelsey quebrasse o quadril?

Ele abre a boca para responder, mas o garçom volta com uma oferta de sobremesa. Seguindo a tradição, peço sorvete e, quando o garçom sai, Gunther muda de assunto para assuntos de trabalho – algo que não me incomodo nem por um segundo.

Após a refeição, caminhamos juntos até os elevadores, em silêncio – eu, porque estou pensando se vamos nos abraçar ou não, ele, um mistério.

Em minha defesa, da última vez que ele desceu de elevador e eu subi, nos abraçamos, então existe um precedente.

Ele para.

Eu paro.

Ele aperta o botão para baixo.

Eu pressiono para cima.

Ele olha para mim com uma expressão estranha.

OK.

Que se foda.

Vou para o ataque.

Dezesseis

Dou um passo em direção a Gunther.

Ele dá um passo em minha direção.

De repente, sinto olhos malévolos perfurando minhas costas – e Gunther olha por cima do meu ombro com uma expressão assustada.

— Tiffany — Ele diz antes que eu possa me virar.

— Olá — Ela diz com uma voz tão doce que suas cordas vocais devem estar à beira do diabetes. — Que bom esbarrar em você.

Um elevador se abre – aquele que está subindo. — Este é para vocês duas — diz Gunther e segura a porta, conduzindo-nos para dentro.

Não sei sobre Tiffany, mas sinto que estou andando na prancha quando entro.

Quando as portas se fecham, qualquer pretensão de amizade deixa o rosto fortemente maquiado de Tiffany.

— Você ainda vai negar ter dormido com o chefe? — Ela solta.

Eu mostro meus dentes em um sorriso mordaz. — Você vai fingir que 'esqueceu' de me convidar para a festa da empresa?

Ela fica mais reta. — A festa de aposentadoria do Sr. Ferguson? Obviamente, fiz questão de não convidar você.

Espere. Como Gunther pode estar se aposentando? Ele não pode.

Então isso me atinge. — Você quer dizer o Sr. Ferguson sênior? — Pergunto estupidamente.

Tipo, o pai de Gunther?

Ela dá uma fungada zombeteira. — Você pensaria que uma golpista se lembraria de um homem que ela defraudou. Então, novamente, deve ter havido tantos que é difícil para você acompanhar.

Eu xingo em voz alta, e nem todas as minhas palavras são dirigidas a Tiffany. Algumas das palavras mais escolhidas expressam meus sentimentos sobre ir à festa de aposentadoria do pai de Gunther.

O elevador para, as portas se abrem e vejo Ashildr junto com alguns outros colegas de trabalho, o que me faz engolir o resto do meu solilóquio.

Tiffany, sendo uma covarde, sai correndo do elevador, mas não a persigo. Em vez disso, ando devagar enquanto digiro a bomba da aposentadoria.

O pai de Gunther obviamente estará em sua própria festa de aposentadoria, o que significa que posso esbarrar nele. Eu não quero enfrentá-lo. Tiffany pode ter descoberto algo quando não me convidou.

Mas por que Gunther me quer lá? Ele não percebe esse problema?

O pior é que não posso desistir. Não quando Gunther já comprou um vestido chique para mim, e ele ser meu acompanhante no casamento depende da minha presença na festa.

Caralho.

Quando Gunther volta de não-vamos-pensar-onde ele estava, penso em entrar em seu escritório e levantar a questão do meu encontro com seu pai, mas o Band-Aid na dobra de seu cotovelo é um impedimento sério, então, eu me acovardo e prometo a mim mesma que trarei o assunto amanhã.

Isso não acontece. Embora eu tenha muito tempo enquanto nos exercitamos juntos e almoçamos, tenho dificuldade em levantar o assunto. Eu aprendo mais sobre Gunther, no entanto – como, por exemplo, que ele foi para a Universidade Estadual de Michigan com uma bolsa de futebol e obteve seu Bacharelado em Ciências em uma especialização chamada Embalagem, que tem algo a ver com a indústria de bens de consumo e nada a ver com sua 'embalagem'.

No dia seguinte é o dia da festa, então é tarde demais para desistir. Em vez disso, venho trabalhar cedo para poder sair mais cedo e, quando chego em casa, Pearl já está me esperando lá, com seu kit de maquiagem na mão.

— Isso vai ser divertido — diz ela com um grande sorriso.

— Discutível — Respondo antes de me jogar em uma cadeira na minha sala de estar e permitir que ela faça o pior na minha cara.

Depois do que parece uma hora, ela coloca um espelho na minha frente.

— Você não acha que está lindo?

— Você fez essa maquiagem para minha fantasia de Harley Quinn para o Halloween no colégio.

Ela sorri com orgulho. — De nada.

— Não foi um elogio.

Ela aplica na minha bochecha um último toque de base. — Não me importo. Você está incrível. Principalmente com esses sapatos.

Eu olho para as engenhocas de tortura de salto alto que Gunther comprou para mim e suspiro. Então, verifico o relógio. Sim. Se eu não quiser me atrasar demais, essa maquiagem e esses sapatos terão que ser suficientes.

— Obrigada — digo a contragosto. — É melhor eu ir.

———

Quando o táxi me deixa no local – Metropolitan Pavilion –, quase peço ao motorista para me levar para casa.

Mas não. Já cheguei até aqui, posso muito bem ir até o fim.

Meus saltos fazem barulho enquanto sigo para dentro, minha bunda balançando de forma não natural graças aos sapatos fodásticos Manolo Blahnik – ou seja lá como eles são chamados.

A segurança me deixa entrar – maldito Gunther – e muito cedo, entro no salão de baile de mais de sete mil metros quadrados cheio de bebedores e mastigadores funcionários da Munch & Crunch.

A música – se é que se pode chamar assim – soa como o choro raivoso de um bebê nascido num elevador, depois de a pessoa ter sido fodida por um jingle de caminhão de sorvete... com um pênis em forma de saxofone.

Por um palpite, uso meu telefone para identificar o artista responsável.

Sim. Kenny G. Ou como ele soa quando remixado por um DJ.

Se essa atrocidade está tocando, Gunther não deve estar longe.

Eu olho para cima do meu telefone e percebo que posso ser um pouco vidente porque lá está ele.

E, caralho. Em teoria, ele parece o mesmo. O mesmo cabelo escuro penteado para trás, o mesmo terno bonito, mas algo está diferente. Melhor. Talvez ele tenha cortado o cabelo? Ou este é o seu terno mais adequado?

Resumindo, eu quero lamber seu rosto esculpido, começando com seus lábios sensuais.

— Oi — Ele diz rispidamente, seus olhos vagando

pelo meu corpo – sem dúvida catalogando (e desaprovando) as tatuagens que ele nunca viu antes.

— Quer tirar uma foto? — Eu pergunto incisivamente.

Ele parece sair do transe da tatuagem ou o que quer que seja. — Você está deslumbrante.

Reviro os olhos. — Isso é um elogio para mim ou para suas habilidades de escolha de vestidos?

Com um sorriso, ele pega duas taças de champanhe de um garçom que passa e entrega uma para mim. — Tenho a sensação de que você gosta de bebidas grátis.

Gosto? Amo é mais apropriado.

— Obrigada. — Quando pego a taça, meus dedos roçam os dele – e já me sinto embriagada. Acenando com a cabeça para o estoque gigante de álcool à distância, pergunto: — Tem open bar?

— Claro. É uma festa.

Agora seria um bom momento para perguntar se eu poderia me esquivar de seu pai, que parece ser o principal motivo do evento. Assim que abro a boca para fazer isso, Gunther diz: — Venha, há alguém com quem quero que você fale.

Ele caminha propositadamente para a multidão, e eu o sigo como uma ovelha. Paramos a poucos metros do mega-bar, ao lado de um conhecido senhor de cabelos grisalhos vestindo uma camisa havaiana.

Oh, não. É...

— Pai — diz Gunther, confirmando minhas suspeitas. — Esta é a Srta. Hyman.

Dezessete

BEBO MEU CHAMPANHE DE UM SÓ GOLE. AQUI VAMOS nós. — Honey, por favor.

— Que carinho fofo para o seu chefe — diz o pai de Gunther, com os olhos enrugados. — Se eu não estivesse me aposentando hoje, teria insistido para que todos no escritório *me* chamassem de 'honey' (docinho) daqui para frente.

Gunther resmunga. — Vamos, pai. Você sabe que ela não me chamou assim.

O pai de Gunther olha para mim inocentemente. — Não?

— Não. Honey é o *meu* nome — digo. — Então, por favor, me chame assim.

Talvez isso não seja tão terrível quanto eu temia.

O pai de Gunther estende a mão. — Nesse caso, me chame de Gunther.

— Oh? — Volto-me para o meu Gunther... quero

dizer, o Gunther mais jovem. — Todo esse tempo você escondeu o fato de que é júnior.

Gunther Sênior cobre a boca teatralmente. — Desculpe, filho. Agora você vai acabar passando por G.J. no escritório, do jeito que você fazia em casa.

— Não necessariamente — digo sem expressão. — No escritório, já o chamamos de Sr. Snookums.

Seu pai ri enquanto Gunther resmunga: — Sr. Snookums soa como um gato.

— O que soa como um gato? — Ashildr pergunta, aparecendo no meio da multidão.

Merda. Este lugar é úmido o suficiente? A última coisa que quero é que o nariz de Ashildr fique muito seco e cometa suicídio. Se eu desmaiar na frente do Sênior, nunca vou superar isso. Pior ainda, ele vai pensar que estou drogada.

— Sr. Snookums é meu suposto apelido no escritório — diz Gunther.

Ashildr empalidece – o que é bom porque o sangue acabou de correr para longe de seu nariz. — Senhor — diz ele solenemente. — Eu nunca ouvi isso dito sobre você. Se eu ouvir, colocarei um fim rápido nisso.

Sênior se inclina e diz em meu ouvido: — Ashildr é um dos bons.

— Obrigado, senhor — diz Ashildr, parecendo prestes a chorar. — E parabéns. De novo.

Sênior levanta o copo e bebe o pouco do rico líquido âmbar que resta no fundo. Ele deve ter tomado o resto antes – o que pode explicar seu humor jovial.

— Se eu pudesse pegar você emprestado por um segundo... — Ashildr diz para o jovem Gunther.

— Deveria ser: 'Posso pegar você emprestado por um segundo... Sr. Snookums' — digo.

Gunther lança um olhar de esmeralda para mim antes de deixar Ashildr levá-lo embora.

Bosta. Agora estou sozinha com o mesmo homem de quem pretendia me esconder. A minha sorte nunca falha.

Como que para confirmar meus temores, a expressão de Sênior fica mais séria.

— Gunther tem me falado sobre seu progresso.

— Tem? — Ele contou a ele sobre as pegadinhas? O abraço? O desmaio?

Sênior assente. — Ele me disse que o trabalho que você está fazendo é fenomenal.

Quase derrubo minha taça vazia. — É a primeira vez que ouço isso.

Sênior suspira. — Se há uma coisa que Gunther ainda pode aprender sobre gestão é como elogiar quando é devido.

Eu me esforço para recuperar minha compostura. — Acho que com sua aposentadoria, Gunther terá que me dizer pessoalmente como meu trabalho é fenomenal.

As rugas de expressão nos cantos dos olhos de Sênior se enrugam. — Por isso tive que me aposentar. Talvez agora meu filho se apresente e faça um elogio básico por conta própria.

Eu limpo minha garganta. Aqui vai. — Senhor. Sobre o Ensino Médio... eu queria...

— Pode parar — diz Sênior. — Não guardo rancor. Na verdade, sua história de redenção aquece meu coração. — Ele sorri para mim, deixando claro de onde Gunther tirou seu sorriso sexy. — Estou feliz por tê-lo ouvido naquela época, quando ele sugeriu que eu retirasse todas as acusações e pedisse ao diretor que pegasse leve com você.

Eu dou um passo para trás. — Por 'ele', você quer dizer Gunther?

— Quem mais?

Eu pisco sem entender. — Por que Gunther iria me dedurar se não queria que você me causasse problemas?

Sênior olha para mim como se eu fosse tão estúpida quanto me sinto. — Não foi Gunther quem me contou.

— Não? Então, quem?

Sênior lança um rápido olhar para a multidão, depois de volta para mim. — Embora já tenha passado um tempo, acho que não me sinto confortável em trair algo dito em segredo. Espero que entenda.

Dou uma espiada onde acho que ele olhou.

Claro.

Tiffany.

Eu deveria saber.

Meu coração acelera.

Todo esse tempo, pensei que foi Gunther quem arruinou minha vida, mas sempre foi ela. Primeiro, me dedurando para Gunther Sênior, depois, estando lá para que minha faca penetrasse em sua pele.

OK, talvez a coisa da faca fosse um pouco mais para mim.

Tudo bem, talvez mais do que um pouco.

— Aí está você — Uma atraente mulher mais velha diz para Sênior depois de mostrar um sorriso com covinhas.

— Ei, docinho — Sênior diz a ela. Virando-se para mim, ele diz: — Desta vez, quis dizer minha esposa. Desculpe se isso foi confuso.

— Ah, então você é Honey. — A recém-chegada estende a mão para mim. — Eu sou Jennifer. A mãe de Gunther. *Seu* Gunther.

Meu? Eu aperto a mão dela e digo que é um prazer conhecê-la.

Ela abraça Sênior possessivamente. — *Meu* Gunther estava mantendo você entretida?

Antes que eu possa responder, Tiffany se aproxima. Meus pelos ficam arrepiados – e até este momento eu estava bastante confiante de que apenas cachorros tinham pelos.

— Boa noite, Jen — Tiffany diz em seu tom mais melaço. — Parabéns, Sr. Ferguson.

É sexista que "Jen" não seja "Sra. Ferguson"? Além disso, quão inapropriado seria se eu começasse a sufocar Tiffany na frente de todos? Não pretendo sufocá-la, só até...

— Por que não os deixamos conversar? — diz a mãe de Gunther, também conhecida como Jennifer para a maioria das pessoas, também conhecida como Jen para vadias rudes. — Tiffany, sem dúvida, tem muitas palavras bonitas para dizer ao homem que conseguiu seu emprego atual.

Oh. Então Sênior pediu a Gunther para contratá-la? Não sei por que, mas gosto que não tenha sido ideia do meu Gunther.

Deixei Jennifer me levar para a parte menos movimentada do bar, e nós duas pedimos bebidas frescas – um Cosmo para ela e um chá gelado Long Island para mim.

Arrastando-me para longe do alcance da voz de Sênior e Tiffany, ela sussurra: — Meu marido é maravilhoso, mas ele tem um defeito. Ele é muito amigável com as jovens que cruzam seu caminho, mesmo que sejam ex-namoradas de seu filho. Só para você saber, *essa* é a única razão pela qual *ela* está aqui. — Ela gesticula para uma bela mulher no meio da multidão.

Eu pisco e examino a mulher em questão mais de perto. Loira e de olhos azuis, ela tem um biquinho esnobe nos lábios e muito preenchimento em lugares aleatórios do rosto. Quando a estranha vê Jennifer olhando para ela, ela acena e dá um sorriso de página central.

— Quem é? — Pergunto.

— Chelsey — diz Jennifer com desgosto. — Mesmo depois que ela terminou com meu filho, meu marido deixou que ela continuasse trabalhando em uma das franquias. E agora ela está aqui também.

Chelsey? A do noivado rompido? O que Sênior estava pensando?

De repente, não tenho certeza de quem escolheria se pudesse sufocar apenas uma pessoa esta noite.

— Desculpe — diz Jennifer. — Chelsey é para lá de irrelevante agora e definitivamente não merece atenção.

— Concordo — digo com firmeza.

O sorriso de Jennifer é contagiante quando ela diz:

— Ouvi dizer que você e Gunther estão malhando juntos.

— No comecinho ainda — digo.

Ela agarra meu cotovelo. — E houve almoços diários.

Eu sorrio. — Gunther conta muito a você, não?

— Ele é um bom menino. — Ela solta meu cotovelo e sussurra em meu ouvido: — O que eu queria dizer a você é: certifique-se de preencher o formulário 66669 do RH.

Por que isso soa familiar? Oh, sim. 666 e 69. Esse é o formulário de RH para namoro.

Espere...

— Nós não estamos namorando — Deixo escapar.

— Quem disse que você está? — Ela pisca para mim. — Mas se estivesse, certifique-se de não se meter em problemas. Qualquer um de vocês. Falo por experiência própria, já que também conheci meu marido no trabalho, e as coisas quase deram errado quando...

— Essa história de novo? — Gunther Junior diz,

aparecendo no meio da multidão. Virando-se para mim, ele acrescenta: — Mamãe gosta de contar para todo mundo que quiser ouvir como ela e papai se conheceram.

— Quando você chegar à minha idade, também vai incomodar as pessoas com histórias de como conheceu sua esposa. — Por alguma razão, Jennifer olha significativamente para mim antes de dizer: — Já que é minha vez, vou contar a história.

E ela conta. Aparentemente, ela e o marido eram um clichê – ele, o chefe, e ela, a secretária. Então, em uma festa da empresa, eles ficaram bêbados e apalparam-se na frente de todos. Como Sênior era o chefe, algum idiota do RH tentou demitir Jennifer por "comportamento impróprio", mas no final, Sênior demitiu o idiota e se casou com ela.

— E eu me casaria com você de novo — Sênior diz enquanto ele e Tiffany se juntam a nós. Com uma reverência, ele estende a mão para a esposa. — Quer dançar?

Corando, Jennifer deixa que ele a leve embora, deixando-me na companhia de Gunther e Tiffany.

— Esta não é sua música favorita? — Tiffany pergunta quando uma balada de rock lento começa. Olhando para mim, ela acrescenta em tom superior: — É *Don't Speak*, de No Doubt.

— Então não pode ser a favorita dele — digo. — Essa honra pertence a algo terrível de Kenny G.

Gunther abre a boca para revidar, mas sua

respiração fica presa quando ele olha para algo atrás de mim.

Eu viro.

Caralho.

É Chelsey, vindo em nossa direção.

Essa é minha punição por insultar *Scott Pilgrim Vs. o Mundo*? O universo está me fazendo confrontar um bando de ex, malvadas?

— Oi — Ela diz sedutoramente, seus olhos em Gunther e o resto dela fingindo que Tiffany e eu não existimos.

— O que você está fazendo aqui? — Gunther pergunta friamente.

— É a nossa música — diz Chelsey, apontando para um alto-falante próximo. — Pensei que talvez pudéssemos dançar. Pelos bons tempos.

Tenho certeza de que a expressão no rosto de Gunther é a mesma que ele teria se a manteiga de amendoim grudasse no céu da boca. — Como você sabe, eu só danço com meus encontros. — Para meu choque total, ele agarra minha mão. — Honey, você gostaria de dançar minha música favorita que não é do Kenny G?

— Com prazer — Respondo. Porque, o que mais posso dizer?

— Honey é o nome dela — Tiffany se intromete. — Não é um carinho.

Chelsey finalmente se digna a reconhecer minha existência. — *Ela* é seu encontro?

— Cuidado — diz Tiffany. — Ela pode te cortar. —

Parece que ela quer dizer mais, mas um olhar de Gunther a cala lindamente.

Devo explicar como engasgar seria meu modus operandi esta noite em vez de cortar?

Não.

Agarrando Gunther pelo cotovelo, sorrio maliciosamente para suas duas ex e o arrasto para a pista de dança.

— Obrigado — diz ele com sentimento. — Eu te devo uma.

— Nesse caso, como pagamento, gostaria que você me ajudasse a fazer esse negócio de dança parecer bom.

Ele franze a testa. — Você não sabe dançar?

— Talvez, skank.

Ele olha para Chelsey, ou talvez para Tiffany. — Isso é muito duro.

Eu bufo. — Eu não estava chamando ninguém aqui de skank. Skank é o nome da dança que você faz ao som da música punk. — Fico com meu peso ligeiramente para a frente, então levanto uma perna do chão, dobro-a e chuto para frente quase na canela de Gunther. Para ilustrar completamente o skank, eu pulo na perna que acabou de chutar e balanço meus braços – quase socando alguns funcionários próximos enquanto danço.

Gunther sorri para mim. — Que tal dançarmos como todo mundo? — Ele gesticula ao redor.

Hum.

Todos os outros estão juntos, estilo dança de salão.

O que eu estava pensando quando o arrastei até aqui?

— Você pode fazer isso — diz ele de forma tranquilizadora.

Ou posso fazer papel de bobo na frente de seus pais e ex. — Você pode liderar?

Ele está em uma postura cavalheiresca com as mãos estendidas. Eu coloco minhas mãos nas dele – e prendo a respiração.

Com um sorriso arrogante, ele me puxa para perto. E eu quero dizer muito, muito perto. Perto o suficiente para sentir o cheiro de cera de abelha e fumaça em sua pele, misturado com algo deliciosamente masculino. Perto o suficiente para sentir o quanto os músculos de suas pernas estão duros quando tocam os meus.

— Agora nós balançamos — Ele sussurra bem no meu ouvido e combina ações com palavras.

Santo Sex Pistols.

Bebi demais ou essa é apenas minha reação normal à proximidade dele?

Meus mamilos estão duros como se tivessem se chocado contra uma escultura de gelo, minha calcinha implora por uma secadora e meu cérebro é uma mistura de hormônios.

— Isso — Ele murmura. — Você está indo bem.

Estou? Não estou pisando em seus pés, então isso é alguma coisa. Tampouco estou sentindo o Sr. Chupa & Lambe, embora possa sentir aquela criatura em particular saindo da calça de Gunther – sem dúvida devido a alguma peculiaridade insondável da fricção criada por nossa dança.

Gunther deve perceber que notei sua excitação. Ele coloca uma pequena distância entre nós – um movimento que paradoxalmente me faz querer pular nele ainda mais.

— A música está quase acabando — Ele sussurra, seus lábios roçando o lóbulo da minha orelha em uma carícia gentil que me faria gozar no local se minha orelha puxasse um *Freaky Friday* e trocasse de lugar com meu clitóris.

— Então, o que fazemos agora? — Pergunto sem fôlego.

— Bebidas? — Ele sugere. — De preferência, longe de todos.

— Claro. — Dou uma espiada em "todos". Tiffany e Chelsey parecem estar brigando sobre alguma coisa, ambas parecendo que podem arrancar o cabelo – ou o útero – uma da outra a qualquer momento.

Gunther sai da pose de dança com uma reverência, e segue meu olhar com uma careta. — Posso pedir um favor?

— Sim? — *Por favor, que seja sexual.*

— Assim que conseguirmos essas bebidas, talvez você possa parecer que está se divertindo?

Huh. Isso não deve ser difícil. Eu sempre me divirto quando estamos juntos, então, álcool extra só deve aumentar isso. Por motivos óbvios, minha resposta é:
— Farei o possível. Será a performance da minha vida.

— Tenho certeza de que será um esforço hercúleo.

— Gunther chama o barman e exige um uísque puro para ele e outro chá gelado Long Island para mim.

— Saúde. — Bato contra seu copo e tomo um gole da minha bebida. Tem um gosto incrível, o que significa que o barman pegou leve no gim, rum ou vodca.

De longe, ouço a voz de Chelsey, mas a única palavra que consigo entender é "puta". Ou era "bruxa"? Talvez "cutuca"?

— Provavelmente deveríamos tirar seus pais de perto — digo a Gunther. — As garras estão prestes a aparecer e não queremos que se tornem danos colaterais.

Ele aponta para a pista de dança à nossa esquerda. — Acho que eles estão um passo à sua frente.

Sim. Jennifer e Sênior estão fazendo a Macarena – pelo menos acho que é assim que se chama o barulho que sai dos alto-falantes.

— Kenny G também escreveu esse horror? — Pergunto.

— Essa música é do Los del Río, e meu pai é um grande fã.

Um eco da voz de Tiffany chega aos meus ouvidos desta vez, e soa como "messalina", embora seja possível que ela tenha dito "gasolina" ou "equina".

— Devíamos jogar o jogo da bebida — digo a Gunther. — Sempre que as duas disserem ou fizerem algo malicioso, nós tomamos uma gole.

Ele sorri. — Combinado.

Bem na hora, Chelsey chama Tiffany de algo que

soa como "tonto" ou "pesponto" ou – e isso pode ser minha obsessão por promoções distorcendo minha audição – "desconto".

Nós bebemos.

Tiffany chama Chelsey de "mercenária", ou possivelmente "solitária" ou "pária".

Sorrindo, eu bebo e Gunther segue.

Chelsey retruca chamando sua oponente de "vaca" ou "porca".

Gunther nos pede outra rodada de bebidas, e tomamos nossos goles obrigatórios em homenagem ao insulto bovino (ou possivelmente suíno).

Com a voz cada vez mais alta, Tiffany diz algo sobre a mãe de Chelsey ou a chama de monstro, então bebemos de novo.

A batalha continua um pouco, assim como nossa bebida. Isto é, até Tiffany encontrar o botão certo para apertar – porque Chelsey joga a bebida na cara dela e sai furiosa.

— Nunca pensei que seria grata a Tiffany — Murmuro, engolindo outra bebida conforme o jogo. — Estou feliz que Chelsey está fora daqui.

Gunther apenas bebe, mas a expressão aliviada em seu rosto é inconfundível. Ele está feliz que sua ex-noiva se foi ou que o jogo da bebida acabou.

No final, Tiffany olha em volta indignada e se afasta, presumivelmente para lidar com suas roupas molhadas – tornando este um dos meus negócios favoritos de dois por um.

— Quer dançar de novo? — Gunther pergunta, suas palavras ligeiramente arrastadas.

Hum. Outra música lenta está tocando, então é tentador. — Não precisamos mais fingir que estamos nos divertindo — digo indiferente.

— Não estou fingindo — diz ele. — Você está?

Eu balanço minha cabeça.

— Nesse caso... — Ele estende a mão galantemente. — A pista de dança nos espera.

Aceito sua mão, e seu toque faz minha cabeça girar... tanto que perco o passo por um segundo. A música lenta termina e outra começa. Tem uma batida rápida e soa muito corporativo – pelo menos na medida em que alguém está cantando algo sobre algum funcionário.

— Este também é Kenny G? — Pergunto a Gunther.

— Não — diz ele com um leve rolar de olhos. — Essa música tem meu pai escrito nela. Ele gosta de músicas que têm o nome de uma dança. Acho que essa se chama 'Twerk'.

Huh. Acho que não é sobre um balconista que eles estão cantando. Ah, e isso também explica a abundância de corpos chacoalhando na pista de dança.

— Quanto você quer apostar que a próxima música será *Gangnam Style*? — Grita Gunther. — Isso ou *La Bamba*.

— Eu quero experimentar — digo de volta com um soluço.

Suas narinas dilatam. — Qual desses três?

— Apenas vire-se.

Ele parece incerto.

— Puritano — Murmuro e viro as costas para ele.

OK. Eu vi Miley Cyrus fazer isso. Eu me agacho e balanço minha bunda.

Droga. Isso é mais difícil do que eu pensava, mas eu tenho uma estratégia: eu me concentro em mover as tatuagens em cada uma das minhas nádegas para cima e para baixo. As tatuagens em questão são mamilos renderizados de forma muito realista, então, combinados com o que estou fazendo atualmente, me sinto como um artista burlesco – o que pode ser o que me inspira a empurrar minha bunda para trás, bem na virilha de Gunther.

Isso foi um grunhido de dor ou prazer? Eu me viro para verificar, mas não está claro. Tudo o que sei é que a boca dele parece ridiculamente sexy.

— Obrigado — diz ele com uma dose de orgulho masculino.

Espere. — Eu deixei escapar aquela coisa de boca sexy em voz alta?

Seu sorriso arrogante é a minha resposta, e se eu achava que sua boca parecia sexy antes, é irresistível agora.

Eu paro o rebolado e giro – ou pirueta, se estivermos falando de passos de dança.

Hum. O giro provavelmente foi muito repentino. A sala agora está centrifugando, e eu tenho dificuldade em ficar em pé.

— Aqui. — Gunther apoia a mão nas minhas costas e se inclina. — Quer dar uma olhada na minha boca?

Eu rio – um pouco alto demais, se o virar das cabeças é uma pista.

Ele lambe os lábios de forma tentadora.

Certo. Pego um punhado de sua gravata elegante e o puxo para baixo.

Nossos lábios se chocam. Ele tem gosto de caramelo, carvalho e carvão com uma pitada de álcool – provavelmente tudo do uísque.

Eu chamei sua boca de sexy? Eu deveria ter sido mais generosa. É deliciosa. Maravilhosa. Sublime.

A sala gira ao nosso redor e tudo, menos o beijo, parece desaparecer.

Ele agarra minhas nádegas, seus polegares perto de onde as imagens dos mamilos estão gravados em minha pele.

Caralho.

Sinto como se meus mamilos reais estivessem sendo estimulados, provavelmente porque estão tão duros e pressionados com tanta força contra os quilômetros de tecido idiota que separam nossos corpos.

Afastando-me com extrema relutância, eu suspiro.

— Temos que sair daqui.

Ele agarra minha mão e me puxa através de nossos colegas de trabalho girando.

À medida que avançamos, as pessoas devem esbarrar muito em nós porque estamos balançando de um lado para o outro, como pêndulos em um furacão.

Do lado de fora, uma pequena frota de carros pretos está esperando, então, entramos em um aleatório.

— Minha casa — Ordeno.

O motorista sorri. — E isso seria?

Para minha surpresa, Gunther diz o endereço.

Como ele...

Deixa para lá. Ele me enviou as roupas que estou vestindo. As roupas que irritam, agora que penso nisso.

— Sua boca é sexy também — diz Gunther, sua voz baixa e rouca. E talvez um pouco arrastada.

Responder não parece ser o melhor uso da minha língua, então eu a deixo lutar com a dele.

Pelas bolas dos Ramones, o único movimento de luta livre que conheço é o 'stunner', e é isso que parece que Gunther está fazendo com a minha língua.

Hum.

Nós lutamos assim um pouco mais, ele parando maravilhado sempre que encontra o pino na minha língua, eu derretendo em uma poça de gosma com sabor de oxitocina quando ele brinca com ela.

O tempo parece lento. Ou acelerado. Fico confusa, com certeza.

Em algum momento, há uma grande mordidela labial que não posso forçar na metáfora da luta livre. Mais tarde ainda, sua mão forte traça meu queixo, seus dedos grandes me fazendo sentir tão delicada quanto uma princesa fada.

Então, o estúpido carro para.

Que merda? Já estamos aqui? E onde estamos?

Eu relutantemente afasto meus lábios dos de Gunther e verifico a vista pela janela.

Ah. Certo. Esse é o meu prédio.

Os olhos de Gunther parecem derretidos quando olham para os meus.

— O quê, agora?

Eu quero que ele suba, mas uma parte de mim lembra que você não diz apenas: "Venha me foder, com força". Você tem que ser um pouco mais sutil. Eu acho. O problema é que tenho dificuldade em encontrar uma alternativa.

E então isso me atinge. — Venha conhecer o pai do seu futuro bebê.

Gunther sai do carro sem insistir mais, mas o motorista do carro verifica o espelho retrovisor com uma sobrancelha levantada. Eu acho que há um lado safado, e então, há a menção de um homem engravidando outro homem no cenário que eu acabei de sugerir acidentalmente.

— Quero dizer, seu bebê peludo — Resmungo quando Gunther abre a porta para mim.

O motorista não parece acreditar, ou talvez não acredite que a explicação faça algo soar melhor.

Depois de um soluço, Gunther afirma: — Acho que sabia o que você queria dizer.

— Bunny — Esclareço, apenas no caso.

— Você não tem um gato? — Gunther estende a mão para mim. — Você definitivamente mencionou um gatinho... a menos que seja assim que eles chamam um coelhinho bebê também?

Não. Talvez. Uma criança pode ser um cabrito, disso eu sei. Mas como eles chamam um bebê coelho?

Não faço ideia, e estou com muito tesão para fazer meu cérebro trabalhar tanto.

— Bunny é o nome do gato — digo e uso a mão estendida para me manter de pé.

Por alguma razão, a rua gira ao meu redor.

O carro sai com os pneus cantando, e eu me apoio em Gunther, que balança um pouco como resultado.

— Se você pode chamar seu gato de Bunny, então tenho um ótimo nome para o gatinho — diz ele.

Damos vários passos em direção ao prédio antes de eu perguntar: — Esse nome é segredo?

— Ah — diz ele. — Pensei que já tivesse dito.

— Não.

— Bee — diz ele com muito orgulho.

Eu processo o que ele disse – o que leva tanto tempo que estamos no elevador quando pergunto: — Para macho ou fêmea?

A resposta dele também vem atrasada. — De qualquer maneira — diz ele quando eu abro a porta da frente. —, se for menino, será a abreviação de Beeowulf. Caso contrário, Beeatrix.

— Duvido que você tenha ganhado um concurso de soletrar quando criança. — Faço um gesto para que ele entre.

Assim que o faz, Bunny sai e se esfrega na perna dele – algo que nunca fez em suas nove vidas.

— Papai do bebê? — Gunther pergunta, olhando para ele.

Eu aceno tristemente. Minha desculpa acabou de evaporar. — Eu sei o que você está pensando. Alguns gatos parecem ter comido um canário, mas este parece que abordou o pobre pássaro primeiro, arrancou todas as suas penas, privou-o do sono por um ano e depois o fez ouvir uma música de Kenny G.

Gunther ignora o insulto. Ainda olhando para o gato, ele pergunta: — A cama dele é no seu quarto?

— Não — Deixo escapar. — Quero dizer... sim. Quer ver?

Ele concorda.

Sim! Levo Gunther até o quarto e fecho a porta antes que Bunny possa nos seguir. A última coisa que quero é que o gato explique que sua cama está na verdade empoleirada em uma prateleira alta na sala de estar.

Gunther parece tonto enquanto observa as paredes – provavelmente porque nunca viu tantos pôsteres de bandas legais em um só lugar.

Eu coloco minha mão no ombro musculoso de Gunther para chamar sua atenção, e então minha as palavras jorram: — Sua boca não parece apenas sexy. Beija sexy também.

Huh. Quem diria que *essa* era a frase-gatilho pela qual Gunther estava esperando todo esse tempo? Há uma fome em seus olhos quando ele se vira para mim, e antes que eu possa reagir, ele captura minha boca com a dele.

Caralho. Por que o tempo está agindo de forma tão estranha? Em um momento, estou no meio do beijo mais ardente da minha vida; no próximo, Gunther está puxando meu vestido para baixo – e meus dedos estão abrindo o zíper de sua calça.

Rasgamos o resto de nossas roupas como se deixar a outra pessoa nua fosse uma competição – que Gunther vence rapidamente. Estou completamente exposta enquanto ele ainda está de boxer, e ele sai do meu alcance antes que eu possa soltá-lo.

A razão pela qual ele se afastou rapidamente se torna clara. Ele quer dar uma boa olhada em mim.

— Uau — Ele murmura depois que o exame termina.

Agora, isso pode ser um *uau* bom ou ruim – tudo depende de como ele se sente sobre minha variedade de piercings e tatuagens. Ah, e meu corpo, claro.

Eu me aproximo dele, determinada a reivindicar aquela cueca. Mas primeiro, não posso deixar de traçar meus dedos sobre as ranhuras em seu peito nu. — Esses exercícios fazem bem ao seu corpo.

Ele dispensa minha declaração, agarra minha mão e me gira, explicando: — Quero ver você por trás.

Isso significa que foi um bom uau? Quero dizer, por que ver mais de algo que te causa repulsa, certo?

— Como uma obra de arte — diz ele, girando-me de volta para encará-lo.

— Como? — Pergunto indignada.

— Desculpe. — Ele embala meu rosto em suas palmas grandes e quentes. — Uma obra de arte literal. Lindo. Intrincado. Inspirador. Ah, e as tatuagens também são ótimas.

Soluçando e sorrindo, puxo sua cueca para baixo – e suspiro. — Uau. E eu quero dizer um bom uau.

Na verdade, "uau" subestima o tamanho e a perfeição de Sr. Chupa & Lambe. Um mero uau geralmente não causa espasmos nos músculos pélvicos em antecipação. Nem me dá água na boca, para não mencionar minha...

— Antes de prosseguirmos — diz ele, com as palavras um pouco arrastadas. — Eu tenho uma pergunta.

— Estou limpa e tomando pílula — digo. — Mas devemos usar os preservativos que comprei em uma liquidação do BOGO – eles têm prazo de validade.

Seus lábios se curvam sensualmente. — Eu também estou limpo, e preservativos, como em muitos, parecem ótimos – especialmente os que não expiraram. Mas o que eu realmente ia perguntar era: você realmente tem mamilos na bunda ou estou com tanto tesão que estou apenas tendo alucinação de mamilos onde não estão?

— Não é uma alucinação. Este é apenas um sonho molhado. — Tão sedutoramente quanto posso, deslizo meus dedos sobre as pontas duras dos meus mamilos perfurados.

As pupilas de Gunther dilatam e um rosnado baixo vibra em seu peito. Em um piscar de olhos, minhas costas batem no colchão, fazendo o quarto girar tão rápido que o tempo acelera novamente. Quando acordo, meu mamilo direito está na boca de Gunther, enquanto o outro está entre seus dedos.

Oh, meu Deus. Normalmente, preciso explicar a um

novato em piercing no mamilo o que fazer, mas ele é bom. Ele lambe, chupa e mordisca (com segurança), enquanto aplica pressão gentilmente com os dedos no outro lado – tudo sem beliscar ou puxar com força, o que pode ser um problema com os piercings.

Percebo que estou gemendo com a brincadeira nos mamilos, algo que nunca aconteceu antes. Não enquanto acordada, pelo menos.

É possível que eu não esteja totalmente acordada agora? Isso explicaria a imprecisão que permeia meu pensamento. Seja o que for, vou aproveitar.

Em um momento de clareza, uma revelação me ocorre – Gunther também tem mamilos. Ótimo. Começo a brincar com eles, sacudindo e beliscando até que fiquem tão eretos quanto o Sr. Chupa & Lambe.

Gunther libera meu mamilo por tempo suficiente para grunhir. Então, ele confiantemente desliza sua língua pela minha barriga.

Não quero abusar da palavra, mas *uau*. Sua língua primorosamente habilidosa envolve meu piercing no umbigo e continua sua odisseia mais abaixo, até que esteja exatamente onde eu quero.

Minhas mãos agarram o cabelo de Gunther, bagunçando o penteado para trás.

Eu o sinto sorrir presunçosamente contra o codinome Pot, e então, sua língua inteligente desliza em um círculo ao redor do pino no meu clitóris.

— Caraaaalhooo — Suspiro.

Ele para o que está fazendo e olha para mim com um olhar derretido.

— Olha a boca, por favor.

— Desculpe — digo recatadamente. É assim que ele deveria ter me motivado a usar palavras femininas desde o início. Entrar no meu escritório, ficar de joelhos embaixo da minha mesa – nunca haveria um único palavrão.

Gunther retoma seu importante trabalho.

Sua língua quente se torna o centro do meu mundo, e eu me quebro em pedaços com um orgasmo de enrolar os dedos dos pés – a única vez que aconteceu tão rápido. Isto é, supondo que fosse rápido e que o tempo não estivesse pregando peças em mim novamente.

Gunther não cede, no entanto. Suavizando a língua, ele faz círculos mais largos, o que momentaneamente me recompõe. Mas logo, ele consegue outro orgasmo de mim, e eu grito tão alto que minha garganta fica rouca.

— Comentários? — Ele pergunta, olhando para cima com um sorriso torto.

— Acho que dois podem jogar este jogo. — Eu o empurro para trás e me inclino sobre ele, pronta para fazer o que sempre está implícito no nome de seu lindo pênis: chupar e lamber.

Uau de novo.

A pele aveludada é deliciosamente salgada enquanto envolvo minha boca em torno da dureza de aço.

— Caralho — Gunther grunhe guturalmente.

Eu me afasto. — Boca!

Seu sorriso é atormentado. — Nova regra. Qualquer

caralho vai na *porra* do quarto.

— Porra, sim. — Eu deslizo Sr. Chupa & Lambe de volta na minha boca, e só para enfatizar meu ponto, seguro as bolas de Gunther com minha mão, o peso delas surpreendentemente agradável ao toque.

O abdômen esculpido de Gunther se contrai e um canto de "caralho" sai de sua boca.

Por que isso me faz sentir tão no controle? Não faço ideia, mas aproveito a viagem de poder enquanto paro a sucção momentaneamente. Então, quando o objeto da minha atenção se contrai em antecipação, dou algumas lambidas luxuosas.

— Eu preciso estar dentro de você — Gunther geme.

— Minhas seis palavras favoritas — Ofego. Espere. Isso soou muito sacana? Caso tenha, acrescento a verdade: — ouvindo de você.

Ele olha em volta com grande urgência. — Houve menção a preservativos.

Huh. Minha mente está tão nebulosa – com tesão, sem dúvida – que esqueci completamente. Senti-lo dentro de mim com a pele nua é realmente tentador, mas como meu status de vagabunda foi questionado recentemente, decido jogar pelo seguro localizando a camisinha e entregando a ele. Sim, eu basicamente segurei meu lado vadia a ponto de resistir ao desejo muito forte de colocar aquela camisinha nele com minha boca – um movimento que pratiquei com bananas suficientes para alimentar todos os macacos no zoológico do Bronx por um ano.

Ah, bem. Sr. Chupa & Lambe realmente parece mais atraente graças ao brilho avermelhado fornecido pelo preservativo.

— De quatro — Gunther ordena com a voz rouca.

Eu obedeço e pergunto por cima do ombro: — Esta é uma desculpa para ver meus mamilos de novo, não é?

Em resposta, ele move o rosto até a referida tatuagem, mas não para examiná-la de perto, como se vê. Em vez disso, ele lambe o codinome Pot por trás – sua língua realizando uma manobra inteligente o suficiente para derrotar o campeão mundial de xadrez.

Minha boca fica seca, e não é de admirar – toda a umidade do meu corpo está onde está a língua de Gunther.

Os truques do tempo devem estar bagunçando minha mente mais uma vez, porque estou à beira de outro orgasmo – que é quando Gunther troca sua língua pelo Sr. Chupa & Lambe.

— Caralho! — Nós dois exclamamos. No meu caso, é porque o alongamento me leva ao limite, fazendo-me gozar com tanta força que meus joelhos e braços quase cedem. No caso dele, provavelmente é porque as paredes de Pot estão apertando Sr. Chupa & Lambe pela vida quando eu gozo.

— Você é tão gostosa — Gunther geme e empurra para dentro de mim uma vez. Duas vezes. Três vezes.

Caralho. Isso é outro orgasmo crescendo em meu núcleo? Achei que dois era o máximo – e isso só se você tiver muita sorte.

Sim. Está crescendo – e o fato de que os polegares

de Gunther estão pressionando as tatuagens de mamilo na minha bunda só acelera isso porque esses pontos são zonas erógenas para mim (daí a tatuagem).

— Mais rápido — Suspiro.

Ah, merda. Ele deve ter se segurado todo esse tempo. Agora, ele me penetra como se nossas vidas dependessem disso, e a pressão em meus mamilos tatuados se intensifica conforme ele aperta minha bunda.

Os gemidos desesperados saem da minha garganta. O orgasmo que está crescendo em mim está se aproximando do tamanho de um tsunami e está prestes a atingir a costa.

Gunther grunhe alto, e seu pênis impossivelmente endurece quando ele chega ao orgasmo.

Sim. Sim. Sim. Sou empurrada para o precipício, gozando com tanta violência que meus joelhos e braços cedem.

Isso é uma loucura.

Eu acabo de barriga para baixo, em um monte de êxtase.

— Você está bem? — Gunther murmura, acariciando minhas costas.

— Estou muito, muito melhor do que bem — digo, sonolenta. — Agora, cale a boca. Por favor.

Rindo, ele envolve seu corpo em volta de mim como um cobertor musculoso.

Tudo bem. É oficial. Deve ter sido um sonho, e isso significa que é hora de voltar a um sono sem sonhos, que é o que faço prontamente.

Dezoito

EU ACORDO, APENAS PARA ME ARREPENDER IMEDIATA E imensamente.

O mundo está girando como um módulo de treinamento da NASA, e meu crânio parece uma árvore seca sendo bicada por pica-paus sedentos por chá gelado Long Island.

Eu bebi álcool suficiente para me sentir tão mal?

Eu espio através dos meus cílios. Ah, caralho. Há provas de que bebi bastante – também de que o que aconteceu entre mim e Gunther não foi um sonho, como parte de mim esperava. Lá está ele, deliciosamente nu e *na minha cama.*

Fecho os olhos e tento o impossível – uma aparência de pensamento coerente.

Aqui vai.

Gunther e eu fizemos sexo.

Não. Fizemos sexo alucinante.

Correção: foi sexo para me-arruinar-para-outros-homens.

A menos... ouso esperar que tenha sido apenas medíocre, mas o álcool fez parecer que foi o melhor que já tive? Se olhar através da cerveja faz os caras parecerem gostosos, talvez através de chá gelado Long Island faça isso?

Espere. Estou focando na coisa errada.

Eu dormi com o homem que arruinou minha vida.

Pare aí. Essa é uma informação desatualizada. Considerando o que seu pai me disse ontem à noite, essa honra pertence a Tiffany – e não há chás gelados Long Island suficientes no mundo para me fazer dormir com ela.

Ainda assim, Gunther me chantageou para trabalhar para ele. O que me lembra: sou o pior pesadelo do RH – uma funcionária na cama com o chefe.

De repente, um som horrível ressoa – um que parece garras de gato arranhando o centro de dor do meu cérebro.

Espio o despertador.

8h15

Merda. Atrasei o café da manhã de Bunny em quinze minutos – e é assim que seu miado soa para meu cérebro de ressaca. Pensando bem, eu o alimentei ontem à noite? Não. Eu estava com muita fome de Gunther para cumprir meu dever de mãe peluda.

Gunther cobre os ouvidos com as palmas das mãos.

— Pelo amor de tudo que é sagrado, por favor, faça isso parar.

— Indo. — Deslizo minhas pernas bambas para fora da cama e espero o quarto parar de girar. — Não olhe — digo a Gunther antes de me levantar.

— Não é um pouco tarde para isso? — Ele resmunga, mas desvia o olhar.

OK, isso prova que ele também se lembra do que fizemos ontem à noite. Maravilha.

Visto meu quimono com estampa de caveira que ganhei de graça no programa de fidelidade de um site de apetrechos punk. Deslizando meus pés nos chinelos que também ganhei de graça por indicar uma sapataria para minhas irmãs, saio do quarto – e me deparo com a cara mal-humorada de meu gato faminto.

Você sabe POR QUE eu te chamo Aquele-que-me-alimenta? Ou por que eu poderia renomeá-la para Aquele-que-costumava-ter-olhos?

— Desculpe, amigo — digo e corro para a cozinha para abrir o dobro de sua quantidade habitual de comida.

Com um balançar do rabo de coelho que é a assinatura de sua raça, Bunny devora sua comida com uma rapidez incomum, fazendo-me sentir tão culpada que dou a ele outra porção.

Ele olha para mim com um olhar um pouco menos mal-humorado quando coloco a porção extra na mesa.

Isso é inteligente. Talvez eu deixe você manter seus olhos estúpidos. Seria um incômodo ter que torturar e matar um daqueles cães-guia.

Para finalizar os cuidados com o gato, troco a água de Bunny. Em seguida, despejo um pouco da mesma em dois copos altos e acrescento um pouco de sal e açúcar, seguido de um pouco de suco de limão. Finalmente, pego um frasco de comprimidos do meu armário de remédios e levo isso e as duas bebidas de volta para o quarto.

Para minha decepção, Gunther já está vestido quando volto.

— Aqui. — Empurro um copo em sua mão.

Depois que ele toma a bebida, coloco a minha na mesa de cabeceira, abro o frasco de comprimidos e entrego a ele dois comprimidos, depois engulo dois eu mesma.

— O que é isso? — Ele pergunta.

Aponto para a bebida. — Uma alternativa barata ao Gatorade. — Deixando as pílulas de lado, acrescento: — E paracetamol da marca CVS, que é a mesma coisa que o Tylenol, mas muito mais barato.

— Uma cura para ressaca que também faz parte do acordo? — Ele sorri - o que o faz estremecer. — Obrigado. — Ele toma os comprimidos e engole a bebida.

— De nada. — Bebo a minha lentamente, porque não sei o que dizer depois.

— Precisamos conversar — diz Gunther assim que termino.

Geralmente não são os caras que temem essa frase de uma mulher? Meu coração afunda quando coloco meu copo na mesa. — Conversar? — Olho significativamente para a cama. — A respeito?

Ele esfrega a mandíbula com barba por fazer. — Sinto muito por ontem à noite.

— Como é? — Minhas mãos instintivamente vão para meus quadris. — Você *sente muito*?

Ele faz uma careta. — O álcool foi um fator atenuante. Ele reduz a atividade no córtex pré-frontal, então, a racionalidade e a tomada de decisões são prejudicadas.

Eu estreito meus olhos. — De quem é a falta de racionalidade e a má tomada de decisão de quem estamos falando?

Dica: não existe uma resposta certa para esta pergunta.

— Minha — diz ele.

Eu vou até ele e enfio um dedo em seu peito estupidamente duro. — Estar comigo é uma honra, e eu serei amaldiçoada se alguém agir como se fosse algum tipo de erro.

Ele suspira e dá um passo para trás. — Você está torcendo minhas palavras.

— Estou? Realmente? Sr. Erro.

— Sou seu chefe, o que contribui para uma dinâmica de poder doentia.

Por que ele chamar de doentia faz com que pareça mais sexy? — Você é apenas temporariamente meu chefe.

— Mas isso não é desculpa. O álcool também não. — Ele se senta na beirada da cama. — Assumo total responsabilidade pelo que aconteceu e estou disposto a trabalhar com o RH. Eles têm treinamento e...

— Cala a boca — digo severamente. — Você não me pressionou a fazer nada que eu não quisesse.

— Mas o...

— Você gosta de suas bolas presas ao seu corpo? — Pergunto enquanto pego minha fiel faca borboleta, abro-a com um floreio e faço um gesto de fatiar – fingindo cortar dois abacates de um galho.

Gunther zomba. — Você não desmaiaria ao ver sangue?

— Caramba. — Guardo a faca. — É por isso que nunca conto a ninguém sobre meu segredo.

— Então... — Ele suspira novamente. — Eu acho que meu ponto permanece.

— E que ponto seria esse?

Ele franze a testa. — Não tenho mais certeza.

— Então eu aceito suas desculpas.

— Não — diz ele com firmeza. — Não deveríamos ter sido íntimos fora de um relacionamento adequado e aprovado pelo RH. E mesmo que isso tivesse acontecido, nossa primeira vez não deveria ter sido sob a influência de álcool.

Eu me sento na cama ao lado dele. — Não tenho certeza se concordo, especialmente sobre o último.

Ele se vira na minha direção e arqueia uma sobrancelha questionadora.

Um rubor estúpido se esgueira em minhas bochechas. — Você não achou que a tonteira melhorou... a experiência?

Ele balança a cabeça, então estremece novamente.
— Achei que era assim por ser você.

Ele achou? Meu rubor se espalha até os dedos dos pés. Além disso, me sinto culpada por primeiro ameaçar suas bolas maravilhosas e, depois, por possivelmente ferir seu ego por não atribuir a grandiosidade do sexo a ele. Bem, posso consertar o último se recuar.

— Obviamente era você e a tonteira, mas como foi o melhor que eu já...

Ele se levanta de um salto e percebo que sua calça está se abrindo como se uma anaconda tivesse rastejado dentro dela. Engulo em seco e olho para cima. Seu olhar é escaldante.

Huh. Ele quer mais. Com a ressaca? Pensando bem, eu não me importaria com alguns também, apesar da dor.

— Acho que nada de bom virá dessa conversa agora — diz Gunther, parecendo tão rígido quanto algumas partes de sua anatomia.

— Oh? — Eu canalizo Sharon Stone em *Instinto Selvagem* enquanto cruzo e descruzo minhas pernas.

Suas pupilas dilatam enquanto ele olha para o meu show improvisado. — Temos que ficar sóbrios — Ele rosna, e parece querer convencer a si mesmo mais do que a mim.

— Tudo bem — digo e fecho minhas pernas com muita firmeza.

— Ótimo. — Ele se vira com relutância e caminha lentamente até a porta.

— Espere. Deixe-me acompanhá-lo — digo.

Ele espera com sua postura rígida – assim como outras coisas.

Enquanto ando na frente dele, não consigo resistir a sacudir minha bunda com todas as minhas forças. Quando chegamos à porta, sua respiração parece mais pesada. Bom.

— Conversa no almoço na segunda-feira? — Pergunto enquanto abro a porta.

Com um breve aceno de cabeça, ele sai correndo do meu apartamento.

Dando meia-volta, vou me vestir e espero a ressaca passar antes de ligar para Pearl.

— Oi — diz ela. — Como foi a festa?

— Parabéns — digo com um suspiro. — Você não me deve queijo por uma década.

Pearl grita de alegria e depois exige saber os detalhes, então eu obedeço.

— Então vocês dois estão juntos? — Ela pergunta em um tom excessivamente animado.

— Não faço ideia. Falaremos sobre isso na segunda-feira no almoço.

— Bem — diz ela, um pouco mais calma. — Você quer estar?

Sim. Não. — Talvez.

— Você quer.

Reviro os olhos. — Por quê?

— Você não quer estar sozinha no casamento de Gia — Ela diz, e algo em seu tom me deixa em alerta máximo.

— Você ainda está com...

— Não diga o nome dele! — Pearl diz.

— Uau. Transformado em Voldemorte. Deve ter sido ruim.

Depois que ela me conta sobre o desastre de um relacionamento anterior, ofereço-me para levá-la a seu restaurante favorito para um brunch no dia seguinte.

— Mesmo? — Ela diz. — Mas eles nunca têm cupons.

— Eu tenho um trabalho respeitável — Eu a lembro, e não menciono algo que acabei de saber outro dia: que o lugar favorito dela tem um Groupon para o brunch deste domingo.

———

O resto do fim de semana é um borrão, a única coisa memorável é o quanto Pearl gosta da exuberante bandeja de queijo em nosso brunch.

A primeira parte da segunda-feira também passa muito rápido – até Gunther e eu chegarmos à academia. Como sei que teremos aquela conversa no almoço se aproximando, o treino parece mais longo do que as versões sem cortes dos filmes *O Senhor dos Anéis* – e tão estranho quanto os fãs mais fanáticos do mesmo.

— Então — digo quando estamos sentados no refeitório e nossa comida é pedida. — Pronto para falar agora?

— Sim. Claro. — Ele ajusta a gravata. — Agora que

o álcool deixou seu sistema, gostaria de reiterar minhas desculpas, bem como enfatizar a parte sobre eu assumir a responsabilidade se...

— Não — digo com um aceno de cabeça. — Estive lá, falei sobre isso. O que aconteceu é o que eu queria que acontecesse, ponto final. Podemos discutir algo mais interessante?

Ele inclina a cabeça. — OK. Seria aceitável se eu te cortejasse?

Meu coração pula e uma colmeia passa a residir em minha barriga. Com um sorriso nervoso, eu digo: — Deixe para o Sr. Ferguson fazer o namoro parecer que exigirá traje formal e talheres sofisticados.

Ele sorri de volta. — Se você insiste, podemos usar pijamas e comer com talher de plástico.

— Nesse caso, sim.

— Ótimo. — Ele enfia a mão embaixo do assento e puxa uma grande pilha de papéis que joga sobre a mesa. — Preencha isto. Eu já fiz o meu.

Ah. Formulário 66669. Claro.

Eu folheio a primeira página.

Esta política não impede o desenvolvimento de relacionamentos românticos entre os funcionários da Munch & Crunch, mas procura estabelecer expectativas claras sobre...

Tedioso. E mentiras. Apenas a existência de tal formulário deve afastar as pessoas de sexo e relacionamentos tão prontamente quanto aprender sobre gonorreia fez por mim por um tempo – depois de uma "lição amigável" de Gia e o papo de "os pássaros

206

e as abelhas" de meus ansiosos pais para explicar os detalhes minuciosos.

Deslizo mais rápido até chegar a:

Indivíduos em relações de supervisão estão sujeitos a requisitos mais rigorosos devido a...

Que seja. Não sou supervisor, então, não é problema meu.

Estou prestes a passar para os pontos que descrevem as diretrizes reais quando Gunther diz: — Deixe-me saber se você deseja uma tradução rápida do palavreado de RH para o idioma simples.

— Isso não vai ser difícil para você? — Eu viro o formulário para ele. — Sua fala padrão se parece muito com esta forma.

— Hilário. — Ele aponta para o primeiro marcador, que afirma:

Durante o horário comercial e em todas as propriedades da Munch & Crunch, os funcionários da Munch & Crunch devem manter as trocas pessoais limitadas para que seus colegas não sejam distraídos ou ofendidos, em um esforço para manter a produtividade.

— Não fale sobre coisas pessoais quando estiver em horário comercial. — Traduz Gunther.

Eu assinto sabiamente. — Então, se eu quisesse te dizer que gostei daquela coisa que você fez com a língua, teria que esperar até depois do trabalho? Ou depois do trabalho e depois de sairmos do prédio?

Seus olhos escurecem com o calor, mas ele move o dedo para o próximo marcador e, antes que eu me dê ao trabalho de ler, ele traduz: — Não tenha conversas que deixem outros colegas de trabalho desconfortáveis.

— Isso não é coberto pelo ponto 'sem conversa pessoal'? — Além disso, ele memorizou isso ou é tão rápido em traduzir as porcarias de RH?

Gunther balança a cabeça. — A festa de ontem não era horário de trabalho, mas se falarmos sobre a língua na frente de nossos colegas, isso os deixará desconfortáveis e, portanto, não é permitido.

— O pessoal do RH parece um acompanhante vitoriano — digo com um falso beicinho. — O que mais?

Ele move o dedo para baixo um pouco. — Sem contato físico nas dependências da empresa.

— Esta cafeteria é uma premissa da empresa?

— Correto.

— Então... eu não posso fazer isso? — Coloco minha mão na dele. — Ou isto? — Aliso meus dedos em seu braço.

Seu olhar fica escurecido, mas ele balança a cabeça com firmeza.

— Que tal algo assim? — Deslizo meu pé para fora do meu sapato e gentilmente massageio sua virilha com meu dedão sob a cobertura da toalha de mesa.

Parecendo que pode explodir a qualquer segundo, Gunther consegue dizer: — Sim. Esse é um ótimo exemplo do que não fazer.

— E quanto ao não contato? — Eu lambo meus lábios libidinosamente.

Suas narinas dilatam. — Tenho certeza de que isso está coberto por outra cláusula.

Eu suspiro teatralmente. — Acho que vamos passar muito tempo na casa um do outro.

Ele suspira quase tão profundamente. — Aconteça o que acontecer, terá que esperar até que este formulário seja revisado por Vera Chaste, nossa chefe de RH.

Chaste – casta? Não é de admirar que ela não deixe ninguém se pegar.

Eu assino o formulário. — Quanto tempo vai levar para a Srta. Chaste carimbar esta coisa?

— É Sra. Chaste, e eu não sei. Ela está de licença maternidade.

— Então não tão casta, afinal?

Ele me dá um olhar de repreensão. — Você não acha que Vera já ouviu esse tipo de piada tanto quanto você já ouviu piadas *sobre* o que as abelhas produzem?

— *Touché*. Mas, falando sério, quando a Sra. Chaste volta?

Ele dá de ombros. — A política da empresa para licença maternidade é de doze semanas. Ela começou há algumas semanas.

Eu fico boquiaberta com ele. — São alguns meses.

Ele sorri. — Tomo sua ansiedade como um elogio.

Eu pressiono meus lábios. — Tomo sua falta de entusiasmo como o oposto de um elogio.

Gunther olha para onde meu pé esteve recentemente. — Não falta ânsia, eu garanto.

O garçom vem com a comida, então não tenho chance de responder.

Quando estamos sozinhos novamente, eu digo: — Então é isso? Tudo tem que ficar em modo de espera?

Gunther levanta o garfo. — Só as coisas físicas. Ainda teremos esses almoços, para nos conhecermos.

Pego minha faca com a mão errada, de propósito. — Isso parece estar na zona de amigos.

Ele olha para a faca com desaprovação. — Você teria que realmente agir de forma amigável para que fosse esse o caso.

— Certo. — Meu sorriso é de plástico. — Vamos nos conhecer. Vou começar. Qual é a sua cor favorita?

— Roxo. E a sua?

Eu digo a ele que é preto, e então disparamos perguntas um para o outro em uma velocidade cada vez maior. Entre outras coisas, descubro que ele nunca anda com uma carteira de verdade, que tem uma coleção de espadas em casa e, sem surpresa, que abelha é seu animal favorito. À medida que a conversa continua, tomo uma decisão: farei o possível para quebrar a resolução dele, para que voltemos a ter contato físico muito antes de a Sra. Chaste voltar da licença maternidade. É uma questão de orgulho feminino.

Quando o levar ao casamento, não quero sentir que estou mentindo ao apresentá-lo como meu namorado.

Para esse fim maligno, ligo para Pearl assim que chego à minha mesa.

— Ei, mana — digo sem preâmbulos. — Quer ir às compras hoje?

— Claro. Pelo quê?

— Traje de escritório — digo e lanço um olhar furtivo para o escritório de Gunther.

— Huh — diz ela. — Deve haver uma grande venda. De que tipo você precisa?

Com determinação de aço, respondo: — Piranha.

Dezenove

— SEU DECOTE TEM DECOTE — É A PRIMEIRA COISA QUE Pearl diz quando saio da cabine.

— Bom. Como *isso* parece? — Finjo deixar cair algo no chão e me curvo para pegá-lo.

Pearl assobia. — Ele poderá ver até a sua úvula.

Eu endireito. — É apropriado para o trabalho?

Ela franze a testa. — Por muito pouco.

— Ótimo. — Aceno para a vendedora. — Vou levar este.

———

No dia seguinte, visto uma das minhas novas roupas para trabalhar e, ao caminhar à frente de Gunther na hora do almoço, "acidentalmente" derrubo um garfo de uma mesa próxima.

— Opa. — Eu me inclino para pegá-lo, indo em direção ao meu chefe platônico, por enquanto.

Isso foi um grunhido de dor?

Coloco o garfo de volta e me viro para Gunther, os olhos tão inocentes quanto posso. — Você disse alguma coisa?

Parecendo rígido, ele balança a cabeça. — Eu sei o que você está fazendo.

Eu aperto meus seios juntos para mostrar o decote proporcionado a mim pela roupa e o sutiã push-up. — E o que é?

— Algo juvenil — diz ele e caminha propositalmente em direção à nossa mesa. Não posso deixar de notar que seu andar está errado, como se alguma parte dele estivesse atrapalhando.

Uma grande parte.

E, no entanto, durante a refeição, Gunther mantém a calma irritantemente bem – apenas faz mais perguntas sobre mim e parece realmente se importar com minhas respostas.

Nenhum beijo ou abraço quando partirmos, e nenhum convite para sua casa.

Babaca!

———

No dia seguinte, na academia, Gunther chega vestido com uma camisa sem mangas – algo que ele nunca usou antes.

Hum. Hoje é dia de peito, e a camisa que ele escolheu tão estrategicamente me dá vontade de me tocar, principalmente quando ele faz o supino.

Caramba.

— Eu sei o que você está fazendo — digo a ele depois que ele faz o voador.

Ele sorri. — O que é bom para um é bom para o outro.

Eu olho para ele. — Espere até você dar uma olhada no que esse outro vai vestir amanhã.

No dia seguinte, minha roupa é menor, e Gunther está claramente impactado por ela, mas ele não diz nada e continua com toda a porcaria de "nos conhecermos" como se nada estivesse errado. Mas no dia seguinte, ele retalia vestindo short curto na academia – e no dia de trabalhar as pernas, nada menos.

Grr. A visão daquelas coxas poderosas ficou gravada em minha mente pelo resto do dia de trabalho, e resolver o problema requer uma sessão longa e agressiva com o codinome Pot, envolvendo meu telefone na vibração máxima, uma camisinha e um pepino.

As coisas aumentam a partir daí. Cada um de nós usa roupas e faz coisas para excitar o outro – uma espécie de corrida armamentista onde, em vez de um enorme arsenal de armas, ele acaba com bolas azuis e eu com o equivalente feminino. Fica tão ruim que, quando chega o dia do casamento real, sinto que meus mamilos podem ejacular alguma coisa – especialmente quando vejo Gunther trabalhando seu tríceps na academia.

É isso. Estou pronta para pedir a Blue o endereço para que eu possa entrar na casa dele à noite – nua.

É o próximo passo lógico.

Mas espere. E se ele tiver abelhas o vigiando à noite?

Talvez eu pudesse fazer isso em um dia chuvoso? As abelhas voam na chuva? Não faço ideia, mas sei quem ficará feliz em compartilhar esse conhecimento de apicultura – e então, na hora do almoço, pergunto a ele.

— Desde quando você se interessa por abelhas? — Ele pergunta.

Ele tem um ponto. Eu não tenho interesse em seu suposto hobby até agora – talvez até tenha evitado falar sobre isso, principalmente por causa da palavra "mel" – meu nome – inevitavelmente aparecendo.

Ah, bem. Como não posso contar a ele exatamente sobre minha linha de pensamento anterior, recorro a uma mentira que não é completamente mentira: — As abelhas são importantes para você, por isso as torna um alvo justo em todo o processo de conhecê-lo.

Parecendo cético, ele diz: — As abelhas *podem* voar na chuva, mas preferem não o fazer. Uma colisão com uma gota de chuva desestabilizará o voo de uma abelha, além de torná-la mais pesada. Também pode diminuir a temperatura do corpo – o que não é bom. As abelhas gostam de forragear quando está bom e ensolarado, para que possam navegar melhor e para que o néctar e o pólen não sejam levados pela chuva.

— Pobres abelhas — digo.

Ele concorda. — A boa notícia é que elas podem antecipar o clima e armazenar pólen e néctar, para que possam sobreviver quando chover.

— Bem, isso é alguma coisa. — Eu me pergunto quantos mais fatos de abelhas tenho agora que abri a colmeia desta pandora.

— Se você não se importa, eu gostaria de mudar de assunto — Gunther diz, sua expressão ficando séria.

Eu arqueio uma sobrancelha incrédula. — Das abelhas? — Isso seria como Pearl não falar sobre queijo, ou abelhas não quererem dançar sobre a localização de uma flor suculenta, ou um gambá...

— Sra. Chaste voltou — Afirma Gunther.

Eu quase derrubo meu garfo. — Você quer dizer...

— A partir de hoje, nossos 66669s estão aprovados. — O olhar abrasador que ele me lança deveria ser ilegal. — Então... somos livres para fazer o que quisermos.

Todo um recurso duplo com classificação XXX se desenrola diante dos meus olhos enquanto considero tudo o que está encapsulado naquele "o que quisermos".

— Supondo que você ainda esteja disposta a isso — Acrescenta ele.

— Disposta? — Eu tomo uma respiração calmante. — Se não fosse por aquela seção estúpida no formulário, eu diria para varrer toda essa comida da mesa e...

— O formulário ainda será nossa diretriz — diz ele, franzindo a testa. — Além da higiene básica. E leis sobre lascívia pública.

— Estraga-prazer. Esta noite então. Sua casa. — Eu dou a ele um olhar que o desafia a contradizer.

— Claro — diz ele, mas há uma hesitação em sua voz, que contradiz completamente a fome com que seu olhar percorre meu decote.

Eu estreito meus olhos para ele. — E agora?

— O casamento da sua irmã é hoje — Ele me lembra.

Eu aceno para longe. — Obviamente, vamos depois. — Por mais que eu esteja desejando Sr. Chupa & Lambe, não gostaria de contrariar Gia no dia do casamento.

— Nesse caso, tenho uma condição — diz Gunther.

Eu abaixo minha voz. — Nós dois estamos limpos e ainda tomo pílula, então os preservativos são opcionais.

Não, não é fome em seu olhar – é inanição. — Não foi o que eu quis dizer.

— Considere isso minha condição então — digo, e coro como uma virgem gótica.

Ele balança a cabeça e parece estar mal se contendo. — Desde que você concorde com a minha.

— Me dizer o que é aceleraria consideravelmente.

— Sem álcool. — Sua voz se reduz a um estrondo rouco. — Quero que seu julgamento não seja comprometido quando você concordar com todas as coisas sujas que farei com você. Quero sua mente clara para experimentar tudo isso completamente e quero sua memória afiada para lembrar de cada orgasmo no dia seguinte.

Acabei de engolir meu piercing na língua? O pino no meu clitóris está vibrando espontaneamente? Não sei, mas algo na maneira como Gunther disse me deixa pronta para gozar na hora. Tudo o que preciso fazer é cruzar as pernas da maneira certa e...

— Estamos de acordo? — Exige Gunther.

Oh. Certo. Espera-se que eu responda. — Hmm. Claro. Nada de álcool. — Para este evento e por uma década depois, se ele assim o desejar – contanto que eu receba "todas as coisas sujas".

— Ótimo. — Ele inclina a cabeça. — Agora, você conhece algum fato interessante sobre tatuagens?

Uau. A sedução completamente desnecessária continua? Ele deve saber que esse é um assunto que me interessa quase tanto quanto cupons. Quase contra a minha vontade, os fatos saem da minha boca – tipo, as tatuagens na clavícula, costelas, tornozelo, coluna e peito doem mais, e as nos joelhos, juntas, pés e cotovelos desaparecem mais rapidamente. Continuo contando a ele tudo o que sei sobre meu hobby agulhado até ficar sem comida e fatos.

Enquanto caminhamos para o elevador, Gunther pergunta se eu vou ser dama de honra.

— Não — digo. — Gia tem um bando de amigas, todas mágicas, que terão essa honra.

— Por quê?

Dando de ombros, procuro meu crachá para abrir as portas, mas, estranhamente, sumiu.

— Você poderia abrir? — Pergunto a Gunther. Enquanto ele faz isso, eu respondo à sua pergunta. — A mente trapaceira de Gia funciona de maneiras misteriosas. Meu palpite é que ela não sabia qual de nós sete irmãs deveria ser a dama de honra, então, ela simplesmente nos excluiu da festa nupcial. Isso ou ela planeja realizar um truque de mágica como parte da cerimônia e não quer leigos muito próximos.

Paramos ao lado do escritório de Gunther.

— OK — diz ele, seu olhar esmeralda caindo para os meus lábios. Sua voz, um pouco rouca quando ele diz: — Vejo você hoje à noite.

Eu só confio em mim mesma para acenar com a cabeça antes de entrar no meu escritório, a palavra "hoje à noite" girando na minha cabeça como um disco de vinil dos Ramones – especificamente *Road to Ruin*, caminho à perdição.

———

Quando chego em casa do trabalho, um pacote está esperando por mim.

Sim, é o comedouro automático para gatos que comprei apenas para esta ocasião, que me permite alimentar a fera em horários específicos ou por meio de um aplicativo no meu telefone.

Quando abro a caixa, a expressão de Bunny é rabugenta e curiosa.

Se esse é o novo Aquele-que-me-alimenta, o que me impede de fatiar o modelo antigo em sashimi?

Eu despejo a ração no dispositivo e uso meu telefone para garantir que ele possa entregar comida em sua tigela.

Ah. Você começa a viver - mas, a partir de agora, você será o-isso-daquele-que-me-alimenta.

Estabeleço um cronograma para garantir que o alimentador distribua comida hoje à noite e amanhã de manhã, apenas por precaução, depois encho o bebedouro de Bunny com água suficiente para uma semana antes de começar a pintar meu cabelo para o grande evento.

Quando atinjo a cor certa, estilizo-a com cuidado, coloco meu traje de casamento e trabalho na maquiagem.

Assim que termino, meu telefone toca.

Huh. A limusine está aqui.

Isso mesmo. Eu vou de limusine, como a participante VIP que sou.

O sapato faz seu click-clack do lado de fora e, quando localizo minha carona, assobio. Há um brasão na porta da limusine, do tipo que um cavaleiro medieval colocaria em seu escudo. Deve ser o brasão da família do príncipe.

Chique.

Depois de entrar, recebo uma mensagem de Gunther:

O noivo é um príncipe de novo?

Ah. Então ele deve estar em um carro idêntico.

Com um sorriso, compartilho o que sei sobre Ruskovia, o pequeno país do Leste Europeu de onde é o noivo de Gia – não que eu saiba muito.

Pretendo visitar em breve, digo para encerrar a conversa. A lembrancinha do casamento é uma passagem grátis para a capital.

Gunther responde instantaneamente: *Você não pode desperdiçar uma promoção, pode?*

Antes que eu possa responder, minha limusine para ao lado do hotel que é nosso destino e aviso a Gunther.

Estou do lado de fora, ele responde assim que alguém abre minha porta.

Espero ver Gunther, mas são os criados. Pelo menos suponho que é isso que esses caras são, embora possam ser chamados de carregadores. Assim como na minha primeira visita aqui, os funcionários masculinos do hotel usam roupas ridículas que incluem capas, bicornes e pantalonas brilhantes.

Que decepcionante que não seja Gunther.

Assim que saio, olho em volta e vejo o homem em questão. Um suspiro escapa dos meus lábios enquanto eu aprecio sua glória vestida de smoking. Seus ombros parecem extralargos, seu rosto bem barbeado extra anguloso e seu cabelo penteado para trás ainda mais tentador de bagunçar.

Ele também me nota, e seus olhos verde-esmeralda ardem enquanto ele me verifica.

— Seu cabelo — Ele exclama ao se aproximar.

— Roxo — digo com um sorriso. — Tipo, seu favorito.

Ele balança a cabeça admirado. — Você está magnífica.

Dou um passo em direção a ele para inalar a deliciosa mistura de colônia, cera de abelha e fumaça. Ficando na ponta dos pés, deixo meus lábios roçarem sua orelha enquanto sussurro: — Você não parece tão mal.

Tenho certeza de que ele estremece.

Viramos em direção ao Palace, que, sem imaginação, parece um palácio. Há uma mistura de diferentes influências arquitetônicas europeias no design, embora principalmente russa e francesa.

Dois caras de pantalona abrem as portas para nós, e Gunther gesticula para que eu vá primeiro. Balanço meus quadris enquanto ando, um hábito que adquiri ao provocá-lo no escritório, e quando dou uma espiada por cima do ombro, vejo os olhos de Gunther grudados na minha bunda.

Ponto.

Sorrindo furtivamente, eu entro no saguão gigante. Aqui também há uma mistura de influências europeias, como ícones de estilo russo e afrescos italianos.

Então, vejo algo que faz meu sorriso se alargar por antecipação: pássaros vivos, tanto em gaiolas quanto andando livremente – como no pior pesadelo de Blue. Como ela chegará a este casamento? Existem papagaios aqui, que Blue considera equivalentes aos palhaços de Stephen King. Além disso, pavões – pássaros que a noiva uma vez me disse que se soletravam em inglês, "pee-cocks", porque "xixi vem de galos", enquanto "peacocks" – traduzidos como "ervilha" e "galos" não têm nada em comum.

— Deixe-me acompanhá-lo ao casamento — diz um dos pantalonas.

— Como ele sabe que é para lá que estamos indo? — Gunther sussurra.

Eu dou de ombros. — Ele pode ter escoltado cinco outras mulheres com o meu rosto exato agora. Isso, ou todo esse hotel é dedicado ao casamento.

A segunda teoria parece mais provável a cada passo que damos. Os arranjos de flores ao nosso redor incluem as favoritas de Gia, e estações de higienização das mãos estão por toda parte – algo que não aconteceu da última vez que estive aqui.

— Aqui — diz o de pantalona, apontando para uma porta que leva a um grande teatro. — Mas, por favor, use Purell em suas mãos primeiro.

Quando entramos, reconheço o espaço – é o mesmo teatro onde Gia fazia seu show de mágica. É isso que ela vai fazer agora? Um show antes do casamento?

— Coisa 6 — Grita uma voz familiar. — Por aqui.

— Esse é o meu pai — Explico a Gunther antes que ele possa perguntar. — Ele nos apelidou de Coisas de um a oito.

Gunther sorri. Com um suspiro, examino as fileiras de assentos.

Sim. Lá estão todos eles. Mamãe e papai, felizes como mariscos por entregar uma filha pela segunda vez. Todos os meus avós também estão aqui. Eles vieram da

Flórida com minha irmã Olive – um ato heroico, visto que nosso clima atual está na casa dos quinze graus, também conhecido como o frio mais intenso para eles. A maioria das minhas outras irmãs também está aqui com seus acompanhantes gostosos. Pearl, no entanto, não está – provavelmente em algum trabalho queijeiro – e a noiva também não está aqui. Ela sem dúvida está se vestindo para o grande evento. Ah, e o par de Pixie parece ser Fabio, nosso velho amigo do colégio que sempre se interessou exclusivamente por homens.

— Namastê, raio de sol. — Mamãe gesticula para os dois assentos ao lado dela e de papai. — Por que você não se senta aqui e nos apresenta ao seu par?

Eu estreito meus olhos para minhas companheiras de bando. É muito provável que elas tenham deixado esse local disponível de propósito.

— Pássaro que acorda cedo bebe água limpa — Olive sussurra quando passamos por ela e seu namorado surfista de cabelos compridos.

Ao ouvi-la, Blue se encolhe, fazendo-me pensar novamente como ela passou por aqueles pássaros no saguão. Teoria: seu namorado boneco-Ken colocou uma venda nela e a carregou. Ele parece forte o suficiente para o trabalho.

— Este é Gunther — digo a todos, mas faço o possível para excluir mamãe e papai, porque a chance de eles dizerem algo embaraçoso é maior.

— Prazer em conhecê-lo — Todos os meus avós dizem em uníssono, como se tivessem ensaiado.

— Eu obviamente já conheço Gunther — Fabio diz com um sorriso antes de bater o punho no meu par. — Todos nós conhecemos.

— Todos? — Mamãe pergunta.

— Exceto talvez Holly. — Fabio gesticula para a metade não-noiva das gêmeas.

— Besteira — diz Holly. — Eu também me lembro dele.

— Você ouviu isso? — Mamãe sussurra no ouvido de papai tão alto que algumas pessoas se viram para ver se ela está bem da cabeça. — O namorado de Honey é da época da escola.

— Gunther — Papai diz, franzindo as sobrancelhas. — O nome soa familiar...

Merda. A última coisa que quero é trazer à tona meus problemas do Ensino Médio.

Fabio deve estar na mesma sintonia porque diz: — Gunther estava no time de futebol, então você deve se lembrar dele de quando nos assistia jogar.

Ah, certo. Fabio estava nesse mesmo time. Ele sempre dizia: "Se estar naquele vestiário significa encefalopatia traumática crônica, vale a pena."

— Time de futebol? — Mamãe fica toda com olhar comprido.

Outro fetiche? Ela os coleciona.

Um cara de pantalona interrompe minha resposta ao se aproximar com uma bandeja de taças de champanhe. — Alguém gostaria de um refresco enquanto espera?

— O que estamos esperando, de novo? — Não pergunto a ninguém em particular.

— Orientação — diz o de pantalona.

— Sexual? — Fabio pergunta.

O olho esquerdo do cara de pantalona estremece. — Vocês querem as bebidas ou não?

Todos pegam as taças, exceto Gunther e eu.

Quando Fabio percebe que minha mão está vazia, ele pergunta: — As bebidas são gratuitas, certo?

— Obviamente — diz o garçom com um suspiro.

Fabio me olha incisivamente. — Você ouviu isso... manuka?

Ele esqueceu que eu puxei uma faca para ele na última vez que ele usou esse apelido para mim?

— Honey vai se abster de álcool hoje — diz Gunther. — Assim como...

— Por Cthulhu — Olive exclama, com os olhos arregalados. — A viciada em promoções só recusaria uma bebida grátis por um motivo...

Batendo palmas, mamãe pula da cadeira. — Finalmente! Eu vou ser avó.

Vinte

TODOS COMEÇAM A FALAR AO MESMO TEMPO. Principalmente, é uma mistura de parabéns e provocações.

— Eu não estou grávida — Afirmo. Para pontuar minhas palavras, empurro mamãe de volta para o assento.

— Ah, entendi — diz mamãe. — Ela ainda não contou a Gunther.

Com isso, Gunther arqueia uma sobrancelha.

— Não é isso — Rosno. — Eu diria a ele se estivesse, mas simplesmente não estou.

— Sim, você está — diz Fabio. — Você ouviu a re*fel*-lação de Olive.

Eu olho para ele. — Você percebe que estou com muita vontade de matar alguém, certo?

Fabio parece perplexo. — Se algum *melzinho* aqui se tornaria uma assassina, seria você. Na verdade, cometer um ato *fel* desse pode ser apenas o seu destino.

OK, foi por isso que puxei a faca para ele, não pelo manuka.

— Você disse que não faria trocadilhos terríveis hoje — diz Pixie com um beicinho. — Não depois que eu disse a todos que você é meu par.

— Eu disse que não faria isso durante a *come*lmoração — conta Fabio. — Isso é orientação. — Voltando-se para o garçom de pantalona que, até agora, assistia a tudo horrorizado, Fabio acrescenta: — Sabe, bancar *abelhudo* não é educado.

Gemendo, o cara da pantalona se afasta.

— Podemos voltar à gravidez da Coisa 6? — Papai pergunta.

Resisto à vontade de bater com a testa no assento à minha frente. — Não há.

Papai se vira para Gunther. — Você deu orgasmos a ela?

— Não responda a isso — digo a Gunther.

Mamãe se anima. — Para os porcos, os orgasmos aumentam a fertilidade em...

— Mãe — Um monte de minhas companheiras de bando dize em uníssono. — Você prometeu não falar sobre Petúnia.

Papai se inclina no ouvido de Gunther. — Essa é a porca que minha adorável esposa levou ao orgasmo – para ajudar na inseminação artificial.

Estranhamente, Gunther parece impressionado em vez de enojado. — Você também gosta de criação de animais?

— Também? — Papai enrola a ponta do rabo de cavalo prateado no dedo.

Os lábios sensuais de Gunther se torcem em um sorriso adorável. — Quando não estou dirigindo uma empresa, sou apicultor.

Huh. A apicultura é considerada pecuária? Quem sabia?

— Sou a única no campo — diz mamãe. — Eu sou um selecionadora de fêmeas.

Gunther acena respeitosamente com a cabeça, o que pode ser a reação mais estranha que já vi ao trabalho de mamãe. — É quando você identifica pintinhos fêmeas e machos?

Desta vez, mamãe e papai parecem impressionados. — Poucas pessoas sabem disso — diz mamãe.

— Parece um trabalho interessante — diz Gunther com aparente sinceridade. Virando-se para meu pai, ele pergunta: — E a sua profissão?

Algumas dos minhas companheiras de bando gemem porque sabem o que está por vir.

— Eu sou um testador de penetração — diz papai com prazer.

— O que não é tão sujo quanto parece — Mamãe entra na conversa.

— Porque penetro em sistemas de computador — Explica papai.

— Como um trabalho — Mamãe acrescenta. — Quando se trata de me penetrar, é mais um hobby.

— Não. — Papai se senta orgulhoso. — Penetrar

minha esposa maravilhosa é mais um chamado. Uma paixão.

Oh, cara. O vovô – o pai de mamãe – parece prestes a cometer um assassinato. Em contraste, o pai de papai parece orgulhoso e pronto para dizer algo igualmente ridículo sobre sua esposa.

Mamãe deve perceber o problema se formando porque ela abandona aquele tópico embaraçoso em particular e pergunta: — Então, Gunther, Honey – vocês dois se gostavam no colégio?

Um homem no grande palco à nossa frente pigarreia em um microfone ao vivo, poupando-nos de ter que navegar por uma pergunta tão pesada.

— Olá a todos — diz ele pomposamente e ajusta a gola de seu terno cinza comum. — Sou Dasco, o bobo da corte da Corte de Cezaroff.

Gunther e eu trocamos olhares divertidos. Esse cara não parece nada com um bobo da corte. Mais como um burocrata ou um contador. Ou um pedófilo.

— Mais tarde, alguns de vocês podem ter a grande honra de se aproximar do rei e da rainha — Continua Dasco. — Para esse fim, nós estabelecemos esta orientação para instruir os participantes do casamento sobre a etiqueta adequada durante um encontro tão auspicioso.

Quem somos os 'nós'? Duvido que Gia tenha algo a ver com isso. Ela é bem tranquila. Além disso, a etiqueta não soa como o tipo de coisa que eu pediria a um bobo da corte para explicar, mas, novamente, o que eu sei sobre a realeza?

— Vamos começar com a saudação adequada — diz Dasco. — Os homens devem se curvar, mas apenas com a cabeça — Ele demonstra —, e as mulheres devem se curvar — Ele demonstra isso também, parecendo cômico o suficiente para me fazer pensar se ele fez algumas aulas de bobo da corte, afinal.

— Certamente, ele faz comédia — Fabio sussurra.

Todos nós o calamos.

— O principal — diz Dasco nesse ínterim —, e não consigo enfatizar o suficiente: *não* toquem, em hipótese alguma, nos monarcas. Isso inclui, mas não está limitado, a apertos de mão, abraços e tapinhas nas costas. — Este último ele diz com um estremecimento notável. — Até mesmo beijar no ar e acenar é desencorajado.

Huh. Parece que a realeza vai realmente se relacionar com essa parte sem contato com Gia, nossa parente com fobia de germes.

Dasco continua listando o que não fazer, e a lista é longa, com destaques como: não vire as costas para a realeza, não saia de uma sala antes deles, não peça autógrafos, não sente até eles se sentarem, não comecem a comer até que o façam, não tirem fotos com eles e não façam perguntas pessoais – ou perguntas de qualquer tipo. — Em geral — Ele conclui —, é melhor não falar com eles, a menos que seja solicitado.

Todos na sala começam a conversar baixinho. Aposto que eles estão pensando duas vezes sobre aceitar o convite em primeiro lugar, como eu.

— Questões? — Dasco pergunta com desaprovação.

A mão de mamãe se levanta.

Ótimo.

Dasco aponta para ela. — Sim?

— E se o Rei estiver no meu passe livre? — Por que ela pisca para o papai quando diz isso? — Ou a Rainha no do meu marido?

Espero que ela esteja tentando vencer o bobo da corte no departamento de piadas. Eles estão prestes a entrar na família, então, dormir com eles seria uma má ideia, mesmo que o toque fosse permitido.

As sobrancelhas espessas do bobo da corte se franzem de uma forma nada boba.

— O que é um passe livre?

— Não importa — Um grupo de minhas irmãs dizem em uníssono.

A carranca de Dasco se aprofunda. — Alguma outra pergunta?

Holly levanta a mão hesitantemente.

Dasco aponta para ela. — Sim.

— Como devemos chamá-los?

O bobo da corte cora – e parece um pouco mais com a descrição de seu trabalho.

— Sinto muito por não ter coberto isso. Se você fala apenas inglês – como a maioria de vocês – se dirigirá ao rei ou a qualquer um de seus filhos como 'Sua Alteza Real' e chamará a Rainha de 'Sua Majestade'. — Ele olha em volta. — Mais perguntas?

Ninguém mais levanta a mão.

— Nesse caso, todos, exceto a família da noiva, devem prosseguir para a cerimônia.

Bosta. Ele conhece minha família o suficiente para perceber que precisamos de uma palestra extra?

— Vou levá-los para a Galeria — diz Dasco quando todos se vão. — Um retrato de família é uma tradição da família Cezaroff.

É quando isso realmente me atinge. Eu vou ser parente da realeza. Eu, uma mulher que nunca comprou uma lata de sopa sem cupom.

Gunther agarra minha mão e dá um pequeno aperto, fazendo desaparecer instantaneamente todos os pensamentos da minha cabeça, exceto aqueles sobre "todas as coisas sujas" combinadas para depois do casamento.

— Aqui — diz Dasco, e percebo que sonhei acordada durante todo o caminho até nosso destino.

Quando Fabio tenta entrar na sala, Dasco balança a cabeça. — Os acompanhantes não vão estar no retrato. — Ele olha para o marido de Lemon. — Maridos são permitidos.

Lemon mostra a maturidade que vem ao se estabelecer na vida de casada, mostrando a língua para o resto de nós.

— Desculpe — Sussurro para Gunther.

— Desculpa por não ter se casado com ele a tempo? — Mamãe pergunta.

Eu quero cair no chão, uma ocorrência comum quando mamãe abre a boca.

— Está tudo bem — diz Gunther e acena para

Fabio. — Isso nos dará uma chance de recuperar o atraso.

Eu dou a Fabio um olhar esperançoso que diz: "Arruíne esta noite para mim, e eu vou arrancar suas bolas pelo nariz e depois fazer você espirrar."

Fabio pisca um olho e o bobo da corte me conduz para dentro da Galeria.

Não posso deixar de suspirar quando entramos na sala que parece um museu.

— Já sente falta dele? — Mamãe pergunta. — Não que eu possa culpá-la.

Reviro os olhos. — Pearl vai estar aqui?

Dasco franze o nariz. — É aquela que está trabalhando como funcionária hoje? — Ele diz "funcionária" com o tom que reservo para palavras como "vil".

Eu concordo.

— Nesse caso, não. Mas não se preocupe, o pintor real usará a imagem de suas outras irmãs para desenhá-la, assim como removerá esse metal de seu rosto e deixará seu cabelo com a cor humana.

Abro a boca para dizer o que penso, mas, naquele momento, Gia e seu príncipe entram na sala e todos batem palmas.

Eu sorrio. Fiel a si mesma, Gia se parece mais com Mortícia Addams do que com uma noiva em um casamento vitoriano. Seu noivo está vestido com algum tipo de insígnia militar e é arrojado – como você esperaria que um príncipe fosse.

— Oi a todos — diz Gia. — Muito obrigada por terem vindo.

Como se tivéssemos uma escolha. Era isso ou pegadinhas maldosas dela por anos. Antes que alguém possa responder a isso, a porta se abre mais uma vez e uma horda de caras entra, todos com rostos que se parecem estranhamente com o futuro marido de Gia.

— Tigger — Exclama um deles quando vê o noivo.

Ah. Certo. Isso. Eu balanço minha cabeça. Se *meu* nome fosse Anatolio, eu usaria *esse* nome e nunca deixaria ninguém me dar um apelido, principalmente do *Ursinho Pooh.*

— Irmãos — Tigger responde jovialmente. — Obrigado por tomarem o tempo de suas agendas super ocupadas.

Muitos dos príncipes respondem em ruskoviano, que soa vagamente como russo.

A porta se abre novamente e minha família fica boquiaberta com os recém-chegados, que à primeira vista parecem ursos.

À segunda vista – e relembrando as histórias de Gia –, eu processo que eles são cachorros, mas realmente parecidos com ursos.

Alguns dos príncipes gritam algo amigável para os cães-urso, e as criaturas abanam suas caudas gigantes e correm para quem eu suponho serem seus donos.

Gia pode ter mencionado algo sobre isso. Esses cães são para esta família o que os lobos gigantes são para os Starks, em *Guerra dos Tronos.* Vamos apenas esperar que esta noite não acabe como o Casamento Vermelho.

Muitas risadas masculinas e latidos se seguem.

O cão-urso que corre até o noivo é o mais esquisito do grupo, por usar óculos de proteção, que combinam com sua coloração para fazer com que pareça um panda. Na verdade, um segundo cachorro também corre para o noivo, um muito menor que é fácil de perder atrás dos ursos. Ele me lembra um coala, que percebo não ser um urso estritamente falando. Ambos os cães demonstram muito amor pelo noivo, e então Gia, para meu choque total, permite que eles lhe deem alguns beijos caninos – com germes e tudo.

Blue segue meu olhar e suspira de surpresa. — Ou são os cachorros mais limpos da história das doenças zoonóticas, ou o amor realmente conquista tudo.

Uma nova pessoa entra cautelosamente na sala. A julgar pela câmera gigante em sua mão, presumo que seja um fotógrafo.

Então isso vai ser uma foto, não uma pintura? Bom. Eu posso me juntar a Gunther muito mais cedo.

O som de uma trombeta interrompe a todos.

Eu viro.

Um dos pantalonas está agindo como um verdadeiro arauto. Quando o barulho da trombeta cessa, duas pessoas esnobes entram na sala, um homem e uma mulher.

Todos ficam boquiabertos e, do meu lado, luto contra um sorriso porque a mulher me lembra Cruella de Vil – o que é preocupante com todos os cachorros ao redor. Esta deve ser a Rainha, ou "Sua Majestade" se acabarmos falando, o que prefiro evitar. O Rei, também conhecido como "Sua Alteza Real", também me lembra um supervilão da Disney, embora ele se pareça com todos os príncipes – ou, mais precisamente, eles se parecem com ele.

— Futuros sogros! — Meu pai exclama e corre em direção a eles, com mamãe em seu rabo de cavalo prateado.

Isso vai ser um incidente internacional?

Sim. Antes que alguém possa sequer piscar, papai já está abraçando a rainha enquanto mamãe beija o rei na bochecha.

A realeza parece ter pisado no esgoto, e isso foi antes de meus pais trocarem de parceiros, e mamãe apertar a mão da rainha enquanto papai dá um tapinha jovial nas costas do rei.

Bem, essa política de não tocar está anulada.

— Vamos — diz papai e caminha em nossa direção, totalmente de costas para Alteza e Majestade.

— Como você gerou tantos filhos? — Mamãe pergunta aos monarcas com inveja. — Existe uma posição secreta?

É como se meus pais estivessem deliberadamente seguindo a lista de "não faça" do bobo da corte, fazendo o oposto. Em seguida, eles pedirão um autógrafo, sentando-se primeiro e comendo antes deles.

Ah, e não vamos esquecer que todos estamos prestes a tirar uma foto com eles – o que também não foi permitido.

— Meu marido não fala inglês — diz a rainha.

Oh? Então, por que ele parece tão indignado após a pergunta da posição secreta?

— Na verdade, eu estava perguntando a você — Mamãe diz.

— Meu inglês também é mais ou menos — diz a rainha, quase sem sotaque. — Agora, que tal começarmos o retrato?

Quando ninguém se opõe, a Rainha ladra ordens sobre onde todos devem ficar – seus filhos ao seu redor e o Rei, enquanto os cachorros devem ficar a seus pés na frente, com nós, plebeus, nas laterais.

Quando todos assumem suas posições, o pintor/fotógrafo tira um monte de fotos. Ele nos garante que nos pintará mais tarde e nos fará "parecer melhor" do que realmente somos.

— Como um filtro humano do Instagram — Sussurra mamãe.

Tomando esse comentário impertinente como deixa, os personagens reais fogem, o que é péssimo para meus pais porque os rouba de mais um protocolo de etiqueta que eles poderiam ter quebrado.

Saio da Galeria a tempo de ver o Rei e a Rainha pularem em duas liteiras bordadas. Imediatamente, pantalonas corpulentas agarram os postes presos e os levam embora.

Chique.

Gia e Tigger compartilham outra liteira maior, mas o resto dos príncipes fica conosco.

Gunther vem até mim, com os olhos brilhando. Parando na minha frente, ele abaixa a cabeça. —

Pareceria piega se eu dissesse que senti sua falta? — Ele murmura em meu ouvido.

— Também senti sua falta — digo, um pouco alto demais, porque uma voz familiar diz "ooh" em um tom muito sarcástico.

Eu me viro e vejo Pearl. Ela está vestindo um jaleco branco e arrastando um grande carrinho atrás dela, contendo um barril de queijo tão grande que até mesmo Godzilla precisaria cortá-lo em pedaços menores antes de comê-lo.

— Parece que o show do queijo está indo bem — digo com um sorriso.

— Sim — diz Pearl. — Desculpe, mas eu tenho que correr.

Com isso, ela corre pelo corredor com seu queijo gigante – e, embora possa ser minha imaginação, um dos príncipes olha comprido para ela. Ou talvez para o queijo.

Dasco, o bobo da corte, corre para nós, ofegante. — Venham — Ele exige. — Vocês vão se atrasar para o *obryad*.

Ele corre pelo corredor e nós o seguimos, embora mamãe e papai resmunguem por não saberem o que é "obryad".

— Em russo, significa um ritual — diz o marido letão de Lemon.

— Ou um rito — Acrescenta o acompanhante russo de Holly.

Com um bufo, Dasco acelera.

Quando viramos uma esquina, um exército de caras

de pantalona está esperando por nós.

— Pegue o *orekhi* — Exige Dasco.

— Sementes — diz o marido de Lemon.

Ele está traduzindo ou falando com Dasco?

Deve estar traduzindo, pois não pode ser coincidência que os pantalonas deem a cada um de nós um punhado de sementes – especificamente, pinhões.

— Vamos fazer pesto? — Lemon pergunta ao marido.

— Não — diz Dasco. — Isso é para jogar na noiva e no noivo após o *obryad*.

Ah. Então é um pouco como arroz?

Com as sementes na mão, somos conduzidos a um grande salão onde todos os outros convidados já estão se misturando.

Há um grande palco onde normalmente estaria uma banda, mas agora, é apenas Gia lá, ajoelhada na frente do rei e da rainha.

— Ela está sendo condecorada? — Eu me pergunto em voz alta.

Dasco balança a cabeça. — Quando alguém que não tem sangue real deseja transcender, ele ou ela deve pedir permissão ao monarca reinante.

Huh. E se eles...

Gia diz algo na língua ruskoviana com um sotaque americano tão pesado que até eu consigo ouvir.

— Não — A Rainha diz imperiosamente.

— *Nyet* — O Rei ecoa.

Uau. Eles acabaram de esnobar minha irmã? Eles são suicidas?

— Eu disse a Tigger para pular esta parte — diz um dos príncipes.

Gia pula de pé, aborrecimento em seu rosto.

— Minha pergunta foi puramente simbólica — diz ela. — Mas sua objeção está anotada.

Traduzido do discurso de Gia, a objeção deles acabou de colocá-los em sua infame lista de merda – o que significa, entre outras coisas, que agora eles precisam tomar cuidado com os laxantes em suas comidas e bebidas.

Tigger pula no pódio e envolve seu braço protetoramente em torno de sua noiva.

— A objeção é rude e será completamente ignorada — diz ele com voz de aço. — Se vocês já não tivessem me deserdado, eu me voluntariaria para isso agora.

De nariz empinado, o Rei e a Rainha saem do palco – que é quando o barril de queijo gigante que Pearl carregava é trazido, possivelmente para substituí-los.

Gunther se inclina, seus lábios roçando suavemente minha orelha enquanto ele pergunta: — Isso é alguma tradição estranha que alude ao rei ser o grande queijo?

Eu encontro seu olhar esmeralda com um sorriso. — Vamos apenas esperar que não seja uma situação do tipo despedida de solteiro em que uma prostituta nua pula do queijo.

Um padre com roupas coloridas sobe ao pódio e canta algo em ruskoviano.

— Ele diz que seu nome é Patriarca Fanta — Traduz o marido de Lemon. — Ele conduzirá a cerimônia agora mesmo.

Fanta? Ele não tem tantas bolhas assim.

O Patriarca fala um pouco, mas a tradução que o marido de Lemon fornece é curta: — Você, Gia, promete obedecer ao seu marido e outras coisas sexistas?

— *Da* — Gia diz solenemente.

O Patriarca fala por um tempo mais curto, e não preciso da tradução para saber que ele diz: — Você, Tigger, toma essa mulher para fazer o que quiser e outras coisas sexistas?

— Sim — diz Tigger em inglês.

O mais parecido com um urso dos cães reais corre para o palco e vejo um travesseiro com uma caixa nas costas.

Eu rio. Gia tem um *urso* do anel em seu casamento, assim como em *How I Met Your Mother*.

O Patriarca pega os anéis do urso e os entrega aos noivos.

Assim que os anéis são colocados, todos os príncipes e seus compatriotas gritam: — *Gor'ko!*

— Eu conheço essa — Sussurro no ouvido de Gunther. — Eles gritaram no casamento de Lemon. Significa amargo, mas neste contexto, por algum motivo, significa 'beijo'.

Gunther olha para meus lábios como se estivesse feliz em *gor'ko* neles aqui e agora. Eu engulo e desvio o olhar. Por mais que eu adorasse beijá-lo, duro, não ousaria fazer isso quando é o momento de Gia brilhar – por causa dos... laxantes.

Nesse ínterim, Gia e Tigger se beijam, e é tão

apaixonado que o Patriarca cora e sai correndo do palco.

Os príncipes gritam mais alguma coisa para o casal, e um deles entrega a Tigger uma serra de duas mãos.

Que diabos? Gia vai realizar uma ilusão agora – cortar seu noivo em dois?

Não.

Gia agarra uma ponta da serra enquanto Tigger agarra a outra.

Eles estão prestes a...

Sim. Eles começam a serrar o barril de queijo como se fosse uma árvore.

Eles vão e voltam, esforçando-se, antes de finalmente terminarem.

Expiro o ar que estava segurando durante todo o calvário e então dou uma risadinha quando me ocorre: Gia acabou de cortar o queijo. Assim como seu novo marido.

Parece que minhas irmãs estão no mesmo comprimento de onda porque começam a rir, especialmente quando o cheiro surpreendentemente pungente do queijo – ou talvez chulé – atinge nossas narinas.

— É uma tradição antiga — diz o príncipe que estava de olho em Pearl. — O corte do queijo grande simboliza o primeiro desafio para um casal.

— Sim, soa como casamento — Mamãe diz sem expressão. — No primeiro dia, ele simplesmente corta o 'queijo' na sua frente.

O riso redobra, e Gia se junta – o que é bom,

porque se ela pensasse que estávamos rindo dela e não com ela, ela soltaria aqueles laxantes de novo.

— Os alemães fazem algo semelhante — diz o mesmo príncipe. — Com tora.

— Ai — diz Fabio. — Aqui na América, mantemos todos os objetos pontiagudos longe, muito longe de nossa tora. Principalmente pela manhã.

Mais risadas se seguem.

— Sobre o assunto da tora — diz Fabio quando há uma pausa no riso. — É hora das sementes?

Outro príncipe acena com a cabeça e joga um punhado de pinhões em Tigger. Com um sorriso, eu me junto a ele, assim como todos os outros. Logo, o palco está cheio de sementes.

Quando paramos, Gunther se inclina novamente, sua proximidade me fazendo formigar. — É estranho que isso me deixe com fome?

Meu estômago ronca em resposta. A última vez que comi foi com ele, no trabalho.

— Que tal outro *gor'ko*? — Meu pai grita para os noivos.

Todos nós nos juntamos ao canto e o mantemos até que os caçadores de queijo se beijem mais uma vez e saiam correndo do palco.

O bobo da corte pega o microfone. — Todos, por favor, desfrutem de bebidas e aperitivos enquanto o salão está sendo montado.

A noiva e o noivo fogem enquanto um exército de garçons desce sobre nós com bandejas de comida e álcool.

— Ainda vamos nos manter sóbrios? — Pergunto a Gunther enquanto observo todas as deliciosas bebidas gratuitas passarem por mim.

Ele acena com a cabeça, promessas sombrias e acaloradas em seus olhos. — Eu quero sua mente limpa.

Engulo seco. Já podemos ir?

— Queijo? — Pearl pergunta, me emboscando com uma bandeja.

Pego um palito com um pedaço de queijo amarelo e furado e enfio na boca.

— Oh, meu queijo — Eu exclamo depois de quase engolir minha língua de prazer. — Você colocou heroína nisso ou algo assim?

Pearl sorri para mim. — Deveria haver ricos conhecedores de queijo aqui esta noite, então, eu caprichei.

Pego outro palito orgástico. — Acho que isso impressionaria até mesmo alguém que odeia queijo.

Parecendo intrigado, Gunther pega uma amostra

Como ele faz a mastigação parecer tão sexy?

— Isso é incrível — diz ele depois de engolir. Ele pega seu cartão de visita e o coloca na bandeja. — Se você quiser vender seu queijo na Munch & Crunch, por favor me avise.

Olhando além de satisfeita, Pearl agradece e sai correndo.

— Boa — digo mal-humorada para Gunther. — Agora eu me sinto como uma irmã de merda por não pensar em vender o queijo dela na sua loja.

— Vou compensar você mais tarde — diz ele com a voz rouca.

Sério, quando é o primeiro momento educado para deixar um casamento?

A próxima bandeja tem caviar preto, então eu dou uma olhada. O material custa pelo menos cinquenta dólares duzentos gramas.

— Você gosta? — Gunther pergunta depois que termino meu biscoito de caviar.

— É salgado e com cheiro de peixe — digo. — Se eu fosse comprar o material, pagaria cinquenta centavos, no máximo.

Ele sorri. — Você não gosta de ovas de peixe pretas e viscosas? Que chocante.

Eu sorrio de volta e pego um figo com um recheio gostoso para limpar meu paladar.

Para meu desgosto, mamãe e papai vêm e começam a fazer perguntas sobre como nos conhecemos. Gunther é um bom esportista, especialmente quando papai lhe dá uma massagem não solicitada no ombro. Ainda assim, quando Dasco diz que é hora de ir para o salão, fico aliviada. Meus pais poderiam ter me envergonhado muito mais naquele período de tempo.

Dasco conduz todos por um grande corredor, e não posso deixar de ouvir mamãe sussurrar em voz alta para papai: — Onde está Gia e seu novo marido?

— Aposto que é outra tradição real — Responde papai. — Consumando o casamento imediatamente.

— Sim — Mamãe diz. — Aposto que antigamente, todo mundo assistia.

Tendo ouvido, Gunther arqueia uma sobrancelha questionadora.

Eu dou de ombros. — Parece que *poderia* ser verdade, mas conhecendo Gia, ela pode facilmente estar se preparando para um show de mágica.

Nossa procissão diminui quando chegamos a uma mesa com pequenos cartões que dizem onde cada um deve se sentar.

Isso me torna uma filha ruim por me sentir super aliviada por mamãe e papai estarem em uma mesa diferente?

Huh. Espere um segundo. Mamãe e papai estão sentados com o rei e a rainha?

Parece que a vingança de Gia já começou.

Vinte E Um

Blue, Lemon e Holly estão à nossa mesa com seus parceiros, junto com um dos príncipes e algumas outras pessoas que não reconheço.

— Oi — diz uma mulher com aparência de modelo que está claramente aqui com o príncipe. — Qual de vocês dois fala russo? O cara?

— Nenhum de nós — diz Gunther. — A menos que ela esteja me escondendo muito.

Eu balanço minha cabeça. — Nada de russo aqui. Por que você pergunta?

A mulher abre um sorriso perfeito. — Todos os outros casais nesta mesa têm pelo menos um falante de russo entre eles.

— Desculpe desapontá-la — digo. — Eu sou Honey, a propósito.

— Bella Chortsky. — Ela gesticula para seu príncipe. — Este é Dragomir.

— Chortsky... — Olho para o par de Holly, Alex, interrogativamente.

— Sim. Ela é minha irmã — diz com orgulho.

— E minha — diz outro vizinho de mesa, que poderia facilmente ser gêmeo de Alex. — Eu sou Vlad. — Ele gesticula para sua acompanhante pálida e de bochechas roliças. — E esta é Fanny.

Fanny cora como se fosse o trabalho dela, e não tenho certeza se isso acontece toda vez que ela é apresentada a alguém novo ou toda vez que ela ouve seu homem falar.

Vlad pega uma garrafa grande e acena para o copo de Gunther. — Vodca?

— Não, obrigado — diz Gunther. — Vou ficar sóbrio hoje.

Vlad olha para mim.

— Desculpe — digo. — Eu também não vou beber.

— E antes que você pergunte — Lemon entra na conversa. —, eles não estão grávidos.

— Obrigada — Eu respondo com um revirar de olhos. Virando-me para Bella, eu digo: — Se não beber vodca significa sermos exilados da mesa russa, eu vou entender.

Bella sorri. — Não. Fique. Por favor.

Então ficamos e descobrimos que *nesta* mesa, os homens 'atendem" as mulheres servindo nossas bebidas e colocando nossa comida em nossos pratos – o que soa chauvinista até que Gunther faz isso por mim e eu derreto em uma pequena poça faminta.

Logo, Gunther e eu observamos todos tomarem

uma dose, e depois outra porque, aparentemente, os russos acreditam que o intervalo entre as doses um e dois precisa ser curto.

— Gostaria de ouvir uma piada russa? — Bella pergunta depois da dose número três.

Gunther assente, e eu sigo sua liderança.

— Vovochka está na aula de matemática — diz Bella. — O professor diz: 'Você tem cem rublos e pede mais cem a seu pai. Quantos você tem agora?' — Bella faz uma pausa para o drama. — 'Cem rublos', diz Vovochka. 'Não', responde o professor, 'você não sabe matemática muito bem'. Vovochka balança a cabeça. 'É você que não conhece meu pai muito bem.'

Todos riem.

— Posso compartilhar a que você me contou ontem? — Fanny pergunta a Vlad.

Ele sorri. — Claro, Fannychka.

— 'Pai, parabéns', diz Vovochka ao pai. — Fanny arqueia suas belas sobrancelhas teatralmente. — 'Explique', papai diz. Vovochka sorri. 'Lembra quando você disse que me daria cem rublos se eu passasse da quinta série? Eu economizei o dinheiro para você.'

Todos riem, o que parece ser uma desculpa para a mesa russa ficar mais tempo contando mais piadas sobre essa fictícia criança Vovochka. A torrente de piadas acaba sendo interrompida por Dasco, que grita do meio do salão: — Se puder ter a atenção de todos, por favor!

O salão se acalma.

— Os noivos têm uma surpresa reservada —

Anuncia Dasco. — A primeira dança mágica deles juntos como um casal.

Minhas irmãs e eu trocamos um olhar compreensivo. Como estamos falando de Gia, a palavra "mágica" não estava nessa frase acidentalmente.

Sim. Ela e Tigger saem para a pista de dança e, assim que as primeiras notas do tango tocam, seu vestido muda de preto para branco e depois de volta. Alguns movimentos depois, o paletó do smoking de Tigger desaparece, seguido pela camisa que ele usa por baixo.

— Eu sei o próximo truque — diz alguém na mesa. — Olhem para o mamilo dele.

Mamilo? É aquele...

Ah, Merda. Gia acena com a mão sobre o peito do marido, e o mamilo direito desaparece, depois reaparece, seguido pela roupa.

Todos batem palmas – que é quando os pés do casal levantam uma polegada do chão e as palmas se transformam em uma ovação de pé.

A música para e os noivos aterrissam. Gia faz uma reverência, pega o microfone e diz: — Todos, por favor, para a pista de dança!

— Não tão rápido — Nosso pai grita de sua mesa, fazendo os personagens reais se encolherem. — Você nos deve *gor'ko*!

Isso inicia o canto que pressiona Gia e Tigger a se beijarem novamente – não que eles pareçam se importar.

Quando o beijo termina, eles correm para a mesa que parece um pódio.

Gunther se levanta e estende a mão para mim. — Me concede essa dança?

Agarrando a mão estendida, eu salto ficando de pé. — Por não me deixar beber, você me deve todas as danças.

Uma vez que estamos na pista de dança, uma música começa – e por alguma razão obscura, é o cover de Marilyn Manson para *Tainted Love*. Escolha estranha para um casamento, mas, ei, a música é lenta, o que significa que Gunther e eu ficamos juntinhos – e assim que o fazemos, sinto Sr. Chupa & Lambe contra minha barriga.

Levanto-me na ponta dos pés e sussurro em seu ouvido: — Parece que não sou a única ansioso pelo pós-festa.

A pressão contra minha barriga se intensifica quando ele responde com voz rouca: — Não quero bolo de casamento. Vou comer sua boceta como sobremesa.

Alguém me acode. Preciso de uma nova calcinha.

Ele mordisca minha orelha.

Os ovários podem explodir?

— Vocês formam um casal tão lindo — Minha mãe murmura por perto, e sua proximidade tempera minha libido o suficiente para ter pensamentos.

— Obrigada — digo em sua direção, e então franzo a testa porque mamãe mal consegue ficar de pé e seu parceiro de dança não é papai.

É a Rainha, parecendo tão bêbada quanto eu com tesão. Ah, e se isso não bastasse, de volta à mesa deles, papai está sentado no chão perto da cadeira do Rei, massageando seus pés reais.

Os olhos de Gunther se arregalam enquanto ele segue meu olhar. — Talvez ele tenha conseguido um novo emprego?

— Quem dera — digo. — Papai gosta de massagear os pés para quem quiser ouvir. Só não esperava que 'Sua Alteza Real' aceitasse, assumindo que o que está acontecendo é consensual.

— Os dedos do seu pai são divinos — A Rainha solta.

Ele *a* massageou também? — Quanta vodca vocês beberam?

As sobrancelhas de mamãe franzem comicamente quando ela se aproxima. — Jogamos um tradicional jogo de bebida de casamento ruskoviano. — Ela soluça. — Eu venci.

Ela venceu? Um jogo de bebida pode ter vencedores?

A música muda para uma mais rápida, e eu levo Gunther para longe antes que mamãe ou a Rainha decidam vomitar em nós.

— Uau — diz Gunther.

Ele tem razão. O marido de Lemon dança como um deus – o que faz sentido, visto que ele é um famoso dançarino de balé.

— É um ato duro de seguir — diz Gunther, mas ele começa a se mover no ritmo mesmo assim.

Por que ele teve que dizer "duro"? Agora é *duro* para eu me concentrar.

Ah, bem. Vamos ver se consigo sacolejar sóbria.

Mostro minhas costas para Gunther, depois esfrego minha bunda nele. A sensação de algo de aço contra meu mamilo tatuado esquerdo é minha primeira recompensa, com muitas mais a seguir.

A próxima música é um tango, semelhante ao que Gia executou sua mágica/primeira dança. Acontece que coreografias complexas são mais fáceis sóbrio, então Gunther e eu conseguimos dançar o tango – mas alegar que minha mente está clara depois disso seria uma mentira deslavada.

Estou bêbada com todos os hormônios correndo pelo meu sistema. Embriagada com o sorriso de Gunther e o brilho verde-esmeralda em seus olhos, com a gota de suor escorrendo por sua testa e sentindo sua dureza contra a minha suavidade.

— Aquele é o bolo de casamento? — Gunther pergunta depois de mais algumas danças alucinantes.

Sim! É. Pego sua mão e corro de volta para a nossa mesa.

Quando as fatias de bolo são distribuídas, ataco as minhas com tanto entusiasmo quanto Lemon, a gulosa da nossa família. Ao contrário de Lemon, não polvilho o referido bolo com açúcar destinado às xícaras de café.

O bolo de Gunther está meio comido quando termino o meu e digo: — Pronto?

Ele enfia os restos do bolo na boca e mastiga

rapidamente. Tardiamente, percebo que é improvável que Gia verifique se realmente comemos a sobremesa. Ah, bem. O importante é que agora é socialmente aceitável partir. Esperançosamente.

— Foi um prazer conhecê-los — digo ao pessoal da mesa.

Bella faz beicinho. — Vocês estão saindo tão cedo?

Agarro a mão de Gunther. — Temos uma longa viagem pela frente. Até Jersey.

— Eu entendo. — Bella vasculha uma mala grande que ela aparentemente manteve debaixo da mesa o tempo todo. Ela puxa uma caixa. — Por favor, leve seu presente de despedida antes de ir. Algo para se lembrar de mim.

Aceito a caixa com cautela porque não gosto da expressão no rosto das outras mulheres à mesa. Quando abro a caixa com cuidado, pisco algumas vezes – e me pergunto se a fumaça da vodca de alguma forma me embebedou.

A caixa contém um vibrador.

Um cheio de veias, azul e grande – quase do tamanho do Sr. Chupa & Lambe.

Olho para Lemon, que tem um blog sobre masturbação e, portanto, é especialista em tudo relacionado a vibradores. — Você a colocou nisso?

Lemon sorri. — Se o seu presente é o que eu penso que é, Bella dirige uma empresa que os fabrica.

Antes que Gunther possa olhar dentro, fecho a caixa. — Obrigada, Bella.

— Sem problemas — diz a fabricante de vibradores.

— Se você me enviar um e-mail com seus comentários, enviarei mais.

— Honey pode fazer exatamente isso — Holly diz a Bella com um sorriso conhecedor. — Promoções são seus números-primos.

Isso é discutível, mas não vou entrar nisso, pois isso atrasaria nossa partida – e isso é a última coisa que quero.

— Tchau. — Pego a mão de Gunther e o puxo para fora.

Para meu grande alívio, há uma fila de pessoas se despedindo de Gia e do noivo, então, não somos os primeiros a fugir.

Quando é a nossa vez de falar, Gunther fala sobre o quanto ele se divertiu. Eu considero isso um elogio porque eu estava me esfregando contra ele na pista de dança a maior parte do tempo.

— Os truques foram incríveis — digo quando é a minha vez.

Vitória. Gia sorri de orgulho. Minhas irmãs podem ser fáceis de agradar quando você conhece os botões certos a apertar.

Gunther puxa um envelope. — Uma pequena contribuição para o seu futuro.

Pequena? A coisa está cheia de notas.

Ah, bem. Acho que vou ficar com meu próprio envelope, muito mais fino, ou entregá-lo a Gunther.

Saímos rapidamente do salão e entramos no saguão infestado de pássaros, onde Gunther muda de direção e se dirige ao recepcionista – um raro membro da equipe que não usa pantalonas.

— Aonde você está indo? — Eu pergunto.

Seu olhar é aquecido quando ele se vira em minha direção. — Não quero esperar uma viagem inteira de carro. Este é um hotel. Podemos conseguir um quarto.

Por que não pensei nessa ideia genial? Este *é* um hotel.

— Gostaríamos de um quarto — diz Gunther ao recepcionista.

O recepcionista franze a testa e dá um tapinha na tela à sua frente. — Receio que não haja quartos disponíveis. Está acontecendo um evento privado e...

— Fazemos parte desse evento — digo. — Eu sou a irmã da noiva.

O recepcionista me olha e acena com a cabeça. — Você se parece com ela. Ainda assim, receio...

— Qual é o problema? — Rosna uma nova voz que acaba por pertencer ao príncipe que estava de olho em Pearl mais cedo... ou no seu queijo.

— Sua Alteza Real — diz o concierge com reverência. — Sem problemas. Eles querem um quarto e eu os informei que não temos vagas.

Os olhos do príncipe se estreitam. — E a menor suíte nupcial?

Enquanto o recepcionista toca na tela, suas mãos tremem. — Oh, que coisa, ela *está* disponível. — Ele olha para nós. — A taxa é...

— Não é importante — diz o príncipe. — Dada a

experiência desagradável de atendimento ao cliente que eles acabaram de ter, o quarto é por conta da casa.

Ele é dono deste hotel? Ou toda a ilha?

— Isso é muito generoso — diz Gunther. — Eu vou pagar pelo quarto.

— Não — Eu me choco ao dizer. — Você cobriu o presente; cubro o quarto. — Pego meu envelope e retiro todo o dinheiro.

O fato de eu não perguntar se há um desconto para família é uma prova do quanto quero acabar com isso e Gunther nu.

O recepcionista examina o dinheiro com uma expressão estoica e murmura: — Isso não vai cobrir nem de longe.

Gunther pega um cartão de crédito. — Coloque o resto aqui.

— Desnecessário — Afirma o príncipe, afastando meu dinheiro e o cartão de Gunther. Ele se vira para o recepcionista. — Nunca murmure durante o trabalho.

Uau. Fale sobre ranzinza. Estou feliz por ele estar do nosso lado hoje.

O príncipe nos entrega um cartão de visita. — Se precisarem de algo mais, por favor, me diga. — Ele dá ao porteiro um olhar significativo.

— Ah, tenho certeza de que não será necessário — Grita o recepcionista. — Vou cuidar bem deles.

Pego o cartão mesmo assim. O nome nele é Kazimir Cezaroff.

— Obrigado. Nós realmente apreciamos isso — diz Gunther a Kazimir e ao concierge.

— Sim, obrigada — digo. — Isso foi tão legal da sua parte.

Estou pegando Gunther e a negociação do século. Alguém lá em cima está realmente cuidando de mim.

— Não se preocupem — diz Kazimir e se afasta, sua postura tão rígida quanto o vibrador que Bella me deu.

O concierge coloca uma chave na mesa à sua frente.

— Por favor, pegue o elevador até o quarto andar. — Ele aponta para o norte.

Corremos para o nosso destino e, assim que as portas do elevador se fecham, Gunther se inclina para me dar um beijo ardente.

Um piscar de olhos de felicidade depois, as portas estúpidas se abrem.

Grr.

Corremos pelo corredor em direção à porta que corresponde ao número da chave e, quando entramos, examino o quarto com admiração. Se esta for a menor suíte, a maior deve ser do tamanho do aeroporto JFK. Até Gunther, que está muito mais acostumado à opulência do que eu, parece impressionado.

— É grande — diz.

— Falando em coisas grandes... — Eu arrasto Gunther pela mão através do enorme espaço até localizar uma cama em forma de coração do tamanho de um estádio, coberta de pétalas de rosa. — Mostre-me o seu e eu lhe mostrarei o meu.

Ele tira a jaqueta rapidamente, como se soubesse o segredo por trás do truque do sumiço de roupas de Gia. O resto dele é revelado com a mesma rapidez e, logo, ele fica ali gloriosamente nu e intensamente excitado, cada músculo brilhando na luz suave e romântica vinda das falsas velas de LED que adornam o quarto.

Minha respiração acelera enquanto o calor inunda minha parte inferior do corpo em antecipação.

— Sua vez — Ele ordena com uma voz rouca e se senta na beira da cama com seu duro Sr. Chupa & Lambe se contorcendo em antecipação.

Ele quer um show? Tudo bem. Pego meu telefone e coloco a música punk rock que sempre quis para me despir – *Rebel Girl*, de Bikini Kill.

Enquanto eu tiro minhas roupas no ritmo, balanço cabeça, cabelo roxo voando por toda parte.

— Caralho — Gunther resmunga, repetidamente, como um mantra, e isso apenas melhora uma música já incrível.

Quando estou completamente nua, pego uma cadeira próxima, jogo minha bunda nela e cruzo e descruzo minhas pernas – novamente, no ritmo.

— Caralho duplo — É o novo canto que Gunther começa em resposta, me incitando até que a música finalmente pare.

Tirando o cabelo do rosto, olho interrogativamente para Gunther, cujos olhos são arrebatadores enquanto examinam cada centímetro da minha pele com todos os seus piercings e desenhos.

— Eu quis você por tanto tempo — diz ele com sentimento.

Eu cruzo minhas pernas. — Você tinha um jeito

engraçado de mostrar isso. — Eu as descruzo. — Todo esse tempo, tudo o que você precisava fazer era pegar o que teria sido dado de bom grado.

Ele corre para a beirada da cama, seu pênis parecendo dolorosamente duro. — Eu queria que isso fosse feito direito.

Eu cruzo minhas pernas e franzo a testa – apenas parcialmente em tom de brincadeira. — Será que 'fazer isso direito' inclui intencionalmente usar roupas minúsculas?

Ele se senta mais reto. — Eu só fiz isso para me vingar de você, porque você estava me atormentando.

— Você acha que *aquilo* foi um tormento? — Impulsionada por uma inspiração perversa, eu me inclino para a pilha de minhas coisas e pego o presente duvidoso de Bella. — Deixe-me mostrar o que a palavra realmente significa.

Abro a caixa e tiro o vibrador azul.

Gunther olha para sua competição como se fosse um chifre de unicórnio que está prestes a brotar o resto do tal cavalo. — *Esse* é o presente de Bella?

— Cale a boca e assista — digo na minha melhor voz de sedutora.

Para ilustrar meu ponto de vista, deslizo o vibrador pelo meu peito até que sua cabeça toque o piercing em meu mamilo esquerdo, que imediatamente endurece.

O silêncio de Gunther é tão total e absoluto que posso ouvir seus maxilares cerrando e seu pau endurecendo.

Sorrindo, eu movo o vibrador para o meu mamilo

direito, transformando-o em uma pequena pedra pontiaguda.

As pupilas de Gunther ficam do tamanho de moedas de dez centavos.

— Isso é o que eu poderia estar fazendo com você por semanas. — Eu beijo a cabeça do vibrador, em seguida, giro minha língua em torno dele.

As mãos de Gunther amontoam os lençóis ao lado dele, como se ele estivesse tentando se impedir de se descontrolar.

Vamos ver quanto controle ele realmente tem.

Eu lambo o vibrador como sorvete.

Ouve-se um som de lençóis se rasgando.

Sorrindo com os olhos, coloco o vibrador na boca, o mais fundo que posso, depois, faço alguns movimentos de entrada e saída.

As bolas de Gunther parecem firmes e cheias – e como se pudessem ficar azuis a qualquer momento.

Eu tiro o vibrador da minha boca e localizo um botão na parte inferior do eixo. Curiosa, eu pressiono – e a coisa começa a vibrar como mil telefones.

Legal. Eu trago a vibração perto do codinome Pot para tocar levemente o pino no meu clitóris – e quase gozo no local.

Gunther pula de pé, olhos selvagens.

Afasto o vibrador por um momento. Meu pulso está irregular, mas consigo dizer semi calmamente: — Por que você está de pé?

Com um gemido que me lembra de um animal ferido, ele cai de volta na cama.

Desligo a vibração e provoco minha abertura com a cabeça do vibrador. — Como você vê, eu *poderia* me satisfazer sem você.

— Olhe — diz Gunther com a voz rouca. — Você ganhou, OK.

Eu deslizo o vibrador por um fio de cabelo dentro de mim. — Eu ganhei?

— Como em 'você está certa' — Ele rosna. — Eu deveria ter colocado você na minha cama assim que você quis, RH e decoro que se danassem.

Sorrindo triunfantemente, coloco o vibrador de lado e me ajoelho no tapete em frente à cama antes de olhar nos olhos dele. — Diga 'você está certa' novamente.

— Você está certa. — A expressão nos olhos de Gunther é animalesca e crua – e completamente em contraste com seu cabelo bem penteado para trás. — Você está *sempre* certa.

— Viu? — Sussurro. — Você pode pegar aquela sobremesa de boceta que você queria... Mas primeiro... — Eu tomo Sr. Chupa & Lambe na minha boca – e é muito melhor (e mais grosso e gostoso) do que um vibrador.

Gunther resmunga algo que soa como: — Você está certa.

Cada movimento que fiz com o vibrador agora executo no Sr. Chupa & Lambe – e assim que provo a pitada salgada de pré-sêmen, paro. Preciso tê-lo em mim mesmo que seja a última coisa que faço.

— Minha vez. — Gunther me pega e me joga na

cama, como um bufê à vontade. — Ou talvez eu devesse dizer, sua vez? — Gentilmente, ele beija a parte interna da minha coxa e, em seguida, passa a língua para cima até alcançar o piercing no meu clitóris.

Eu me inclino para trás, deixando o codinome Pot se desdobrar para a língua inteligente de Gunther.

Como um homem faminto, ele lambe minhas dobras, murmurando algo o tempo todo. Esperançosamente, é 'você está certa'.

A vibração de seu murmúrio e a textura quente de sua língua causam um curto-circuito em meu cérebro, e o orgasmo que eu estava perto de atingir antes bate em meus receptores de prazer, fazendo-me gozar no lindo rosto de Gunther.

Ele olha para cima, e acho irônico o quão faminto ele ainda parece, apesar de ter me "comido" naquele momento. — Eu quero estar dentro de você — Ele murmura.

Eu umedeço meus lábios. — Lembra-se da minha condição anterior?

— Sem camisinha? — Seus olhos brilham vorazmente.

Balançando a cabeça, eu agarro a parte de trás de sua cabeça e o puxo para mim para um beijo que deixa meus lábios inchados e doloridos. Ao mesmo tempo, faço o que sempre sonhei – deslizo Sr. Chupa & Lambe para dentro de mim.

— Caralho — Gunther resmunga.

Eu respondo agarrando seus glúteos e guiando seu primeiro impulso.

— Você é incrível pra caralho — diz ele no segundo impulso.

Meus olhos começam a rolar para trás da minha cabeça.

Ele empurra para dentro de mim novamente.

Com esforço sobre-humano, consigo suspirar: — Você poderia estar fazendo isso o tempo todo.

— Você tem razão. — Ele empurra dentro de mim com mais força. — Você está certa pra caralho. — Outro impulso. E outro. O ritmo pega deliciosamente.

Um gemido é arrancado de meus lábios.

Ele mordisca meu pescoço antes de grunhir algo escaldante em meu ouvido – e acho que é 'você está certa'.

E, oh, cara, eu estava certa. O fato de termos perdido tantas oportunidades de fazer isso é um crime contra a natureza.

As mãos de Gunther seguram meu rosto gentilmente, mas seus lábios capturam os meus com força.

Com fome.

Ferozmente.

Minhas unhas cravam em seus glúteos enquanto uma avalanche de orgasmo começa a deslizar implacavelmente em algum lugar do meu núcleo.

Ele me penetra como uma britadeira sexy.

Um gemido desesperado escapa dos meus lábios para os dele.

Ele libera minha boca, permitindo que meu próximo gemido escape para o mundo.

— Isso mesmo — Ele resmunga. — Goza para mim.

Caralho. A avalanche do orgasmo chega ao seu ápice – e nem me importo que as avalanches geralmente vão do pico ao sopé da montanha – é quanto prazer estou sentindo.

Enquanto as paredes do codinome Pot pulsam freneticamente em torno de Sr. Chupa & Lambe, sinto um tremor secundário culminando em outro orgasmo.

O aperto das minhas paredes deve ser o que leva Gunther ao limite – porque ouço seu grunhido gutural e sinto sua liberação, o que me impulsiona a gozar mais uma vez.

Ele para, ofegante, então me beija docemente na bochecha antes de sair.

Eu fico lá, de olhos fechados enquanto desfruto da felicidade nebulosa do gozo. Eventualmente, reúno forças para murmurar: — Isso foi absolutamente incrível.

— Você está certa — diz Gunther, repetindo as palavras com um tom de orgulho masculino. — Mas, claro, isso foi só o começo.

Abro meu olho esquerdo. — Oh?

Sorrindo, ele desliza para fora da cama para pegar o vibrador azul. — Eu acho que você me deve outro orgasmo.

Abro meu olho direito. — Devo?

— Com certeza. — Ele liga a vibração do vibrador. — Ou melhor, eu te devo outro, por fazer você esperar todo esse tempo enquanto você estava *tão* certa.

Eu sorrio como uma maluca. — OK. Estou pronta para cobrar minha dívida e/ou pagá-la de volta.

Ele deixa a vibração refazer os passos pelos quais ele passou antes: anel do mamilo esquerdo, anel do mamilo direito, boca e, em seguida, o pino no meu clitóris.

— Caralho — Suspiro quando meus dedos dos pés se enrolam, e eu gozo mais uma vez. Ter Gunther usando um brinquedo em mim acaba sendo um milhão de vezes melhor do que usá-lo em mim mesma.

— Boa menina — Ele rosna. — Agora, fique de quatro.

Sério? Por quê? Uau. Ele está duro de novo. Deve ser de me ver com o brinquedo.

Agradecendo aos deuses do pênis por este presente de um curto período refratário, eu fico na posição exigida, e três coisas acontecem quase simultaneamente: ele entra em mim, dá um tapa no mamilo da minha nádega direita e traz o vibrador ainda vibrante para meu clitóris.

Que porra? Como vou gozar tão cedo? Mas eu gozo. Com um grito também. Ele continua empurrando, então eu gozo de novo e de novo, como se estivesse tentando recuperar todo o sexo do qual fui privada.

Então, com um impulso poderoso, profundo e final, ele goza pela segunda vez – e eu me junto a ele.

É isso, no entanto. Eu caio de bruços na cama, me sentindo como um limão que virou limonada.

Ele me embala em seus braços. — Tomar banho ou dormir?

— Não tenho energia para responder — Murmuro.

Com um sorriso, ele me carrega para o luxuoso banheiro e me lava como se eu fosse uma boneca, depois me enxuga.

— Cuidado — Murmuro quando ele me traz de volta para a cama. — Eu poderia me acostumar com isso.

— Bom — diz ele enquanto me envolve com seu corpo forte. — Acostume-se com isso.

Ah, eu pretendo.

O sorriso bobo ainda está no meu rosto enquanto afundo no sono mais profundo da minha vida.

Vinte E Dois

É CAFÉ QUE EU CHEIRO? E OVOS?

Abro os olhos e me encontro na cama sozinha.

Depois de me vestir, tropeço em busca dos cheiros.

— Oi, dorminhoca — Gunther diz quando eu o localizo na enorme sala de estar. — Eu trouxe café da manhã para nós.

Examino as ofertas na mesa à sua frente.

Sim. Ele tem todos os meus favoritos. A única maneira de ele me deixar mais feliz é tirando a calça de novo, mas tenho certeza de que isso pode ser resolvido depois que a comida acabar.

— Aguarde aí — digo sobre o meu estômago roncando. — Tenho que me lavar.

———

Enquanto escovo os dentes e fico apresentável, as implicações da noite passada me atingem pela primeira vez.

Gunther e eu realmente fizemos isso. Fizemos sexo sóbrio depois de um encontro adequado e honesto.

Ou, em outras palavras, estou namorando Gunther. O cara que eu pensei erroneamente que tinha arruinado minha vida.

Eu suspiro. Aposto que, mesmo que não tivesse descoberto que não foi ele quem me meteu em todos aqueles problemas, eu poderia tê-lo perdoado depois do terceiro orgasmo ou algo assim.

Poderíamos realmente dar certo? Gunther e eu poderíamos ser um casal?

Acho que poderíamos. Exceto... por que estou me sentindo tão desconfortável?

Enquanto me olho no espelho, finalmente decifro. A questão é que estou sentindo coisas extremamente prematuras para esta fase do relacionamento. Especificamente, sinto-me leve e tonta quando estou com ele ou quando penso nele. É como se eu nunca quisesse passar um segundo sem ele.

Oh, não. Isso pode ser um grande problema.

Embora ele tenha admitido que eu estava certa de que precisávamos ficar juntos mais cedo, há o fato de que não o fizemos – e é tudo culpa dele. É irracional para mim me sentir um tanto insegura de que ele foi capaz de resistir aos meus encantos, tais como eles são? Isso não significa que eu gosto mais dele do que ele de mim?

Cerrando os dentes, dou ao meu reflexo um olhar severo. — Não seja uma idiota de merda. Você não quer uma repetição da situação de Spike, quer?

Sim. Uma dose de realidade é exatamente o que eu preciso neste momento – ou então, a próxima coisa que eu sei, vou tatuar "Gunther" no interior das minhas pálpebras, para que eu possa me lembrar dele mesmo quando eu fechar meus olhos.

— Bom papo — digo ao meu eu no espelho. — Vou deixar as coisas progredirem razoavelmente desta vez.

Assim determinado, volto às iguarias da sala... e ao brunch.

Caramba. Eu não notei antes, mas ele tem uma baita cabeleira, e fica incrível nele, todo aquele cabelo escuro e grosso com aquelas pontas rebeldes. Isso me faz querer alisar tudo do jeito que ele costuma usar, só para poder bagunçar de novo.

Meu estômago ronca.

Gunther sorri para mim, que é quando seu telefone toca.

Ele dispensa a ligação sem olhar.

Eu coloco algumas guloseimas no meu prato quando o telefone dele toca novamente.

Com uma carranca, ele olha para a tela. — É Ashildr — diz ele. Ignorando o toque, ele verifica algo. — Antes dele, era Samson, da segurança. Que estranho.

Eu dou de ombros. — Talvez você devesse aceitar?

Assentindo, ele aceita a ligação. — Oi, Ashildr.

Depois de um segundo, ele diz: — Devagar, por favor. Diga-me o que realmente aconteceu.

O que está acontecendo? Ashildr está sangrando pelo nariz?

Gunther escuta por mais alguns segundos. Ele parece irritado quando diz: — Sim.

Outro segundo depois, seus lábios pressionam em uma linha apertada. — Foi?

Ele ouve atentamente antes de perguntar: — Quem?

Seja qual for a resposta, ele não parece gostar nem um pouco – e me lança um olhar estranho.

— Com base no quê? — Gunther pergunta. Ele me dá outro olhar estranho enquanto ouve a resposta, então pergunta com raiva: — Você está dizendo o que eu acho que você está dizendo?

Seja qual for a resposta, Gunther balança a cabeça com veemência. — Não pode ser. Eu me recuso a acreditar.

O contra-ataque de Ashildr faz os olhos de Gunther se arregalarem. — O quê? — Ele exclama.

Ele ouve a próxima parte com uma expressão horrorizada. — Eu não faço ideia.

O que quer que ele ouça a seguir, faz Gunther apertar o telefone a ponto de estalar, e então ele late com veemência: — Não!

Ashildr responde com algo, e Gunther acena com aprovação. — Você fez bem. Diga a ele para esquecer que isso aconteceu. Eu pego daqui. — Depois que Ashildr diz mais alguma coisa, Gunther diz: — Obrigado por trazer isso à minha atenção. Tome cuidado. — Com isso, ele desliga e pega seu copo para tomar um gole lento, sem me olhar nos olhos.

— Tudo certo? — Eu pergunto, franzindo a testa.

Gunther não responde.

Meu batimento cardíaco acelera, o que é bobagem, já que não tenho motivos para ficar nervosa. — Sério, Gunther, o que aconteceu?

— Está tudo bem — Ele diz, mas faz um trabalho tão ruim de vender suas palavras que minha preocupação duplica.

— Algo claramente não está. — Eu mordo um muffin, mas tem gosto de papelão. — O que Ashildr disse?

Os olhos de Gunther se estreitam. — Por que você está tão preocupada?

Eu me recosto na cadeira e examino a expressão estranha de Gunther. Parece que ele está tentando esconder uma montanha-russa de emoções por trás de uma expressão impassível, mas não é bom nisso.

Eu tomo uma respiração calmante. — Eu não deveria estar interessada em algo que diz respeito a você? Ou voltamos a ser ninguém um para o outro?

— Certo. — Ele empurra o prato para longe. — Ashildr me disse que os cupons desapareceram. — Por alguma razão, ele observa minha reação muito de perto.

Meu sangue gela quando começo a entender o que pode estar acontecendo. — Que cupons?

— A grande coleção — diz ele. — No porão.

Ele está falando sobre o lugar que eu considerava meu planeta natal. Parece que foi roubado – e todos instantaneamente pularam no trem "acuse a garota com as tatuagens". E, ei, não posso culpar Ashildr ou o chefe da segurança por algo assim. Afinal, eu criei aqueles cupons fraudulentos para a empresa deles, o que deu origem a todo esse projeto preventivo.

Mas esse *Gunther* também acha que eu poderia fazer algo assim? Depois que ele esteve dentro de mim?

É melhor que isso seja um mal-entendido.

Cerrando os dentes, pergunto: — Você acha que tive algo a ver com o desaparecimento desses cupons?

A cara de blefe estúpida ainda está em jogo quando ele pergunta: — Você tem?

Eu o encaro incrédula.

Ele está me acusando de roubo, simples assim.

Acho que deveria estar acostumada com as pessoas pensando o pior de mim – e talvez eu até mereça um pouco –, mas não esperava isso de Gunther por algum motivo.

Não mais.

Não por um tempo, de qualquer maneira. Não desde que comecei a desenvolver sentimentos por ele.

Essa última parte deve ser a razão pela qual pareço ter sido esfaqueada no coração.

Bem, quaisquer que sejam os sentimentos que imaginei que estava tendo, é melhor apagá-los, porque, como você pode se importar com alguém que o insultaria assim?

Engulo em seco e afasto a dor, deixando-a ser substituída por uma raiva justa. — Eu não posso acreditar nisso. — Eu fico de pé.

Os olhos de Gunther se estreitam ainda mais. — Por

que você não pode simplesmente responder à pergunta com calma?

Eu gostaria de ter uma pilha de cupons aqui para poder enfiá-los na porra do rabo dele. — Vai se foder — Resmungo. — E assim que terminar com isso, foda-se Ashildr e seu chefe de segurança.

A cara de blefe mostra uma rachadura. — Você pode, por favor, se acalmar?

— Não me diga para me acalmar, caralho! — Pego meu muffin inacabado e jogo em seu peito. — Eu não posso acreditar que você poderia me acusar disso depois de tudo.

Ele estoicamente tira o bolinho arruinado de sua camisa. — Sério, você pode se acalmar...

Não ouço o resto porque meu batimento cardíaco frenético bate alto demais em meus ouvidos. — Eu desisto! Tanto de você quanto da porra da sua empresa.

Ele dá um passo em minha direção. — Você pode apenas...

Eu me afasto. — Não quero ouvir mais nada. Nunca. — Eu me viro para que ele não veja a umidade traiçoeira em meus olhos.

— Espere — diz ele, mas já estou correndo para fora da suíte.

Merda. Acho que ele está atrás de mim. Sinto olhos perfurando minhas costas.

— Não se atreva a me seguir — Grito por cima do ombro.

A sensação de olhos nas minhas costas desaparece.

Mesmo assim, só para garantir, corro pelo corredor – e derrubo alguém no meu caminho.

Alguém familiar – Blue, minha companheira de bando.

— Ei, mana — Ela diz preocupada assim que nos afastamos. — O que há de errado?

Eu enxugo meus olhos. — Nada. O que você está fazendo aqui?

Ela aponta para uma porta próxima com o balde cheio de gelo que está segurando.

— Sabíamos quanta vodca seria consumida no tal casamento, então reservamos uma suíte com antecedência. Mas voltando ao assunto em questão – diga-me o que aconteceu, agora. Você sabe que tenho maneiras de descobrir por mim mesma.

É verdade. Ter esse histórico da AN dá a ela poderes de espionagem quase divinos.

— Tudo bem — digo, me sentindo orgulhosa de quão pouco minha voz falha. — Venha comigo e eu lhe direi.

Ela empalidece. — Se importa em ir pela entrada dos fundos?

Por quê? Oh, claro. Os pássaros no saguão.

— Tanto faz — digo. — Mostre o caminho.

Ela faz algo em seu telefone – provavelmente para notificar seu par de que sua busca pelo gelo atrasou – e então ela mostra o caminho enquanto eu explico o que aconteceu.

— Algo cheira a podre aqui. — Blue abre a porta de saída secreta para a qual ela me levou, uma sem pássaros à vista. — Por que eles acham que é você?

Contenho gritos de raiva e lágrimas ao dizer: — Estou contaminada por esses cupons fraudulentos, e Gunther nunca superou isso, eu acho.

— Mas por que você roubaria algo assim antes de sair com ele? Isso é estupido.

Eu dou de ombros amargamente quando saímos para a rua. — Todo mundo sabe o quanto eu amo cupons. Talvez eles tenham pensado que são mais importantes para mim do que Gunther.

— Vendo você com ele ontem à noite, tenho dúvidas sobre isso — diz ela.

— Esqueça o que você viu — digo.

— Talvez. — Suspirando, ela aponta para um carro próximo. — Taí a sua carona.

— Obrigada — digo, sentida.

— De nada — diz ela. — Vá para casa. Relaxe.

Assentindo, subo no carro e digo ao motorista para partir.

Alguns minutos depois, meu telefone toca.

É Gunther.

Eu recuso a ligação.

Ele liga de novo.

Eu não atendo.

Ele me manda uma mensagem:

Por favor, fale comigo.

Apago a mensagem e desligo o telefone.

Eventualmente, o carro para ao lado do meu prédio.

Quando entro tropeçando em meu apartamento,

me sinto tão infeliz que até meu gato homicida parece perceber. Ele se esfrega nas minhas pernas, algo que normalmente nunca faz.

Aquele-que-me-alimenta só precisa pedir, e eu ficaria mais do que feliz em acabar com sua infelicidade. Eu até lutaria contra minha natureza e tornaria isso rápido e indolor.

Vinte E Três

CHORO O RESTO DO DIA, PARANDO APENAS PARA alimentar Bunny porque, por mais deprimida que esteja, não sou suicida.

Na manhã seguinte, não estou me sentindo melhor, então o choro continua – agora reforçado pelo consumo de sorvete, acariciando a barriga do meu gato descontente e pesquisando sobre aquelas tatuagens de lágrima que são tão populares nas prisões.

No domingo à noite, estou calma o suficiente para pedir ao meu alto-falante inteligente para tocar os Ramones – o que me embala para dormir.

Quando acordo, ainda me sinto cansada, mas saber que não vou trabalhar hoje só me faz sentir pior. Acontece que eu gostava do que estava fazendo na Munch & Crunch – quem diria? Talvez eu pudesse fazer o que fiz lá para alguma outra empresa? Ou iniciar um negócio de consultoria com foco em cupons?

Oh, quem eu estou enganando? Gunther, sem dúvida, garantirá que eu nunca mais trabalhe em qualquer lugar relacionado a cupons. Na verdade, terei sorte se ele não tentar me prender.

Caralho. Cometi o erro de pensar em Gunther novamente. Eu não deveria ter feito isso. Pela milionésima vez, todos os nossos treinos e almoços maravilhosos passam pela minha cabeça. E o casamento, que foi o melhor encontro da minha vida. E, claro, o sexo alucinante – bêbado e sóbrio. Eu sei que "arruinada para outros homens" é apenas uma expressão, mas, e se eu estiver?

Foi *tão* bom.

E sim, meu lado racional sabe que o roubo do cupom foi um favor do universo. Eu tenho que descobrir o que Gunther realmente pensa de mim antes que as coisas entre nós se desenvolvam ainda mais e eu me apaixone por ele ainda mais, mas, de alguma forma, a racionalidade não consegue me fazer sentir melhor. Se alguma coisa...

— Ei — Meu alto-falante inteligente diz de repente. — Aqui é Blue. Por que você está ignorando minhas ligações?

Eu estreito meus olhos na origem da voz. — Como você chegou aí?

— Nós precisamos conversar.

— Acabei de me levantar — Resmungo. — Posso pelo menos lavar o rosto?

— São onze horas — diz ela. — Isto é urgente.

Onze horas? Corro para a cozinha e coloco comida na tigela de Bunny.

Aquilo-que-me-alimenta está realmente explorando toda essa coisa depressiva neste ponto, e minha paciência está se esgotando. Na verdade, mais um golpe e eu pego seu mindinho... para começar.

Movendo-me mais rápido, eu me visto, faço minha rotina matinal e mastigo um bagel torrado enquanto ligo meu telefone novamente.

Uau. Muitas mensagens de Gunther. Acho que ele *realmente* queria me dizer umas verdades.

Ignorando tudo isso, faço uma chamada de vídeo para Blue.

— Finalmente — diz ela. — Não acredito que faço toda essa investigação para você e você ignora minhas ligações e mensagens.

— Que investigação?

Eu diria que Blue parece um gato que engoliu um canário, mas mesmo que fosse um gato, ficaria muito, muito longe dos membros do reino aviário.

— Você tem que ouvir isso primeiro. — Ela ativa o modo "compartilhar tela" e a vejo pressionando "reproduzir" em algum aplicativo em seu computador.

Uma gravação de voz começa a ser reproduzida.

— Sr. Ferguson — Ouço a voz de Ashildr dizer. —, sinto muito por incomodá-lo no fim de semana, mas o Sr. Samson da segurança estava tentando entrar em contato com você e eu interceptei a ligação dele. Ele descobriu um incidente durante uma verificação de segurança de rotina que achou que você gostaria de saber. A princípio, pensei que poderia esperar, mas quando ele me contou o que era e mencionou querer envolver a polícia, resolvi entrar em contato com você imediatamente.

Blue pausa a gravação.

— Oh, merda — digo a ela. — Você está me mostrando o outro lado daquela conversa fatídica entre Gunther e Ashildr?

— Estou — diz ela.

— Por quê?

— Continue ouvindo — diz ela, claramente gostando da chance de ser misteriosa.

Eu rosno e ela retoma a gravação.

— Devagar, por favor — diz Gunther, assim como fez na minha frente no quarto do hotel. — Diga-me o que realmente aconteceu.

— Os cupons sumiram do armazenamento — diz Ashildr. — Você sabe – a enorme coleção?

— Sim — diz Gunther, parecendo irritado.

— Foi acessado pela última vez ontem...

— Espere um segundo — Eu grito.

Blue faz uma pausa. — Continue ouvindo.

— Certo.

Blue recomeça novamente.

— Foi? — Gunther pergunta.

— Sim. E a razão pela qual pensei que você gostaria de saber é por causa da identidade da pessoa de quem o Sr. Samson suspeita.

— Sério, que diabos? — digo, e Blue pausa as coisas

novamente. — Por que aquele tal de Samson me acusaria? — Pergunto.

— É mais fácil se você ouvir — diz Blue.

— Certo.

Ela retoma novamente.

— Quem? — Exige Gunther.

— Srta. Hyman — diz Ashildr.

Mentira. Por que ele está mentindo?

— Com base no quê? — Gunther pergunta.

Sim! Obrigada, Gunter.

Ashildr parece se desculpar ao dizer: — O crachá dela foi usado pela última vez para obter acesso.

— O quê? — Exclamo.

Blue pausa a gravação novamente. — Ele disse que seu crachá...

— Eu ouvi, mas...

— Onde está seu crachá? — Blue pergunta.

Corro para minhas roupas de sexta-feira para verificar, então me lembro que sumiu depois do almoço.

Estranho.

— Perdido? — Blue pergunta quando eu volto.

— Sim. Você sabe alguma coisa sobre isso?

— Depois eu explico. Também tenho uma dúvidas.

— Eu ainda digo que Gunther não deveria ter acreditado nisso sobre mim – crachá ou não.

— É por isso que acho que você precisa continuar ouvindo — diz ela.

— OK. Ligue a maldita coisa.

Ela o faz.

— Você está dizendo o que eu acho que você está dizendo? — Gunther pergunta. Em sua defesa, a pergunta soa irada – como se seu primeiro instinto *fosse* me defender.

A voz de Ashildr é baixa quando ele diz: — Eu também não queria acreditar, mas provavelmente é ela.

Não! Mesmo sabendo que Gunther está prestes a acreditar nele, não posso deixar de desejar que ele não acreditasse.

— Não pode ser — diz Gunther. — Eu me recuso a acreditar.

Sim. Eu me lembro dele dizendo isso. Ele queria acreditar em mim. Que porra mais tem nessa gravação?

Ashildr suspira. — Há mais.

É melhor que isso seja bom.

— O quê? — Gunther pergunta.

— Ela também enganou a Sra. Severina para criar um código de desconto de cento e dez por cento para o Buzz Beerin, onde teríamos que pagar aos clientes por cada transação.

Caralho.

Estou tão ferrada.

Blue pausa a gravação novamente. — Essa parte. Isso faz sentido para você?

Sinto-me mal do estômago. — Infelizmente, sim. Buzz Beerin é a marca de mel que o próprio Gunther faz.

— E você criou esse cupom de que ele está falando? — Ela pergunta.

Belisquei minhas têmporas. — Quando estávamos

fazendo pegadinhas, eu *estava criando* um cupom assim, mas achei que passaria dos limites e não fiz. Pelo menos eu pensei que não. Quero dizer, juro que apertei 'desfazer' em tudo. Mas agora que penso nisso, aquele botão estava tão perto de 'salvar' que é possível que eu estraguei tudo.

— Espere — diz Blue e sai do modo de compartilhamento de tela para que eu possa ver seu rosto. — Quando foi isso?

Eu digo a ela, e ela digita freneticamente. Então ela sorri em triunfo e me mostra sua tela mais uma vez.

Um novo aplicativo está na tela e nele estou eu, sentada à minha mesa, prestes a clicar em 'desfazer'.

Ela clica nele.

— A câmera está muito longe para ter certeza, mas acho que poderia ter sido 'salvar' — diz Blue.

Infelizmente, eu concordo. — O que Ashildr disse a seguir? — Eu pergunto, embora eu possa imaginar.

Blue desfaz a pausa da gravação.

— Para piorar as coisas — Continua Ashildr. —, esse cupom entrou em vigor hoje e houve uma grande correria nas lojas para cancelá-lo. Enquanto isso, perdemos dinheiro. Por que ela faria isso?

Gunther parece horrorizado ao dizer: — Eu não faço ideia.

Blue faz uma pausa novamente. — Você pode ver como isso parece ruim, certo? Ele forçou você a trabalhar para ele e tudo mais, então, em teoria, você *poderia* querer vingança...

— Sim. — Eu me bato por ter pensado naquela

porra de cupom. — Então, novamente, eu dormi com ele. Que tipo de vingança é essa?

— Continue ouvindo — diz ela. — Você pode gostar da próxima parte.

Vou?

Ela recomeça.

— Bem — diz Ashildr. —, precisamos saber como proceder. O Sr. Samson mencionou o envolvimento das autoridades e...

— Não! — Gunther diz com veemência.

OK. Então, ele não queria que eu tivesse problemas com a polícia novamente. Muito legal.

— Suspeitei que você se sentiria assim e disse a ele para não fazer nada sem consultá-lo — Continua Ashildr.

— Você fez bem — diz Gunther. — Diga a ele para esquecer que isso aconteceu. Eu pego daqui.

— Entendido — Ashildr diz solenemente.

— Obrigado por trazer isso à minha atenção. Tome cuidado.

Olho para a tela até ver o rosto de Blue novamente. Suavemente, ela diz: — Mesmo depois de evidências contundentes, ele ainda estava lhe dando o benefício da dúvida.

Eu balanço minha cabeça. — Ele me acusou. Tudo isso mostra que ele tinha todo o direito de fazê-lo.

— Mas ele *realmente* acusou você?

Blue digita em seu teclado e, um momento depois, ouço minha última conversa com Gunther.

— Tudo certo? — O eu-de-sábado-de-manhã

pergunta. Depois de um tempo, ela acrescenta: — Sério, Gunther, o que aconteceu?

— Está tudo bem — diz ele.

— Algo claramente não está. O que Ashildr disse?

Passa um segundo antes de Gunther perguntar: — Por que você está tão preocupada?

Merda. É como se eu estivesse tentando parecer culpada.

— Eu não deveria estar interessada em algo que diz respeito a você? Ou voltamos a ser ninguém um para o outro?

— Certo. — Ouve-se o som de um prato sendo empurrado. — Ashildr me disse que os cupons desapareceram.

Huh. Ele nem entrou na parte do Buzz Beerin.

— Que cupons? — Meu eu-passado pergunta, e ela/eu pareço na defensiva.

— A grande coleção — diz ele. — No porão.

— Você acha que eu tive algo a ver com o desaparecimento desses cupons? — Neste ponto, a defensiva está nas alturas.

— Você tem? — Para minha surpresa, na gravação, ele não parece acusatório. Mais como confuso.

— Eu não posso acreditar nisso — É a resposta do meu-eu-de-sábado, e antes que eu possa reviver o resto, Blue tem pena de mim e interrompe a gravação.

Eu engulo, me sentindo mal mais uma vez. — Então... há uma chance de eu ter exagerado.

— Você acha? — Blue pergunta revirando os olhos.

— E ele está tentando falar com você – e cai no seu correio de voz.

— Merda. — Eu mordo meu lábio. — Preciso consertar isso.

— Sim, você tem — diz Blue. — E isso deve facilitar.

A tela muda e estou olhando para o meu escritório mais uma vez, mas desta vez está vazio.

— Hoje é sexta-feira — Explica Blue. — Você e Gunther estão na academia, como sempre.

— Oh.

— Veja isso. — Ela passa o cursor sobre algo no meu teclado.

Eu aperto os olhos. — Esse é o meu crachá. Devo ter deixado na minha mesa.

— Sim. Continue assistindo.

Espero um minuto que parece durar uma eternidade antes de tudo funcionar, porque Tiffany aparece na tela.

— Não se atreva — Murmuro enquanto ela olha em volta furtivamente antes de pegar meu crachá e sair do meu escritório.

O rosto de Blue está de volta. — Entendeu agora?

— Foi ela — digo estupidamente. — Eu provavelmente deveria ter adivinhado.

— É difícil pensar com clareza quando se está chateado — diz Blue gentilmente.

Eu balanço minha cabeça. — Eu disse a você que descobri que foi *ela* quem me fodeu no colégio? E não Gunther?

— Não, mas não estou surpresa. — O sorriso no

rosto de Blue é travesso quando ela acrescenta: — Você não precisa cortá-la dessa vez. Eu já a fiz pagar.

— Já?

Minha irmã assente. — Ela vai ser auditada pelo IR na próxima vez que declarar seus impostos. Ah, e os ditos impostos podem estar baixos, já que Gunther já viu o vídeo que acabei de mostrar a você. Enviei para ele assim que descobri, e ele prontamente a demitiu.

Então foi isso que ela quis dizer quando disse que consertar isso seria mais fácil do que eu pensava. Gunther já sabe que não sou culpada de roubar os cupons.

O problema é que não tenho certeza se isso vai ajudar. Ainda sou responsável pelo fiasco do Buzz Beerin. Além disso, ele não me acusou de verdade, mas eu agi como uma idiota com ele, ainda assim.

Se eu fosse ele, poderia achar difícil me perdoar.

Eu me levanto. — Fui uma idiota.

— Eu não iria tão longe — diz Blue.

— Eu deixei meus próprios problemas colorirem o que aconteceu.

— Isso é verdade.

— Tenho que correr.

Blue se despede. — Boa sorte.

Chamo um carro e me visto freneticamente de uma forma que, com sorte, fará um cara mais propenso a me perdoar, com muito decote e pernas à mostra.

Dou uma gorjeta enorme ao motorista para chegar rápido – sem cupom nem nada, o que é uma indulgência impensável para mim.

Quando o carro está voando pelas ruas, ligo para Gunther.

Sem resposta.

Isso não é um bom presságio.

Eu ouço uma de suas mensagens anteriores ao acaso.

"Oi, Honey. Eu realmente gostaria de falar com você. Parece que seu telefone está desligado. Quando você receber isso, entre em contato."

Caralho.

Há muito mais mensagens de voz depois dessa. Eu seleciono uma das mais recentes.

"Eu realmente gostaria de poder falar com você, não com sua máquina. Eu acho que realmente acabou." Click.

Não. Nada acabou. Não se eu puder evitar, mesmo que isso signifique rastejar.

Eu ligo de novo.

Não.

Eu envio uma mensagem.

Sem resposta.

Não é bom. Então, novamente, o que tenho a dizer é mais uma conversa cara a cara, de qualquer forma.

O carro para bruscamente e corro para a sede corporativa da Munch & Crunch.

— Oi — digo ao guarda de segurança. — Perdi meu crachá, mas...

— Srta. Hyman? — O guarda pega algo dentro de sua mesa.

Enquanto aceno, espero que ele não puxe uma arma ou um taser.

Ele me entrega meu crachá com um sorriso. — Parece que foi encontrado.

— Obrigada.

Eu o pego, corro para o elevador e o tomo para o andar executivo. Assim que as portas se abrem, corro para o escritório de Gunther, mas ele não está lá.

Eu verifico a hora.

Ah. Ele deve estar almoçando.

Corro para o refeitório e, quando chego à mesa de sempre, estou ofegante como um galgo depois de uma corrida.

A mesa está vazia.

Que diabos?

Volto correndo para o nosso andar e entro sem cerimônia no escritório de Ashildr.

— Onde ele está? — Eu exijo.

Ashildr pisca para mim. — Olá. Achamos que você ia tirar o dia de folga.

— Eu não sou culpada — Eu deixo escapar. — E eu preciso falar com Gunther sobre isso. Pergunto de novo, onde ele está?

Parecendo pronto para fugir, Ashildr olha para a entrada de seu escritório. — É o começo do mês.

— Isso deveria explicar alguma coisa? — Posiciono meu corpo de forma que Ashildr não consiga passar por mim sem me enfrentar.

— Ele tem ferro alto — Resmunga Ashildr. — Então...

Todo o sangue escorre do meu rosto. Oh, Deus, *sangue*. Lembro-me de Gunther me contando sobre isso. Ele faz uma coleta de sangue mensal.

— Quando ele deve voltar? — Eu pergunto fracamente. Sinto-me tonta só de pensar no que está acontecendo.

Ashildr dá de ombros. — Ele acabou de sair. Ele também mencionou que pode não voltar ao escritório.

Minha pele está úmida e me sinto fraca, então é uma grande surpresa para mim quando minha boca forma as palavras: — Onde fica o laboratório?

— É um banco de sangue.

Que terrível combinação de palavras. O que eles inventarão a seguir – supermercado de tortura? Lavanderia pútrida?

— Você tem o endereço? — Consigo perguntar.

Ashildr me dá, e eu tropeço para fora do prédio. Assim que chego à rua, sigo à direita para o codinome "só banco", nem por um segundo parando para pensar no que vou fazer quando chegar lá.

— Você chegou ao seu destino — O GPS do meu telefone me informa.

Ótimo. E agora? Talvez eu possa ficar do lado de fora e esperar para interceptar Gunther quando ele sair.

Não. Eu tenho que falar com ele *agora*. Tipo, tenho que ser corajosa.

O problema é que, embora eu tenha decidido entrar, meus pés ficam parados.

Tenho que entrar.

Meus pés permanecem soldados ao chão.

Um homem mais velho entra pela porta do banco – e a mantém aberta para mim.

Caralho.

Eu corro antes que eu possa mudar de ideia.

Para minha surpresa, não me deparo instantaneamente com bolsas de sangue e outras coisas horríveis.

Que alívio.

Eu ando até a pessoa da recepção. — Estou aqui pelo meu namorado.

O sorriso dela é macabro?

— Qual é o nome dele, docinho? — Ela pergunta.

Este é um bom momento para mencionar o quanto eu odeio ser chamada de *docinho*?

— Gunther Ferguson — Respondo. — Ele vem sempre aqui.

Ela me dá uma olhada que parece dizer: *Sim, eu conheço o gostosão em questão, sua vadia sortuda.*

— Quarto 103 — diz ela. — Eu vou deixar você entrar.

Sentindo-me como uma daquelas heroínas estúpidas demais para viver em um filme de terror, atravesso a porta que leva ao assustador santuário interno do banco de sangue. Quero dizer, apenas banco.

OK. Estou em um corredor – e nada assustador está à vista.

Eu me força a dar um passo. Então outro. Para meu

alívio, a primeira porta pela qual passo não é transparente. Nem a segunda.

Ótimo. Com as atrocidades escondidas, talvez eu consiga.

Ando com cautela até chegar ao quarto 103 e bato.

— Sim? — Alguém responde.

— Gunther, é você? — Eu confirmo, mesmo que pareça com ele.

— Honey? — Ele chama, parecendo surpreso.

Sem responder, abro a porta – é quando a visão de Gunther bate em minhas retinas: um cateter em seu braço e uma bolsa cheia de sangue do outro lado.

Assim que o centro visual do meu cérebro processa a imagem perturbadora, o resto de mim desliga.

———

Eu acordo com um suspiro, um forte cheiro de urina e vodca molestando minhas narinas.

Uma mulher de jaleco está acima de mim, com Gunther ao lado dela.

Caralho. Desmaiei de novo – e fui tratada com as maravilhas dos sais aromáticos, que contêm etanol e amônia, também conhecido como o tipo de fedor que teria matado minha irmã Lemon.

— Você está bem? — Gunther pergunta, preocupado.

Eu me examino. — Nada parece quebrado ou mesmo machucado. — Exceto, talvez, meu orgulho. Ah, e meu coração está um pouco pior pelo desgaste – mas isso é anterior ao desmaio.

Gunther exala uma respiração aliviada. — Você deslizou pela porta enquanto caía, mas eu ainda estava muito preocupado.

Uma colmeia desperta em minha barriga. Ele estava preocupado comigo, embora eu nem tenha começado a me explicar.

Eu me viro para a mulher de jaleco. — Podemos, por favor, ter um pouco de privacidade?

Assentindo de forma conspiratória, ela diz que estará lá fora se precisarmos dela e vai embora.

Eu examino meus arredores. Nada assustador está à vista. Eu dou uma olhada na dobra do braço de Gunther. A manga de sua camisa de trabalho esconde o local onde ele provavelmente tem um Band-Aid. Eu expiro em alívio.

— Agora — diz Gunther. —, você pode explicar por que entraria em um banco de sangue com sua condição particular? Isso seria como eu ir a uma fábrica de manteiga de amendoim.

Eu mordo meu lábio enquanto olho para ele. — Eu precisava falar com você o mais rápido possível.

Ele suspira. — Às vezes, a linha entre tolo e corajoso pode ficar embaçada.

Eu balanço minhas pernas para fora da cama. — Quero assumir total responsabilidade pelo cupom do Buzz Beerin. Não o criei com intenção maliciosa, juro. Isso foi um erro. A princípio pensei em fazer isso como uma pegadinha, mas depois percebi que era uma ideia estúpida – só que cliquei no botão errado por engano sem perceber.

Ele se senta ao meu lado e pega minha mão. — Está tudo bem. Mais do que bem. Uma das pessoas que usou o cupom é um grande influenciador do TikTok e postou um vídeo com elogios. A partir desta manhã, o Buzz Beerin está esgotado em todos os lugares pelo preço normal – e estou pensando em franquear a marca.

— Uau. — Processei apenas parcialmente o que ele disse. Sua proximidade e minha mão na dele estão deixando meu cérebro mole – e ter desmaiado recentemente não ajuda. — E você já sabe que eu não estava por trás do roubo de cupons físicos.

Ele concorda. — Sinto muito se pareceu que eu acusei você na suíte. As peças não se encaixaram e fiquei tonto. Assim que tive a chance de pensar sobre isso, tive certeza de que era um mal-entendido. Eu a conheço bem o suficiente para ter certeza de que você não faria nada disso.

Meu coração está começando a combinar com meu cérebro no departamento de pieguice. — Então... estamos bem?

Ele aperta minha mão. — Você me diz.

— Eu estou. Pelo menos *não* estou chateada porque você me acusou, já que não o fez e porque eu parecia culpada como pecado.

Ele franze a testa. — Existe um 'mas' em algum lugar? Você está chateada por algum outro motivo?

— Não chateada, exatamente. — Hora de borrar a

linha entre tolo e corajoso mais uma vez. — Eu sei que você admitiu que eu estava certa sobre a espera que tivemos que suportar antes de ficarmos juntos, mas foi uma droga que você foi capaz de resistir a mim.

Ele estremece. — Me desculpe por isso. A verdade é que, mesmo no Ensino Médio, sempre notei você.

Eu fico boquiaberta com ele. — Você notou?

Ele acena com a cabeça novamente, os olhos brilhando.

— Eu também notei você. — Eu, junto com o resto das minhas colegas de classe – e alguns do sexo masculino, e professores, e senhoras do refeitório, e provavelmente alguns membros mais travessos da Associação de Pais e Mestres.

— Eu não sabia disso — diz ele.

— Agora você sabe, mas, por favor, continue falando.

— Certo. Quando nos encontramos novamente como adultos, senti como se estivesse me apaixonando por você muito forte, muito rápido. Nossa noite juntos significou o mundo para mim, mas não tinha certeza de que não era apenas uma aventura bêbada para você. Mesmo quando começamos a falar sobre namoro de verdade, não sabia se estávamos no mesmo barco e usei o formulário do RH como desculpa para deixar você se dar conta. Vejo agora que fazer isso foi um erro e, como já reiterei, *você estava certa.*

Sua admissão me deixou sem palavras, tanto que ele está começando a parecer preocupado – deve ser por isso que eu deixo escapar: — Eu não apenas me apaixonei por você. Eu te amo.

Sim. Estou firmemente no final tolo da escala corajosa agora. Meu coração martela enquanto aguardo sua resposta. Assim que as palavras saíram da minha boca, senti a verdade delas. *Eu amo Gunther*. Realmente, verdadeiramente o amo. É por isso que doeu tanto quando pensei que tínhamos acabado e agora me encontro neste tipo de banco assustador. Mas ele sente o mesmo? Ele...

Ele embala meu rosto em suas mãos. — Eu também te amo. Eu estava pensando em te dizer, mas, como sempre, você chegou lá primeiro.

— Você me ama? — Sinto-me flutuante e leve, como se fosse desmaiar novamente.

— Eu te amo. — Seus olhos brilham como esmeraldas polidas sob um sol forte. — Eu amo o jeito que você luta e o jeito que você faz amor. Eu amo nossos almoços e nossos treinos. Até adoro suas pegadinhas, embora esteja feliz por termos superado isso. Eu amo seus lábios, seu cabelo, cada um de seus piercings, cada centímetro de suas tatuagens. Oh, caralho, eu amo essas tatuagens. Honey... — Ele se inclina. — Vamos fazer um filme de Gunther Vs. Honey.

Umedeço meus lábios, a vertigem se transformando em uma espécie de alegria incandescente. — Com trilha sonora dos Ramones ou Kenny G?

— Ambos — Ele murmura e esmaga seus lábios nos meus em um beijo que rivaliza com qualquer música.

Epílogo

GUNTHER

EU EMBALO O GATINHO EM MEUS BRAÇOS ENQUANTO NOS sentamos no sofá da minha sala. Suave e adorável, ele atiça algo superprotetor em meu peito, e não acredito que estou prestes a permitir que ele enfrente o maior perigo de sua curta vida.

Eu o acaricio e ele ronrona, derretendo meu coração ainda mais.

Um sorriso bobo torce meus lábios. Quando Honey trouxe pela primeira vez esta bola de pelo para mim da casa de sua irmã, algumas semanas atrás, foi amor à primeira vista – de minha parte, pelo menos, embora eu goste de pensar que ele retribui à sua maneira felina, especialmente durante as sessões de brincadeiras e carinho.

Aprendi uma lição valiosa naquele dia também. Por mais divertidas que sejam as abelhas, elas não se comparam aos gatos.

— Devemos cancelar tudo? — Pergunto à criatura ronronante.

Ele olha para mim com seus olhos sonolentos.

Se Honey estivesse aqui, ela provavelmente traduziria sua expressão para algo como:

Papai bobo, sobre o que você está miando? Foi você quem chutou a colmeia, para começar.

— Verdade — digo suavemente. — Fui eu quem pediu a Honey para morar comigo, o que sempre significava que você teria que conhecer seu pai.

E espero que esse encontro não seja um encontro de pai e filho do tipo Luke Skywalker, onde alguém perde uma pata. Opa, alerta de spoiler.

— Eu tive de fazer isto. — Eu coço sob seu queixo. — Ela me vencia a cada passo do nosso relacionamento, então, eu tinha que ser o primeiro quando se tratava de 'vamos morar juntos'.

O ronronar se intensifica.

Permita-me reiterar: papai bobo.

Sim. Honey disse que me daria sua resposta sobre a mudança depois de vermos como os dois gatos reagem um ao outro – muito depende do que está por vir.

Até agora, nós os deixamos cheirar as coisas uns dos outros.

Ouço a porta sendo destrancada.

— Deve ser ela — digo ao gatinho enquanto me levanto e o levo para a sala.

Quando volto, Honey está lá, com uma caixa transporte nas mãos. — Preparado?

Como sempre, ver Honey me tira o fôlego e mexe

com meu pau, ou como ela se refere, Sr. Chupa & Lambe. Essa reação remonta ao Ensino Médio, embora, mais recentemente, tenha havido uma qualidade mais eufórica nela – uma empolgação vertiginosa que remete à infância, e não à adolescência. Estar com ela é como provar chocolate pela primeira vez – ou a substância com a qual ela compartilha seu nome.

— Você conectou o difusor Feliway? — Ela pergunta.

Eu aponto para a parede.

— OK, isso deve ajudar.

Espero que sim. A coisa é supostamente pacificadora para os gatos.

— OK. — Ela deixa Bunny sair. — Deixe-o se aclimatar.

Nós assistimos com sorrisos em nossos rostos porque seu gato leva segundos para agir como se fosse o dono do lugar.

— Pronto para o próximo passo? — Ela pergunta.

Eu respondo afirmativamente e seguimos nossa lista de verificação de "como apresentar gatos".

— Aqui vai — digo enquanto coloco o pequeno no tapete ao lado de Bunny.

Honey e eu prendemos a respiração, prontos para intervir.

Sem hesitar, Bunny dá uma lambida no filho.

— É melhor ele não estar provando — digo, apenas meio brincando.

Outra lambida.

— Uau — diz Honey. — Eu acho que ele está prestes a abraçá-lo.

É verdade – e eu não acreditaria se não estivesse vendo com meus próprios olhos. Incompreensivelmente, Bunny está agindo como um pai amoroso, e o filho está aproveitando cada segundo.

— Você acha que Bunny sabe que esta é carne e sangue dele? — Pergunto enquanto um sorriso puxa meus lábios.

Os ombros delicados de Honey sobem e descem. — Vou ter que perguntar a Pearl. Ela queria se tornar uma criadora de gatos antes de se decidir pelo queijo.

Meu sorriso se alarga. — Todo mundo sabe que gatos e queijos são intercambiáveis.

— Eu sei, certo? — Os lábios deliciosos de Honey se erguem nas bordas. — O queijo é famoso por manter os ratos afastados. E é superdivertido acariciar.

— O queijo é tão independente quanto os gatos — digo. — Silencioso também. Limpo.

Ela me cala da minha maneira favorita possível – com um beijo.

Ela tem gosto de morango, já disse a ela, mas também de mel de trevo. Este último é uma observação que guardo para mim.

Quando ela se afasta, pergunto: — Pronta para chamar a operação Bunny um sucesso?

Ela passa o pino com a língua sobre os dentes da frente – um maneirismo que tem em mim um efeito semelhante ao de uma overdose de Viagra.

— Você finalmente vai me dizer o nome do gatinho?

Ótimo. Chantagem. Por alguma razão, ela acha que sou ruim em nomear as coisas e gosta de me provocar por causa disso. Ela me convenceu a abandonar minha ideia anterior para o nome "Bee", abelha, por causa disso. Ela também zombou do nome que sugeri para sua empresa de consultoria. Ainda acho o Montes de Cupons inteligente, como no cereal Mel com Montes de Aveia. Também não acho que haja algo de errado com minha marca de mel, Buzz Beerin.

— Vamos — Ela diz, seu sorriso tão travesso quanto irresistível. — Apenas diga já. A menos que você não tenha um?

— O que você acha de Bunny Júnior?

Ela bufa e ri, e até *isso* é sexy. — Como em BJ para abreviar?

A menção de BJ aumenta ainda mais minha libido já comprometida. — Podemos chamá-lo de Júnior.

— Que tal "Peanut", amendoim, em vez disso? — Ela olha para os gatos com um sorriso. — Tem uma sensação diminuta semelhante, mas sem fazê-lo soar como o referido idiota.

— Muito grande — digo. — E "Pea"?

— Me lembra xixi.

Eu suspiro. — Que tal Pean?

Seus olhos se arregalam. — Você disse peen?

— Pean com A — Eu contesto. — É um tipo de pelo.

— Ainda muito fálico — diz ela. — E soa como 'peão' também – e estou falando de trabalhador braçal.

Quer saber? Dois podem jogar este jogo. — Você já decidiu se talvez-Peanut é seu filho ou neto?

— Neto — diz ela sem hesitar. — É assim que a hereditariedade funciona.

— Então... meu filho é seu neto? — Eu me agacho para arranhar Peanut e, hesitante, faço o mesmo para Bunny, para ter certeza de que ele não está com ciúmes. — Isso é tão Jerry Springer.

Ela ri enquanto Bunny ronrona inexplicavelmente. — Isso não é nada. Se nos casarmos, serei a avó e a madrasta dele.

Se? Apesar de ela alegar que minha cara de blefe é uma merda, faço o possível para não mostrar nada. A verdade é que pretendo me casar com ela, mas sei que ela não vai considerar minha proposta até que tenhamos vivido juntos por um tempo. Portanto, estou feliz que a Operação Bunny tenha sido bem-sucedida.

Falando nisso... — Quando vamos pegar suas coisas?

Seus olhos verdes assumem aquele brilho lisonjeiro. — Eu tenho uma surpresa. — Ela me leva até a porta da frente e a abre com um: — Ta-da!

Minha – ou devo dizer "nossa" – varanda da frente está cheia de malas.

— Deixe-me adivinhar. — Eu coloco minha mão na parte inferior das costas, bem entre as duas covinhas que me deixam louco. — A corrida custou o mesmo com ou sem a bagagem, então, você trouxe para o caso de tudo correr bem com os gatos.

Ela me dá um beijo doce que imediatamente gera

uma ereção monstruosa. — Como é que você já me conhece tão bem? — Ela murmura enquanto tento ajustar discretamente minha calça.

Tentando ignorar a referida ereção, eu a ajudo a colocar todas as malas dentro. Enquanto isso, os gatos estão agindo ainda mais fofinhos juntos, mesmo depois de talvez-Peanut brincar dando patada no rosto de seu pai.

— Tenho uma surpresa para você também — digo quando as malas de Honey são arrumadas.

Ela olha para minha virilha. — Prossiga.

Com um sorriso malicioso, arregaço a manga e mostro a ela minha primeira tatuagem – uma que fiz em segredo.

Ela franze a testa para isso. — Um cigarro?

— Não. — Eu capturo seu olhar. — Vou te dar uma dica. É uma homenagem.

Ela pisca para mim em confusão. — Uma homenagem ao câncer de pulmão?

— Não é um cigarro. É uma *cannabis*.

A piscada para e os cantos de seus olhos se enrugam. — Você queria comemorar uma época em que ficou muito, muito chapado?

— É chamado de "pot" — Explico. — Como um pote de *mel*. — Eu olho para o zíper de seu jeans, atrás do qual está a coisa mais saborosa do universo.

E... estou duro de novo. Ou melhor, mais duro.

Ela geme tão alto que os dois gatos olham para cima. — Se procriarmos, você não tem permissão para nomear a criatura resultante, nem dar ideias para tatuagens.

Mal ela sabe, perguntar se ela quer começar uma família também está na lista de itens que pretendo perguntar a ela primeiro – provavelmente durante a primeira dança em nosso casamento.

Não tenho certeza se ela reage a algo que se reflete no meu rosto, ou se ela gosta mais do que deixa transparecer da minha tatuagem, mas ela morde o lábio de um jeito único que acho irresistível. — Que tal uma homenagem adequada?

Finalmente. Modo besta liberado.

Eu a pego em meus braços, carrego-a para minha cama, tiro suas roupas e abro suas pernas para que o alvo de minha homenagem esteja lá para eu admirar.

O piercing em seu clitóris brilha na luz.

Eu o beijo, adorando-o com tudo o que tenho. O frio do metal contrasta com o calor suave do vinil ao seu redor, aumentando minha fome.

Suas mãos passam pelo meu cabelo. Eu mordisco em torno do pino de metal, ela geme minha recompensa.

Em pouco tempo, ela goza com um grito – e o sabor exuberante dela faz minhas bolas se contraírem, meu pau quase estourando.

— Preparada? — Pergunto com a voz rouca enquanto me posiciono acima dela.

Ela acena com a cabeça.

Entro nela e, como sempre, é como chegar em casa depois de uma viagem de um ano.

Cada instinto em meu corpo exige que eu martele nela, forte e rápido, mas eu controlo minha luxúria e me movo devagar, apaixonadamente, fazendo doce amor com ela. Reivindicando-a. Mostrando a ela com meu corpo todas as coisas maravilhosas que tenho reservadas para ela. Ter certeza...

Com um gemido, ela goza de novo, fazendo com que o objeto da minha homenagem se esprema ao meu redor.

À medida que vou para a borda, o mundo desaparece, deixando apenas nós dois, unidos em um ser perfeito feito de amor e êxtase.

Demora um pouco antes de eu voltar para a Terra, mas, finalmente, minha respiração diminui o suficiente para eu falar. Pegando-a em meus braços, eu a abraço e digo suavemente: — Bem-vindo à nossa casa.

E enquanto ela suspira de contentamento, reivindico seus lábios em outro beijo.

Agradecimentos

Obrigado por fazer parte da aventura de Honey e
Gunther! Certifique-se de nunca mais perder um
lançamento, inscreva-se na newsletter em
www.mishabell.com/pt.

Se você quer mais histórias de Misha Bell, vire a página
e leia trechos de outros livros hilários!

Trecho de Bilionário Mal-Humorado

Juno

Quando me atraso para uma entrevista de emprego, ao ficar presa num elevador com um cara irritantemente sexy, obcecado pela Roma Antiga e mal-humorado, a última coisa que espero é que ele seja o bilionário dono do prédio. Também não espero quase matá-lo... acidentalmente, é claro.

Não consigo o emprego, mas uma proposta muito mais interessante surge no horizonte. Lucius precisa enganar o público (e a avó) de que tem uma namorada, e eu preciso do dinheiro para pagar minha faculdade. Nosso arranjo é mutuamente benéfico, até que algo me atinge.

Ser fascinada por cactos me ensinou algo: ficar perto demais pode causar ferimentos.

Lucius

Ficar preso naquele elevador me trouxe três consequências: minha garrafa d'água cheia de xixi, uma reação alérgica quase mortal e fotos de uma 'namorada' que fazem minha avó muito feliz.

O último ponto faz com que eu convença essa garota (muito fofa, por sinal) a fingir ser minha namorada. Assim, deixo minha avó radiante e me livro das caça-fortunas.

Infelizmente, meu arqui-inimigo, a saber, a biologia, faz com que o plano inicial se torne difícil de ser cumprido, e estar perto de Juno não ajuda em nada.

Se eu não tomar cuidado, estarei aos (belos) pés de Juno muito mais rápido do que a queda da Roma Antiga.

———

— Você está me chamando de estúpida? — Eu estalo. Qualquer um pode ter problemas com esses malditos botões, não apenas uma pessoa com dislexia.

Ele olha incisivamente para os botões. — Estúpido é quem faz estupidez.

Eu cerro meus dentes, dolorosamente. — Você é um babaca. E já assistiu *Forrest Gump* muitas vezes.

Seus lábios se achatam. — Esse filme não foi a

origem desse ditado. É do latim: *Stultus est sicut stultus facit.*

Reviro os olhos. — Que tipo de *stultus* pretensioso cita latim?

O aço em seus olhos é tão frio que aposto que minha língua ficaria presa se eu tentasse lamber seu globo ocular. — Não sei. Talvez o 'idiota' que por acaso goste de tudo relacionado a Roma, incluindo seus numerais.

Meu queixo cai aberto. — Você tomou essa decisão? — Aponto em direção aos botões do elevador.

Ele concorda.

Merda. Ele provavelmente me ouviu antes, o que significa que comecei os insultos. Em minha defesa, ele fez uma escolha idiota.

Eu expiro frustrada. — Se você é um especialista em algarismos romanos, poderia ter me dito qual deles pressionar.

Ele cruza os braços sobre o peito. — Você não me perguntou.

Meus pelos se levantam novamente. — Perguntar a você? Parecia que você poderia arrancar minha cabeça apenas por existir.

— Isso é porque você atrasou...

O elevador para e as luzes ao nosso redor diminuem.

Nós dois olhamos para as portas.

Elas permanecem fechadas.

Ele se vira para mim e estreita os olhos acusadoramente. — O que você pressionou agora?

— Eu? Como? Eu estava olhando para você. Infelizmente.

Com um irritante aceno de cabeça, ele caminha em direção ao painel com os botões, e eu tenho que pular antes de ser pisoteada.

— Você provavelmente pressionou algo mais cedo — Ele murmura. — Por que mais estaríamos presos?

Por que é ilegal sufocar as pessoas? Apenas alguns segundos com minhas mãos em sua garganta seriam um exercício calmante.

Em vez disso, olho para suas costas, as que estão bloqueando minha visão do que ele está fazendo, se é que está fazendo alguma coisa. — O pobre elevador provavelmente cometeu suicídio por causa desses algarismos romanos. Ele sabia que quando alguém vê coisas como L e XL, pensa em tamanhos de camiseta para tipos Neandertal como você. E nem me fale daquele botão XXX, que é uma clara referência à pornografia. Isso cria um ambiente de trabalho hostil...

— Você pode calar a boca para que eu possa nos tirar disso? — Ele solta.

Suas palavras trazem a realidade de nossa situação: já se passou mais de um minuto e as portas ainda estão fechadas.

Caro saguaro, estou realmente presa aqui? Com esse cara? E a minha entrevista?

— Silêncio, finalmente — Ele diz com satisfação e se move para o lado, então eu o vejo enfiar o dedo no botão "ajuda".

— É um milagre que não esteja em latim — Não posso deixar de dizer. — Ou Klingon.

— Olá? — diz ele no alto-falante sob o botão, sua voz cheia de irritação.

Nenhuma resposta, nem mesmo estática.

— Alguém aí? — Seu aborrecimento está claramente subindo a novas alturas. — Estou atrasado para uma reunião importante.

— E estou atrasada para uma entrevista — Eu interrompo, caso isso importe.

Ele faz uma pausa para arquear uma sobrancelha grossa para mim. — Uma entrevista? Para qual cargo?

Eu fico mais ereta. — Tenho certeza de que pessoas como você não percebem isso, mas as plantas deste prédio não cuidam de si mesmas.

Espera. Eu falei demais? Ele poderia atrapalhar minha entrevista – supondo que essa situação fodida do elevador ainda não o tenha feito? O que ele faz aqui, afinal – projeta elevadores ridículos? Isso não pode ser um trabalho de tempo integral, pode?

— Uma abraçadora de árvores — Ele murmura. — Logo vi.

Que idiota. Nunca abracei uma árvore na minha vida. Estou muito ocupada conversando com elas.

Ele volta sua atenção carrancuda para o botão "ajuda" – embora agora eu esteja pensando que deveria ter sido rotulado como "sem ajuda".

— Olá? Você pode me ouvir? — Ele grita. — Responda agora, ou está demitido.

Reviro os olhos. — É uma boa ideia ser um idiota com a pessoa que pode nos salvar?

Ele solta um suspiro audível. — Não importa. O botão deve estar com defeito. Eles não ousariam me ignorar.

Pego meu fiel telefone, um belo e simples Nokia 3310. — Você se acha, não?

Ele olha para minhas mãos, incrédulo. — Então é por isso que o elevador emperrou. Ele passou por uma distorção do tempo e nos transportou para 2008.

Eu franzo a testa com a falta de sinal no meu Nokia. — Esta versão foi lançada em 2017.

— Ainda parece mais idiota do que um boneco de teste de colisão com morte cerebral. — Ele orgulhosamente puxa um iPhone do bolso. — É *assim* que um telefone deve ser.

Eu zombo. — É assim que a distração constante se parece. De qualquer forma, se o seu iPhoneNãoTãoEsperto – marca registrada – é tão bom, deve ter alguma recepção, certo?

Ele olha para a tela, mas posso dizer que ele já sabe a verdade: nenhuma recepção para seu queridinho também.

Ainda assim, não consigo resistir. — Viu? Seu telefone genial é tão inútil quanto. Só serve para transformar as pessoas em zumbis que checam as redes sociais.

Ele esconde o dispositivo, como um pai protetor. — Além de todas as suas qualidades cativantes, você também é uma tecnófoba?

Debato sobre jogar meu Nokia na cabeça dele, mas decido que não vale a pena gastar sessenta e cinco dólares para substituí-lo. — Só porque não quero me distrair não significa que sou uma tecnófoba.

— Na verdade, meu telefone é ótimo para bloquear distrações. — Ele coloca os fones de ouvido de volta nas orelhas. — Vê? — Ele aperta o play e ouço os acordes fracos de heavy metal.

— Muito maduro — Murmuro para ele.

— Desculpe — diz ele excessivamente alto. — Não consigo ouvir nenhuma distração.

Certo. Que seja. Pelo menos ele tem bom gosto para música. Meu cacto e eu somos grandes fãs do Metallica, que é o que eu acho que ele está ouvindo.

Começo a andar de um lado para o outro.

Estou presa e atrasada. Se essa paralização de elevador não se resolver em um ou dois minutos, posso praticamente dar adeus ao novo emprego – e, por extensão, ao dinheiro da mensalidade. Sem dinheiro para mensalidades significa sem diploma de Botânica, que tem sido meu sonho nos últimos anos.

Pelos sucos do saguaro, isso é muito ruim.

Dou uma espiada no gostosão, quero dizer, babaca.

O que ele diria sobre alguém com dislexia querendo um diploma universitário? Provavelmente que eu precisaria de uma universidade que usa livros para colorir. Na verdade, nem os livros de colorir ajudariam muito – nunca consigo ficar dentro daquelas linhas estúpidas.

Suspiro e desvio o olhar, cada vez mais preocupada.

Deixando meus sonhos de lado, e se o elevador ficar parado por um tempo?

O problema mais imediato é minha crescente necessidade de fazer xixi – mas, paradoxalmente, uma preocupação de longo prazo será encontrar líquidos para beber.

Eu me pergunto... Se você está com sede o suficiente, seu corpo reabsorve a água da bexiga? Além disso, eu poderia dar uma de MacGyver e inventar um filtro para recuperar a água da minha urina com o que tenho comigo? Talvez através do pelo da gata?

Eu estremeço, e apenas parcialmente pelo ar-condicionado insano que, de alguma forma, está me alcançando aqui. A curto prazo, seria muito melhor se estivesse quente em vez de frio. Eu suaria os líquidos e não precisaria fazer xixi, embora ache que morreria de sede mais cedo. Lanço um olhar invejoso para o grande estranho. Aposto que ele tem uma bexiga do tamanho de um dirigível. Ele também tem uma garrafa de aço inoxidável que provavelmente está cheia de água que ele provavelmente não compartilhará.

Há também a questão da alimentação. Não tenho nada comestível comigo, a não ser uma lata de ração para gatos... e, teoricamente, a gata.

Não. Prefiro comer esse estranho à pobre Atonic.

Como um vidente, o estômago do estranho ronca.

Porcaria. Com esse cara sendo tão grande e malvado, ele provavelmente comeria a gata. Depois disso, ele me comeria... e não de uma forma divertida.

Estou tão, tão fodida.

———

Bilionário Mal-Humorado está disponível. Visite nossa página www.mishabell.com/pt/ para saber mais.

Trecho de *A Sêxtupla e a Cidade*

O que acontece em Vegas, fica em Vegas, certo?

OK, me deixa explicar. Eu invadi o camarim do meu crush para cheirar as meias dele (não de um jeito pervertido, eu juro!) e fui pega... você me entende. Ele, então, meio que me chantageou, para aceitar um casamento falso para que ele tivesse o green card. Mas, ei, quem está reclamando?

A próxima coisa que sei, estávamos voando para Vegas para fazer todos acreditarem de que após uma noite de bebedeira, fugimos para casar. Exceto que... isso foi exatamente o que aconteceu. (Graças à vodka.)

Considerando que ele é o bailarino mais desejado da cidade de Nova York, e eu sou uma blogueira falida, fanática por doce e que mora numa garagem, não há como esse casamento ser real. Sem mencionar minha família louca e minha aversão a todo tipo de cheiro sob o sol – exceto o dele.

Meu maior desejo é que ele se apaixone por mim. Isso não deveria ser tão difícil, certo?

———

O balé que estou assistindo é *O Lago dos Cisnes*, e o papel da minha paixão é o do Príncipe Siegfried.

Caramba. Estou com ciúmes daquela besta que ele está segurando. Dado que meu objetivo é tirar esse homem do meu sistema, vê-lo ao vivo pode ter sido um passo na direção errada.

Seus músculos – especialmente de suas pernas poderosas – fariam uma estátua de um deus grego chorar de inveja. Seus olhos brilhantes são puro chocolate derretido, e chocolate amargo também é o que seu cabelo penteado para trás me lembra. Seu rosto é angelical, com maçãs do rosto tão proeminentes que parecem a camada dura de Crème Brûlée depois de quebrada com uma colher. Ah, mas tudo isso empalidece em comparação com a protuberância em suas calças – uma característica de tantas das minhas fantasias de masturbação que até chamei o conteúdo delas de Sr. Big.

Então, sim. Ver tudo isso é o oposto de útil – e se eu ativar a calcinha vibratória que estou usando no momento, isso tornará tudo muito pior.

Originalmente, coloquei a calcinha vibratória

porque achei que esta era minha última chance de um *ménage à moi* com O Russo. Se cheirar sua meia-calça funcionar como pretendido, terei que recorrer a algum outro recurso visual para visitar a batcaverna – como *Magic Mike, 300* ou *A Fantástica Fábrica de Chocolate*.

Então, novamente, eu não deveria ser egoísta. Essa aventura daria um post de blog incrível. Normalmente, não sou travessa em público, então, isso pode ser educativo para meus seguidores.

Sim. Eu farei isso por eles. Será meu último show com O Russo – ficou muito mais interessante porque o estou vendo ao vivo.

Examino as pessoas bem vestidas sentadas ao meu redor. A barra está limpa. Elas estão concentradas no espetáculo à nossa frente, como deveriam.

Pego o pequeno controle remoto que ativa a vibração.

Última chance de mudar de ideia.

Não. O Russo me mostra a perfeição que é sua bunda, com um glúteo máximo que dá vontade de lamber como bala.

Eu pressiono o botão "ligar" e sorrio quando minha calcinha começa a vibrar.

É hora de faça-você-mesma.

Mesmo na velocidade mais baixa, meu clitóris fica instantaneamente inchado e espero que os componentes elétricos dentro dessa maravilha tecnológica sejam à prova d'água. Logo, tenho que morder dolorosamente minha língua para não gemer.

A música de Tchaikovsky é genial, mas não abafaria *isso*.

Eu não tinha ideia de que seria tão difícil ficar quieta. Deve ser a gostosura do Russo em ação.

Ofegante, desligo o aparelho para dar ao meu clitóris uma chance de esfriar. Se eu for pega fazendo isso, serei escoltada e banida para sempre por ser a pervertida.

Quando acho que posso ficar quieta, ligo a coisa de novo.

Não. Assim como O Russo executa um *fouetté* particularmente apetitoso, o desejo de ser vocal está de volta com força total.

Ca-ra-lho.

Quem desenhou essas calcinhas deveria ganhar algum tipo de prêmio. Elas fazem com minhas regiões inferiores o que a música-tema do Cisne faz com meus ouvidos, ou O Russo, com meus olhos.

Um orgasmo de proporções cósmicas cresce dentro de mim, e ficar em silêncio exige um esforço de vontade que sei que não possuo, então, desligo tudo mais uma vez, desta vez para sempre.

Idiota. Agora estou muito frustrada e irritada.

Como que para aguçar minha frustração, aparece a bailarina que interpreta a Princesa Odette.

Você pode dizer "padrão de beleza impossível"? Translúcida por cima, ela parece alguém que nunca provou um croissant na vida, mas suas pernas são poderosas e parecem não ter fim.

Eu sei, eu sei. Meu ciúme é tão verde quanto um

donut do Dia de São Patrício. Em minha defesa, supõe-se que a personagem dela seja doce, nobre e sincera. Ela, porém, dança o papel com sedução, como Odile, o malvado cisne negro. Falando em *Cisne Negro*, é muito fácil imaginar essa mulher esfaqueando alguém com um caco de vidro, como fez a personagem de Natalie Portman no filme.

É isso. Decidido. De agora em diante, essa bailarina será o Cisne Negro em minha mente.

À medida que o balé continua, eu me encolho cada vez que O Russo toca no Cisne Negro – o que é frequente, especialmente durante o *pas de deux*. Na verdade, as coisas ficam tão ruins que, quando a Princesa Odette encontra seu triste fim, acho difícil ter empatia.

Estou feliz que o show acabou. Assistir ao vivo foi definitivamente um erro.

Lutando contra a multidão que sai, vou até o banheiro, onde tranco minha cabine e subo em um vaso sanitário para esconder meus pés, de acordo com as instruções de Blue para a Operação Baita Sorvida. Suas instruções também são o motivo de eu estar toda vestida de preto – calça elegante apropriada para o local, uma camisa de botão um pouco apertada demais em mim (comprei alguns quilos atrás, me processe) e um par de sapatilhas que já viram dias melhores, mas são os sapatos mais chiques com os quais posso correr.

Pego um fone de ouvido, coloco no ouvido e disco para Blue.

— Ei, mana — diz ela. — A multidão está se dispersando enquanto falamos. Aguente aí.

Enquanto espero, Blue me conta todas as fofocas da família, me fazendo pensar como ela conseguiu todas essas informações. Sem dúvida, usando os mesmos métodos nefastos do Big Brother no mundo distópico de *1984*.

— O Elvis Letão acabou de sair do prédio — Blue finalmente diz. — E eu desliguei as câmeras no seu caminho, para que você possa iniciar a operação.

— Obrigada. — Eu me movo para descer do vaso, mas meu pé escorrega e eu dou uma cabeçada na porta da cabine.

Ai. Vejo estrelas em minha frente – em forma de bolos de mictório.

Pior ainda, ouço um *splash*.

Não! Por favor, não.

Infelizmente, é sim.

Meu telefone está nadando no vaso sanitário. Que nojo.

— Ei — Blue diz no fone de ouvido através da estática crepitante. — Está tudo b...

O resto é um silvo ininteligível.

Meu pobre telefone está morto.

Eu debato pescá-lo, por mais nojento que seja. Ouvi dizer que você pode colocar esses dispositivos no arroz para secar e eles podem ressuscitar sozinhos. No final, eu decido contra isso. O telefone é tão antigo que é difícil chamá-lo de "smart", de smartfone . É melhor afogar no banheiro com alguma dignidade, mesmo que eu tenha que pular cerca de cem idas ao Cinnabon para pagar uma substituição.

A questão agora é: devo cancelar a operação?

Não tenho mais Blue no ouvido, mas *esbanjei* nessa entrada e não sei quando poderei comprar outra. Além disso, passei por todo o trabalho de aprender a arrombar uma fechadura, e Blue já fez a parte dela.

Tudo bem, vou continuar.

Tomando uma respiração calmante, eu me esgueiro para fora da cabine.

Ninguém por perto.

Bom.

Enquanto me arrasto para o meu destino, fico feliz por ter memorizado o layout deste lugar em vez de confiar nos esquemas do meu telefone.

A primeira fechadura no meu caminho é fácil de arrombar, e a segunda porta nem está trancada.

Quando chego ao último corredor, percebo que estou correndo e, quando paro ao lado da porta do que deveria ser o vestiário d'O Russo, estou ofegante.

Sim. "Artjoms Skulme" é o que diz a etiqueta na porta. Estou no lugar certo.

Pego as ferramentas e a fechadura cede às minhas habilidades recém-descobertas sem muito barulho.

Com o coração martelando, eu entro. No grande espelho à minha frente, pareço assustada, como Blue pareceria em um ninho de pássaro. Até o meu cabelo na altura dos ombros parece desgrenhado e pálido, o loiro-avermelhado dos meus fios mais loiroacinzentado nesta luz do que qualquer coisa perto do vermelho.

Mordendo o lábio, procuro a meia-calça. Cheguei até aqui e não vou embora sem concluir a operação.

Hum.

Não vejo meia-calça em lugar nenhum.

Apenas minha sorte. Ele é um aficcionado por arrumação.

Espere um segundo... Eu vejo algo. Não a meia-calça, mas possivelmente ainda melhor. Embora também um pouco mais assustador se eu pensar nisso profundamente.

Corro até a cadeira em que localizei o item – uma peça de roupa conhecida nesta indústria como cinturão.

Exceto que não é um cinto real.

Projetado para bailarinos com órgãos genitais externos que podem balançar durante saltos vigorosos, esta roupa íntima parece suspeitamente com uma tanga.

Eu me abano.

Só de imaginar O Russo usando esse fio dental sem meia-calça me faz querer reativar minha calcinha vibratória.

Mas não. Não há tempo para 'bater uma' agora.

Eu pego o fio dental – quero dizer, o cinturão. É agradável e macio ao toque.

Deve ser feito de material especial.

Olho para o cinturão de dança como se estivesse

tentando enfeitiçar uma cobra dentro dele. Uma cobra chamada Sr. Big.

Eu realmente vou fazer isso? E se eu fizer, isso significa que sou como uma daquelas pessoas que compram roupas íntimas usadas online?

Não. Não tenho fetiche por cheirar cuecas, muito pelo contrário.

Sim. Se alguém perguntar, essa é minha desculpa.

Com movimentos determinados, arranco o filtro de cada narina e trago o cinturão até o nariz.

Aqui vai.

E tomo a Baita Sorvida.

——————

A Sêxtupla e a Cidade está disponível. Visite nossa página www.mishabell.com/pt/ para saber mais.